U0840810

刘墉
人生三书

我不是教你诈
新版

[美] 刘墉 著

WO BU SHI JIAO NI ZHA（XIN BAN）

桂图登字:20-2007-187

原出版者:台湾水云斋文化事业有限公司

图书在版编目（CIP）数据

我不是教你诈：新版 /（美）刘墉著. —3版. —南宁：接力出版社，2019.3
(2025.4重印)
（刘墉人生三书）
ISBN 978-7-5448-5914-1

Ⅰ.①我… Ⅱ.①刘… Ⅲ.①散文集－美国－现代 Ⅳ.①I712.65

中国版本图书馆CIP数据核字（2019）第014672号

责任编辑：陈楠　文字编辑：谢林军　美术编辑：许继云　责任校对：张琦锋
责任监印：刘宝琪　版权联络：金贤玲　营销主理：贾毅奎　蔡欣芸
出版人：白冰　雷鸣
出版发行：接力出版社　社址：广西南宁市园湖南路9号　邮编：530022
电话：010-65546561（发行部）　传真：010-65545210（发行部）
网址：http://www.jielibj.com　电子邮箱：jieli@jielibook.com
经销：新华书店　印制：中煤（北京）印务有限公司
开本：710毫米×1000毫米　1/16　印张：23.25　字数：380千字
版次：2010年10月第1版　2012年12月第2版　2019年3月第3版　印次：2025年4月第30次印刷
印数：286 401—296 400册　定价：58.00元

目录

职场篇 | 想让自己成功，先得了解人性

商战篇 | 最难改变的是人性，最可信任的是自己

社会篇 | 不软弱、不屈服、不耍诈，而是要有人生的大智慧

新版序

写给年轻朋友的人生三书

最近接力出版社提出“人生三书”的策划理念，我特意选出自己三部具有代表性的作品《萤窗小语》《说话的魅力》和《我不是教你诈》，将内容重新编排出版，分别着眼于内在修为、沟通技巧、社会交往三个领域，也是年轻朋友们初入社会、踏上人生旅途必要的三种能力。

在内容编排上，接力社进行了一定的修订和编排，使其更适合新一代读者的需求。

《萤窗小语》讲的是“内省”，教你开拓心灵的世界。它是我的处女作，也是成名作。这次把原先四个单本做成合集，按主题编排为谈人生、谈成长、谈灵感、谈学习、谈交往、谈处世六个篇章，内容更加有条理，希望萤窗边的智慧小语，能够照亮你前面的路。

《说话的魅力》讲的是“沟通”，教你发挥说话的技巧，把不可能变为可能；内容方面再次精炼，梳理归纳为日常交往、把话说好、幽默技巧、沟通秘诀等四大领域，希望读完本书，你也能成为生活中的幽默达人、工作中的沟通王者、社交中的发光体。

《我不是教你诈》可以定义为“防身术”，也是处世锦囊，教你看清这个尔虞我诈的世界。这本书是四个单本的集合，这次按主题将所有文章分为朋友篇、职场篇、商战篇、社会篇四个篇章，方便读者朋友们按场景寻找所需的内容。

这三本书是我的三部代表作，也是人生的三部曲，希望能对大家有些帮助。

刘墉

2019 年 1 月

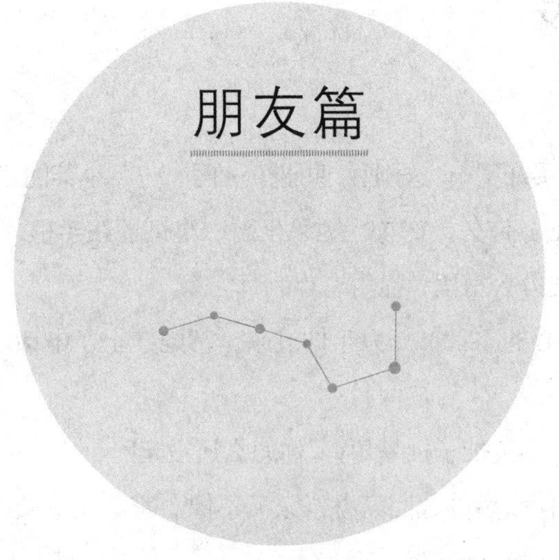

朋友篇

我不是教你诈，

是教你认清每个人，

包括你自己的人性

好个知心朋友

“可是我菜都买好了……好吧！谢谢……再……”小英的“再见”还没说完，对方已经挂了电话。许久，许久，她呆坐着，电话还在手里，发出嘟嘟的声响，在这个已经空了的办公室里，显得有点刺耳。

“有什么不开心的事？”一只手伸过来，帮她挂上了电话。抬头，是新来的唐小姐。

“没什么事。”小英扯了扯嘴角，“你怎么还没走？”

“急什么？有什么事等我回家办？家又不像个家。还不如在办公室，觉得充实些。”

小英抬抬眼角，看了看这个已近中年的女人，大家都说她不好惹，可是，小英却看到一种落寞感，一种和自己相似的落寞。看到别人也有的落寞，倒使小英放松了，甩甩头发，一笑：

“要不要一块儿出去吃晚饭，我请客！”

没人知道今天是小英的生日，除了“他”。当然！现在又多了个她——唐小姐。

一直到喝咖啡，她才说今天是自己的生日。

没想到，唐小姐一点也没惊讶，只是淡淡一笑：“我的生日，也常是这样过的。他，总有事，总是突然打个电话说抱歉，害我对着一桌做好的菜和插好的蜡烛，掉眼泪……唉！有什么办法？跟别人分……”

小英愣了。赫然发现，眼前这位唐小姐，竟像是一面镜子，立在眼前，让她看到自己。

忍不住的泪水，突然一串串地滚下来。赶紧拿餐巾去挡，还是被唐小姐看见，焦急又关心地问：

“你怎么了？什么事让你伤心？难道……”

小英的心防崩溃了，多少年来，从不曾对人倾吐的秘密，如同滚下的泪水般，全涌了出来。

说完了，已是深夜，唐小姐开车，送她到家门口，这也是小英从没经历过的。不管多熟的同事，她都不曾把人带回家，这是她和“他”的秘密，不能让人知道。

但是，今天，不！今夜，她觉得好轻松，觉得终于遇到一个跟她有着同样痛苦、同样煎熬的人，发觉自己不再孤独。

唐小姐一夕之间，成为她最要好的朋友。只是，她不了解，为什么其他同事，渐渐对她投来奇怪的眼光。有时候，桌上的电话才响，她感觉得到，几十双眼睛都在看她，几十只耳朵都在听她。

终于有一天，马小姐偷偷对她说：

“你的事，大家都知道了！其实，你不该讲，大家同事六七年，你都没说，为什么唐小姐才来，你就告诉她了呢？那又是个大嘴巴，到处吹牛，说她知道你的私事。”

“可是她，她也一样……”

“她也一样什么？跟你一样爱上了有妇之夫？那才是笑话呢！她今年初才结的婚！”

小英忍不住冲到唐小姐面前，低声狠狠地问：“你为什么把我的事跟别人说？你明明才结婚，又为什么要骗我？”

唐小姐缓缓地偏过头来：

“哎呀！交朋友嘛！我看你好伤心，八成是那么回事，编个故事让你舒服点。”又淡淡一笑，“何况，我不编那个故事，你也不会告诉我你的故事啊！”

想一想

某日，有个学生到我工作室来，一进门就问我的生日，然后兴冲冲地掏出个掌上型的小电脑，把我的名字和生日输进去，接着，电脑的液晶显示屏上，就显示了一大堆“天格、地格、人格”之类的数字，以及我的“命盘”。

学生一行行念着，念一段，就问我准不准。

我笑着骂她，什么不学，学算命。她居然一白眼：

“老师！你知道吗，我用这个小电脑，不知交了多少朋友，办成了多少别人办不到的事？碰到陌生人，我只要拿出小电脑，问他要不要算算，就立刻知道了他的名字和出生年月日。接着，不管它准不准，准的他点头，不准的他摇头，没两下，我把他祖宗三代，一家几口，全弄清楚了。而且，”她神秘兮兮地说，“老师！你要晓得，当一个人把他的秘密告诉你之后，他就会对你特别好，这就是我的高招哇！”

从我这位学生的话和前面的那个故事，我们知道，要跟一个人建立特别亲密的关系，最直接的办法，就是分享他的秘密。为了达到这个目的，人们会使用各种手段，他们可以为你算命、为你填表、为你做心理测验的游戏，也可以用他们的秘密来交换你的秘密，甚至用“假秘密”换你的“真秘密”。

但是，我们也要知道，“交浅而言深，既为君子所忌，亦为小人所薄”。每个人在对你说出他的秘密之后，都可能心不安，因为他不敢确定，你是不是会把他的秘密说出去。

于是，最简单的方法，他也要求你说出你的秘密。这就好比黑社会，对新加入的分子，为了让他证明自己忠诚，要他去执行一项任务，或在械斗杀人时，把枪交给新手，叫他“补”那最要命的一枪。

照做了，就是共犯，从此便脱不了身。

同样地，如果别人对你说出秘密，也交换了你的秘密，你就要小心了。如果你说出他的，他就会说出你的。

如果事情真这么简单倒好了，问题是，如果你不过去“补”一枪，又如果你不愿说出自己的秘密，或者你真是没什么秘密好说，只怕你也要倒霉，那一枪可能就落在你的头上。就算对方没有枪，不能立刻对付你，在他心底，总会对你怀一份戒心，觉得你抓住了他的小辫子。有一天，发生战乱，他手上真有了一把枪，遇到你，那把枪很可能举了起来。

所以，我们要知道，无论对别人说自己的秘密，或去听别人的秘密，都没什么好处。你可能有“短利”，也可能有“长害”，何况在秘密传递的过程中，又会产生许多副作用。

请接着看下面的故事。

方太太的秘密

“方太太最近情绪好像不怎么好。”

几位平常一块买菜聊天的太太，私下议论纷纷，会不会是方先生出了轨？可是，大家每天晚上七点钟，还是准时听见方先生关车门的声音。

再不然，是方太太的小女儿生了病？可是，三岁多的孩子，长得又白又胖，天天在门口跑来跑去。

也许是方太太得了病？不！李太太最近才跟她一起去检查过身体，据说心脏功能的“跑步机”，方太太不但跑满分，而且跑到了一百三十分。医生说她十年都不会得心脏病呢！

可是，方太太为什么这样闷闷不乐呢？

“哎，李太太，你跟她比较好。你去打听打听好不好？”大家偷偷推李太太出马。

从那天开始，李太太就有事没事往方家串。只是，不论李太太直着问，或旁敲侧击，方太太都说没事。

这一天，两人正聊天，方太太的小女儿，光着上身从里屋跑出来，一转身，李太太吓一跳：

“怎么？她好像背上流血了。”

小丫头没听见，一溜，又进了里屋。方太太也好像没看见，继续钩她的桌巾。

“不对！”李太太推推方太太，“我刚才看见，你女儿背上好像有一大片红。”

“没什么！没什么！”

才说着，小丫头又跑了出来，李太太再定睛看，真是流血了，站起身要过去抓孩子，却被方太太一把拦了下来：

“告诉你好了！既然你看到了。我女儿背上，从出生就有一大块朱砂红的胎记。医生原来说，过两年就会自己消失。可是，现在过三年了，一点都没褪色。最近医生改了口，说那是永久性胎记，要跟我女儿一辈子了。”她叹口气，“我最近就为这事不开心。想想，一个女孩子，背上长那么大的胎记，远看，真以为流血了。以后怎么穿露背装？搞不好，丈夫还会嫌，我是为她操心……”话说一半，抓了抓李太太的手，“这事可只有你晓得，别人是不知道的，你可不准出去乱说，否则就不够朋友了！”

“你把我想成什么多嘴婆了？”李太太脸色一变，“我半个字都不会说。”

“快说！快说！”众家太太围着李太太，非叫她吐出实情不可。

“我是知道了！也不是她先说的，是我自己知道的。”李太太倒够义气，“但是，我答应她，不说。”

“说一点嘛！说一点嘛！”大家你一句、我一句，你推一把、我推一把，“我们都是她朋友，让我们也关心一下好不好？”

“不能说就是不能说！好吧！我说一点点，是她孩子的事。”李太太双手一挥，“到此为止，其他的，我誓死也不奉告！”

没过两天，大家买菜时又碰上了，正巧方太太也牵着她的小女儿。

大家一起走回巷子。可是，这次跟往常不一样，嘴上聊的虽然是菜价，几个太太的眼睛却在方小妹妹的身上打转。

“你们为什么一直盯着我女儿看？”方太太把女儿拉到身边，满脸狐疑地问，“李太太说了什么？”

“没什么！没什么！不信明天你碰到她，可以问，她什么都没说，只是说你女儿……”

“说我女儿怎么样？”方太太突然火冒三丈，“这个浑蛋！我女儿身上长块胎记，关她屁事？我非找她算账不可！”

想一想

看完这个故事，请问：

方太太的秘密，是谁说出去的？

是李太太说的，还是方太太自己说的？

在方太太心中，又认为是谁说的？

这正是本文所要讨论的。

我们要知道，这世界上是无所谓“一部分秘密”的。人们似乎有个天性：只要知道一部分秘密，就想要挖出全部。

所以，当你泄露自己或别人的一部分秘密时，也等于泄露了全部。

更糟糕的一件事，是当一个人把他的秘密告诉你的时候，只要他听说你“讲了秘密的一小部分”，就会假设你透露了全部。

而人们又有个特性，是喜欢把他听到的一小部分，在众人面前炫耀，吹嘘自己知道得更多。

正因此，在西方社会，许多公司主管和一般职员的餐厅是分开的，这绝对不是有阶级观念，而是为了避免在用餐时，主管之间的对话，被职员听到，再断章取义地去传播。

即使在一起用餐，主管也尽量不跟下属同桌，即使同桌也绝不谈公事。道理很简单，想想，如果你是个小职员，今天中午居然跟大老板同桌吃饭，你回办公室能不说吗？你说的，如果涉及公事，即使知道的只是片段，只要讲的确有其事，别人会不猜想你知道得更多，而催你多讲一点吗？你为了炫耀，又能不加油添醋吗？

许多耳语或不必要的纷争，就因此产生了。

从另一个角度来想前面的故事：

如果方太太不那么急性子，只因为别人说李太太提到孩子，就以为李太太全说了，而自己全盘托出。单凭李太太讲的那一句，大家又能知道多少？

由此，我们得到一个结论：

如果你不幸听到别人的秘密，对方在这世上只告诉了你，又叮嘱你不能说，你就要真正做到“一字不说”！

如果你发现别人知道了你的秘密，千万要忍，因为别人很可能只是猜测，或只知道极小的一部分。你自己可千万别成为“真正说出来的那个人”。

请看下一个故事。

老丁送礼

本籍南京的老丁，一共有七个兄弟姐妹，但是一九四九年，除了两个弟弟由老丁带到台湾，其余的全留在了大陆。

刚开放探亲，老丁就着手准备返乡的一切。对岸的信，更像雪片般飞来。

老丁把信看了一遍又一遍，红笔勾了又勾，总算猜出一共有多少亲戚，然后才能备办礼物。

“一人一份礼，绝不能少！”老丁心想。所幸自己的儿孙有许多穿不完或嫌小的衣服，“听说那儿的人，现在一下开放了，都赶时髦，这些衣服跟新的差不多，正好可以送给他们。”

自家的不够，老丁甚至去找朋友要，忙了半年多，总算凑足了。

因为在台湾的两个弟弟时间没办法配合，老丁只好一人前往。三大箱行李，拎到南京，老丁足足躺了两天，才喘过气。

亲戚们一人一件，居然不多不少，每个人都说漂亮，而且跟着就穿上身，老丁拍了张合照回台湾，见人就“秀”:“瞧瞧！全穿我带去的衣服，我的礼没白送吧？”然后叮嘱两个弟弟照办。

弟弟们摇头。

“我们都忙，没时间收集衣服，我只打算给他们每人一个红包，钱不多，意思意思！”大弟说。

二弟更干脆:“我啊，请他们吃顿饭就成了，热闹热闹！”

不久，两个弟弟都从大陆回来了，据说受欢迎的程度，比哥哥有过之而无不及。

“怪了！算算他们花的钱，跟我的礼物在价值上比起来，不见得多。而且我的礼，是亲自扛去的，意义不同，怎么好像他们反倒吃香呢？”老丁百思不解，正巧有个小同乡回去，就请对方侧面打听打听。

小同乡回来，立刻向老丁报告：

“才见面，好几个人就提及你弟弟请他们上外资饭店吃大餐，说盘子有多讲究，地方有多漂亮。也有人讲你弟弟发红包，人人有奖，非常大方。”小同乡摊摊手，“可是就没人提你送的衣服。有一天，我认出一个人穿的是你儿子的夹克，我就问。你猜他怎么说？”

老丁摇头。

“他说，旧东西，甭提了！”小同乡顿了一下，笑道，“人都要面子，你的礼物再实用，如果不把面子做足，只怕收到的会是反效果。”

想一想

《老丁送礼》是个真实故事。据老丁的弟弟说，当他请完客，侍者送上账单，好几个亲戚抢去传阅，对着账单啧啧有声。

还有亲戚偷偷说：“这根本就是吃地方、吃装潢嘛！菜也不怎么样，却贵得离谱。”

问题是，事后亲戚间最爱谈的，就是这顿饭。他们甚至四处对朋友宣传：

“我有个台湾亲戚，请我上外资饭店……”然后一五一十、添油加醋地形容。那不仅是喜形于色，而且是得意扬扬。

相反地，辛苦筹划半年多，送的衣服都是上等材料的老丁，为什么吃力不讨好？

原因正如小同乡所说：

“面子没做足！”

请继续看下一个故事。

众“妄”所归

“曾太太好！”

“曾太太好！”

“曾太太好！”

曾太太才进这家超市的门，大家就争着跟她打招呼。

曾太太是老顾客了。即使她是新顾客的时候，也让人觉得她是老顾客、老朋友。她是那么亲切。不！应该说是豪爽。

“不用找了！不用找了！”你看！买八十块钱的东西，递过去一百元的票子，居然说：“不用找了！”

“曾太太，要不要借钱哪？我有！”那边李大妈开玩笑。大家都知道，上次曾太太买东西，临时忘了带钱，跟李大妈借了一千块。第二天，曾太太穿着旗袍、高跟鞋，冲进来，就丢给李大妈一千五，然后一边冲出门，一面回头喊：“那五百算是利钱！”

一千块，过了一夜，就成了一千五，怪不得李大妈要借钱给她。

前些时，曾太太在东区开精品店的时候，倒还真跟李大妈和黄老板调过十几万块，也没多久就还了，而且都是惊人的高利。

“曾太太！开精品店多没意思，您什么时候开银行啊？”黄老板从里面探出头来。

“你问得好！我正打算开家大餐厅呢！你投不投资？”曾太太半真半假地笑道。

“投！投！当然投！”黄老板走出来，做出掏口袋的样子，“要不要我马上开支票？”

“我也投资！”“我也投资！”李大妈跟温小姐也隔着柜台喊，连买菜的几个老主顾，都过来打听。

曾太太的餐厅，据说楼高七层，全是名家装潢。还没开张，超市里的员工和老朋友们，已经人手一张金卡，凭卡可以八五折优待。

“股东嘛！当然是VIP！”曾太太说，“开张那天，你们一定要到。”

想必这餐厅真了不得。曾太太忙得几个礼拜都没来了。李大妈打过电话，不通。黄老板也开车过去，一条街开了好几趟，都没看见什么正在装潢的大餐厅。大家全傻了，你问问我，我问问你。原来以为大家不过借给曾太太几十万。结果，各人偷偷不知又借给她多少，加起来只怕三百万都不止了。

居然没人知道曾太太的住址，曾太太是干什么的啊？

想一想

这是个在我们身边不断上演的故事，只是“戏法人人会变，巧妙各有不同”。说来说去，还是同一种技巧——先博取你的信任，再得到你的“重托”。

我们不能说，像曾太太这样的人，一定在起初就打定主意行骗。人都有急用的时候，这世上也有许多豪爽的人。但我们也要知道，愈是靠豪爽，起来快的人，也可能很快地倒下。

想想，像曾太太这样，今天借一千，明天还一千五的做法，能做生意吗？结果她可能向别人借了还你，又向你调钱去给别人。早一步拿回钱的人赚到了，晚一步的人则落得血本无归。多少倒掉的非法投资公司，不正是如此吗？赚到的人别高兴，因为你赚的是别人的血本。赔的人别伤心，因为你追求的是不合理的利润。

记住！我们不必去假设人人都是坏人。但要知道，这世上不合理的好处，是不能拿的。不合理地去信任别人，是危险的。即使你因此得到好处，也可能是不道德的。

牛马逃亡记

“姓牛的！姓马的！你们做牛做马啊？半夜不睡觉，干什么？”

“姓毕的！姓崔的！给我闭嘴，小心我修理你们！”

“101、102！你们又吵什么？”狱警冲过来。

“101 半夜不睡觉，搞些奇怪的声音，吵得我们没法睡！”102 的小毕和小崔，向狱警告状。

“搞奇怪的声音？”狱警转向 101，“你们搞什么鬼？”说着打开对讲机。没半分钟，赶来了一群狱警。

“站到一边去！”狱警打开 101 囚室的门。另外几个狱警则冲进去检查。床褥被翻开了，墙上挂的图片被一张张撕下来，马桶被摇了又摇，窗子四周也做了详细的检查。不过都没问题。

“下次半夜再吵吵闹闹，把你们全关‘黑房’！”狱警把门锁好，对着 101、102 吼道。

小马和小牛吓得面无人色。他们倒不是怕关“黑房”，而是怕被发现。所幸刚才反应得快，又伪装得好，不然这两个多月的努力就白费了。

只剩下最后一块砖，把那块砖挪动之后钻出去，顺着水管爬到地面，再藏在车子底下混出门，小马和小牛就自由了。

正因此，他们最近加紧赶工。偏偏隔壁 102 的小毕和小崔总是找麻烦，今天差点坏了大事。

晚上两个囚房的人都没睡好，早上见面也就分外眼红。你瞄瞄我，我瞄瞄你，一言不合，大打出手。

四个人全被关进了黑房。

三天之后，四人被放了出来，由狱警押回 101 和 102。只是，站在囚房门口，四个人全傻了。

“你们不是合不来吗？好！看看你们有多合不来。进去打吧！”狱警笑道，“小马、小毕回原来的囚房。小牛和小崔调换！”

小马和小崔进了 101，小牛和小毕进了 102。这狱警多毒啊！把两组死对头，分别关在一起。

全监狱的人，都等着看好戏了：非出人命不可！

可是一天、两天、三天过去了，居然没传出一点声音，倒是从第四天开始，夜里又有声音，从 101 传出来。

“小马哥！小马哥！你还在搞啊？”小牛隔着墙壁压低了嗓门叫，“你难道告诉那个浑蛋，要带他一起走啊？”

“小崔！你这个忘恩负义的东西！”小毕也喊，“居然跟那个姓马的浑蛋合作，小心我剥了你的皮！”

小马和小崔都不吭气。最后一块砖终于松动了，就在第六天深夜，大家都熟睡的时候，两个人钻出去，溜下了水管。

只是才碰地面，就被埋伏好的狱警抓个正着。两个人罪加一等。小毕和小牛则获得了嘉奖。

想一想

这个世界上，很难说有永久的朋友和永久的敌人。

当原先的“互利”变成“互害”，在利益上有了冲突，则原来的朋友可以变成敌人。

当原来的“敌对”变成“对话”，在利益上可以结合，则原先的敌人可以成为朋友。

此外，一个人的立场改变，也会造成变化。譬如一群从小混帮派的“哥们儿”，当其中有人进入警校，成为警察之后，跟原先的“哥们儿”的关系，可能即刻成为对立。

连在学校里，许多老师（或同学）都会故意把那最顽皮的学生选为“纪律委员”。也就这么妙，从当上纪律委员，那顽皮学生可能立刻就不顽皮了。非但不顽皮，而且会去纠察原来跟他一起捣蛋的同学。

政府的官员何尝不是如此？做一天和尚撞一天钟，做什么和尚撞什么钟。他可能前一天是民意代表，专找某单位的麻烦。后一天，他成了那个单位的主管，却不得不为那个单位辩护。

了解了这一点，你在批评任何人之前，都应该想想，是他这个“人”与你对立，还是因为他今天的职位和立场，使他不得不与你对立。进一步想，如果有一天，他卸下这个工作，是不是问题就解决了？

这就是所谓“对事不对人”！

要知道，每个人都有良知，每个人也都有眼睛会看，有耳朵会听。一个人似乎没了良知，也似乎不看不听，很可能不是“他”的原因，而是因为他处的“位置”。

正因此，战争结束，我们惩罚的是后面的领导者，而不是在前面杀人的士兵。

你也要知道，在政治的竞逐当中，常为了取胜而用“二分法”，使敌我变得更分明也更对立。这是手段，而非实情。

譬如孙中山先生领导革命的时候，喊出口号的第一条就是“驱除鞑虏”，但是革命一成功，就改口号为“五族共和”。

“驱除鞑虏”，是口号、是立场，是把敌人划清楚的二分法，而不因为哪个民族的人都是十恶不赦的坏坯子。

记住！在这世界上，每个人的立场都可能随时改变。连史怀哲这样伟大的医生，都因为出生在德国的阿尔萨斯，而在“一战”时，从他行医的非洲，被法国人押进俘虏营。

要知道，阿尔萨斯距法国边界只有一点距离，它在史怀哲出生前五年，还是法国的领土呢！只因为生的地方不一样，就造成立场上的敌对，是多么可悲的事！

所以，一个成熟的人一定要知道——在看别人立场的时候，不可忽略那个“人”。绝对不要用立场否定“人”或否定“人性”。

因为有一天，你也可能换成对方的立场。如同前面故事中的小牛和小崔，你原来的朋友，一下子成了敌人，你原来的敌人，又一下子成了朋友。

请继续看下一个故事。

我拔刀，你相助！

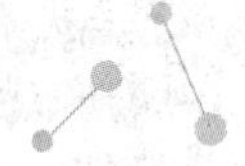

李所长突然心脏病发，死了。

每个人听说后，都为方副所长惋惜。大家都知道，方副所长是李所长一心提拔的人。正因此，他会跑去念博士。

原来该多理想啊！两年之后，方副所长拿到博士学位，正好李所长退休，顺理成章地由方副所长接手。

实际上方副所长早就应该算是所长了。李所长自从三年前动心脏手术，所里的事就全交给了方副所长。可惜院里明文规定，一定要有博士学位，才能担任所长。听说院长已经开始找人了。

果然，没多久，杜博士就来了。令人惊讶的是，杜博士居然是方副所长介绍的。

“方副所长真是太伟大了，不但不阻挠新所长到任，还主动向院长推荐，院长当然乐观其成了。”所里的同人，都暗中敬佩这位心胸宽大的方副所长“大公无私”。

方副所长确实伟大，他像是襄助以前李所长一样帮助杜所长。两个人是大学同班同学，有说有笑，合作无间。唉！也可以说杜所长根本不用操心，方副所长全代劳了。

只是，奇怪了！两年来的合作，最近有了变化。据说因为杜所长连着签错几个重要文件。

“笑话！这么重要的东西，怎么能乱签？”院长当着各所长的面，把文件摔给杜所长，“院里要损失多少钱？我真怀疑，你有没有看过？”

杜所长不敢吭气，却一散会就冲到方副所长办公室：

“老兄！这是怎么回事？你从来办事都很牢，叫我签，我也就签了。可是，这明明不对，你不是害我吗？”

“害你？”方副所长一笑，“这是你的公文，你不看，怎么说我害你呢？”

院长也把方副所长找去，很不高兴地说：

“杜所长是你介绍的，最近怎么回事？”

“真对不起！真对不起！我一直不敢说，他这半年来，大概外面有什么事，老出问题，我这边还压了两件他签的东西，不敢送出去呢！”说着，把一叠卷宗递给院长。院长翻了翻，脸都绿了：“笑话！这根本是营私舞弊嘛！幸亏你拿给我看，否则我也得背黑锅。”

“是的！是的！”方副所长直赔不是，“以后我会更小心地帮杜所长……”

“不用帮了！”院长叫方副所长坐下，沉吟了几分钟，抬头说，“我问你，你的博士学位拿到没有？”

“前两个月就拿到了！”

“好！叫他下台，你接！”

方副所长成了方所长。大家都说杜所长实在太糟了，当年，方副所长大公无私地把他介绍来，他却不好好做，幸亏方副所长帮他挡，不然早下台了。

杜所长一肚子冤枉地离开。当初他在别的单位，做得好好的，老同学一通电话，非要请他来帮忙。来了之后，倒也合作愉快。老同学嘛！方副所长要抓权，杜所长也不好意思叫他交出来。虽然被架空，倒也落得轻松。哪儿知道突然出了事，灰头土脸地走了，想辩解，都不知怎么说。

杜所长走的那天，方副所长居然摆了两桌，对杜所长推崇了一番：

“大家要知道，李所长过世，要不是杜博士拔刀相助，我们所里真是群龙无首，若是来个外人，还不一定能配合。所以，我们必须对杜博士表示最高的敬意与谢意。”

临走，方所长送杜博士到门口，还拉着老同学的手，感慨万千地说：

“谢谢你啊！要不是有你及时接下所长，只怕今天也轮不到我，谢谢！谢谢！”

想一想

看完这个故事，请问，谁是赢家?

当然是方副所长。他要不是及时把杜博士介绍来，所长早被别人接了。

一个不熟的人接任所长，当然不可能继续让方副所长掌权。于是所里一定出现权力斗争，斗争的结果，只怕走的是方副所长。

而在方副所长拿到博士学位之后，杜所长“正好”出状况，水到渠成地由方副所长接任。

多么巧的遭遇！也是多么巧的“设计”！

设计的妙处，是“卡位”，如同你在排队买票的时候，临时有急事，不得不离开，正巧有个熟人经过，于是请对方帮忙“占一下”。等你办完事回来，再请那位朋友让开。

这也像是打棒球，当投手暴投，捕手离开本垒板，去捡球的时候，投手先站上本垒板，准备接捕手传回的球，以防对方从三垒跑回本垒得分。

“卡位”的技巧很多，最基本的原则，是让自己的人先占着。

请看下一个故事。

何必逼人太甚

陈教授才进场，王主编就冲了过去：

“太好了！太好了！我一直在等您的稿子。”

“糟糕！”陈教授一拍脑袋，“抱歉！抱歉！我留在桌上，忘记带了。”又拍拍王主编肩膀，“明天，明天上午，你派人来拿，好吧？”

“没关系！”王主编一笑，“也不必等明天，我等会儿开车送您回去，顺便拿。”

陈教授一怔，也笑笑：“可惜我等会儿不直接回家。还是明天吧！”

座谈会结束了，送走了学者、专家，又叮嘱下面人收拾会场，王主编到停车场开车回家。

才转过街角，就见陈教授和贺律师在等计程车，大概车少，一直等到现在。

“到哪儿去呀？”王主编摇下车窗问。

“陪陈教授回家。”贺律师说。

“我送二位。”王主编立刻跳下车，打开车门。

陈教授犹豫，贺律师倒不客气，一把将陈教授推到后座，自己上了前座。

一边开车，王主编一边回头笑：“太好了！太好了！我顺便拿稿子。”

“我家巷子小，尤其这假日，停满车，不容易进去。”陈教授拍拍王主编，“您还是把我们放在巷口，我明天上午叫女儿把稿子给您送去，她也顺路。”

“唉！我现在不是更顺路吗？”王主编硬是转进小巷子，一点、一点往里挤，开到陈教授家的门口。

“我还得找呢！这巷子不好停车。”陈教授说。

“没问题，您不是说就在桌上吗？”正说着，后面已经有车子按喇叭。

“您还是别等了吧！”陈教授拍着车窗，“告诉您实话，我还没写完呢……”

想一想

我们常批评人“不识相”。

“不识相”就是不懂得看面子，别人给脸的时候不要脸；别人给台阶的时候，又不顺着台阶下。

同样地，当别人要脸、要台阶的时候，你不给他，也是“不识相”，因为你造成了彼此的尴尬——

当别人说笑话时，你因为早听过，于是半路泄他的底；

当别人变魔术时，你看出马脚，于是半路戳穿他；

当别人在高速公路上错过出口，故意说“我为了避开刚才那个出口的拥挤，所以绕一点路”时，你说“我看刚才一辆车也没有”。

凡此，都是不识相。

前面故事中，当陈教授再三找借口推辞，又答应第二天交稿子的时候，王主编就不应该继续追。即使送陈教授回家，也该识相地，送到巷口为止。

搞不好，陈教授根本忘了写，你既然没法立刻逼出来，不是存心戳穿陈教授“忘在桌上”的托词，明着指他说谎吗？

要知道，每个“吹牛”都是一种谎言；每个魔术都是一种谎术；每个托词都是一种谎话。

这些“谎”，多半没有恶意，而是为了表现，为了面子。你何必去戳穿呢？

他知道你有数，却不去戳穿，一定心存感激。相反地，他希望找个借口开脱，你硬是挡着不让，他也一定加倍恨你。

成长，使人能看透谎言，看穿骗局。

成熟，也使人能知道什么时候不戳穿谎言，什么时候不戳穿骗局。

如同用兵，你只是留个缺口。

你可以追杀他，使他全部落网；也可以放他走，让他感激你，成为未来的朋友。

避免正面的冲突，是处世的重要技巧。

丁老太太的干女儿

丁夫人最近觉得特别轻松，因为丁老太太不再那么啰唆了。

这事儿全得感谢周小姐。

自从那天丁老太太在百货公司遇到周小姐，周小姐帮她大包小包地提东西，还开车送她回家，丁老太太就像变了个人。

“我现在神了，不是吗？”丁老太太正搂着周小姐的肩膀出来，后头还跟着一位太太，是周小姐找来帮忙的朋友。

本来丁夫人不太愿意家里有外人。除了丈夫只用一位老司机，连雇人都宁可请菲佣，不敢用本地人，怕的是口舌。但是看丁老太太这么开心，既有人陪着聊天解闷，还开车带她出去买东西，也就算了。

丁夫人也没想到丁老太太还真大方，从前以为她一毛不拔，现在大概因为有人帮着拿、带着运，每次回来，丁老太太都好像成了圣诞老人，大家有奖。

连丁董事长的衬衫都买了，而且尺寸一点不差。

“你们别瞧不起我这老太婆。”丁老太太得意地说，“有了这个女儿教我挑，包你们满意。”

“这个姓周的是什么人？”倒是丁董事长试新衬衫的时候问，“别把老娘骗了。”

“我也不太清楚。”丁夫人摊摊手，“不过骗是不太可能，我看她很有钱，还给娘买了一堆衣服。都是从日本带回来的，上好的料子。她说她的妈早死，跟咱娘有缘，就把娘当成她死去的妈了。”

可不是吗？才几个月，已经左一声妈、右一声妈地叫了起来。上个礼拜，老太太八十三寿庆，周小姐还带一群朋友，中午先请一顿，害老太太晚筵都吃不下了。

周小姐也让丁老太太硬拉了来。原本丁董事长不大愿意，看到自己老娘脖子上那串闪亮亮的珍珠，才不得不点头。

第二天一早，丁夫人就问婆婆：

“周小姐送您那串珠子，挺亮的。”

老太太一笑，回房拿出来，递给儿媳妇：“你看看。”

丁夫人偷偷把珠子互相摩擦一下，挺带劲，又掂了掂，够重。递回给老太太：“是真的！”

“你喜欢吗？”丁老太太居然说，“就给你吧！”

从此，周小姐就更受丁府欢迎了，因为她不但带来了笑声，还改变了老太太孤僻小气的个性。

这天下午，丁夫人要出门，司机送丁董事长上班了，正巧周小姐在。

“大嫂要出去？”看丁夫人拨电话找车，周小姐喊着，“您怎么不说呢？我没事，我送您。”

说没事，周小姐还是有事的。丁夫人看见她托词上厕所，拿着大哥大偷偷打电话，大概是回掉几个约。

丁夫人就更是感激在心了。

“没关系，我真的没事，只是原先约好要拿几份资料。”周小姐一边开车，一边说。

“什么？要拿资料？那怎么能耽误？”丁夫人不安地说。

“真的没关系。”周小姐笑，突然转过头，“对了，您要是不太赶，能不能跟我顺道走一下？各停三分钟就成。”

丁夫人看看表：“可以啊！”

于是车子绕进巷弄，连走了三家，但不是公司，都是住家。出来的人也都是丁夫人见过的，曾跟周小姐到家里看丁老太太的那些女人。

大家都很客气，先出来向丁夫人问了安，再回去拿资料给周小姐。

“连你的朋友都这么有礼貌。”丁夫人对周小姐说，“她们怎么知道我在车上？”

“大概因为我事先跟她们说要送您，她们猜的。”

“欢迎她们来玩哪！来陪陪我婆婆！”丁夫人笑道。

大概忙，自从那天送丁夫人，周小姐好久没出现了。先是丁老太太猛打电话，直操心，后来连丁夫人也担心了，对丈夫说：

“咱们是不是派个人去看看？她单身一个人，怕出事。”

正说呢，那些见过的太太也来了，问有没有周小姐的消息，为什么打电话都没人接。

“你的事儿解决了吗？”一位太太挪近丁夫人身边，小声说。

“什么问题？”

“不是说您弟弟临时出了点事，您一下子调不出，又不愿意让丁董事长……”看看四周，“丁董事长出去了吧？”

丁夫人一怔：“我弟弟没出事，我根本没有弟弟呀！”

大家的脸色全变了，一起问：

“那您急需那么多钱是……”

“我没要钱哪！”

一辈子没进过警察局的丁夫人，不得不陪几位太太去了一趟。大家都跟周小姐不熟，只知道她是丁董事长老母的干女儿。

丁老太太也去了，她哭得最伤心，因为她原来打算留给儿媳妇的名贵首饰，全让周小姐拿去请专家清洗，被“清洗”一空了。

当然，除了那串先送给儿媳妇的珠子。

想一想

看完上面这个故事，让我们在心里勾画出几个画面——

周小姐预谋或偶然在百货公司跟丁老太太攀上了关系，并且经由各种拍马屁的方法，使关系愈来愈亲，甚至成为丁老太太的干女儿。

周小姐也利用其他的机会认识了几位有钱太太。

你或许要问，哪儿那么现成，能够结识？

这你就要想想了！世上有多少夫妻是在路上莫名其妙认识的？“小姐贵姓？”“先生，我忘了带表，请问现在几点？”“咦！我们好像在什么地方见过。”

交朋友的方法多了。君不见，会说话的人能因为自己或别人拨错电话，而聊起天，并成朋友；会搞直销的人，能由偶然问路，而抓到一个新的“下线”。

市场里，可以由挑东西、问吃法、谈品牌，聊起天；美容院里可以因为是邻座而打开话匣子；飞机上，可以由递一杯茶或交换一份报纸而有了沟通。

这些地方都是彼此不知根底的。只是，当人们攀上交情，往往就忘了“调查对方的来历”。

何况，周小姐在聊天时还左一句丁董事长、右一句丁夫人地说来说去；或聊天聊一半，突然叫起来：“我得去接丁老太太了！”

“她真认识那位赫赫有名的丁董事长？”这些太太能不心想，不怀疑？

没关系！改天我带你们去。

看！我直接过了他的管家，带你进入丁家的大厅，跟丁夫人打了招呼，而且直闯丁老太太的卧室。

丁老太太甚至把首饰交给我，要我帮她去清洗呢！

我是丁老太太的干女儿，也就是丁董事长的干妹妹呀！

你能不信这位周小姐吗？

于是，当有一天，周小姐突然来电，小声说：“我在丁董家，丁夫人娘家兄弟出了点事，她不愿意先生知道，要私下摆平，手上钱不够，能不能跟你调一下，只要一百万，过两个礼拜高利奉还。”你会疑心吗？

就算你不放心，周小姐接着带丁夫人到了，又先叮嘱“丁夫人要面子，别多提，只当我借的”。

你绝不会不识相地问：“丁夫人！是您要借钱吗？”

你当然忙不迭地进去取了。

“跑得了和尚跑不了庙！”你心想。只是这和尚居然不是那庙里的，“庙在”

也没有用啊！

野兽会从气味、毛色、体形上来观察同类。

人也一样，无论我们说自己多么不势利眼，我们都随时在评估见到的每个人。

我们会根据对方的长相、谈吐、穿着，甚至车子来猜测，也会根据对方工作的地方，甚至住的地区来想象。

“什么？你住五十楼？在纽约中城的第五街？”

你能不否认自己在心里立刻画了地图，并勾出一栋摩天大楼的轮廓？且猜想：他一定是千万富豪。

故事中的周小姐没有提供自己的住处，也可能没说出自己的公司，但是她出手大方、穿着讲究、谈吐不俗。更重要的是，她拿出了“豪门”最有力的“背书”。

这是另一种“狐假虎威”。狐狸——周小姐，虎——丁老太太、丁夫人，甚至可以说是“丁董事长”。

我写这个故事，是希望大家知道：

如果你的身价不凡，你必须注意每个“可能的有心人”，你对他说的话，会被他渲染；你与他的交情，会被他夸大。你可能在不知不觉中，只因为跟他拍了几张亲近的照片、写了一张小字条或接待他和他的朋友，就造成某些人受害。

你没害人，人因你而被害，因为你帮“狐狸”做了背书。

如果你说“我是小人物，没能力背书，所以与我无关”。那么请看下一个故事。

吴太太的房子

从老王来的第一天起，吴太太就觉得跟他挺投缘。

这不单因为他们是小同乡，而且因为老王的口音。

记得老王第一天上班，吴太太下电梯，老王主动打招呼“太太要出门儿”，吴太太就吓了一跳，因为那声音简直就跟她死去十多年的父亲一模一样。

老王也爱谈家乡的往事，吴太太常听着听着，到不懂的地方，说:“爸，我没听懂。”话刚出口，又哑然失笑，红着脸:“对不起，我糊涂了。”

大概就因为“那种特别的感觉”，端午包了粽子、中秋买了月饼，吴太太都会特别下楼给老王两个。甚至平常从外头买了面包回来，进大门，还没拿回家给丈夫孩子，先递一个给老王。

一栋大楼六十多住户，老王也对吴太太特别好，一看吴太太拿重的东西，马上跑出来帮忙。有一回，吴太太买菜回来，正好停电，老王还帮吴太太提上五楼呢!

“幸亏住五楼，”吴太太笑着说，“要是住在十五楼，可要把您累坏了。”

老王拍拍胸膛:“没问题，您要是真住十五楼，我老王还行，保证一口气都不停，给您拎到十五楼去。”

“嘿！”这下子触及了吴太太的灵感，“我们还真想搬高点。你看！对面正在盖，以前我们五楼还看得到山，现在全遮住了。前两天我先生才说，要是大楼里十二层以上有人要卖，我们就换个房子。”

“好极了啊！”老王歪着头，“我要是知道有谁搬，先告诉您。”

“对呀！”吴太太拍拍老王，“这楼里您最清楚了。到时候省下掮客的钱，我包个大红包给您。”

事情就这么巧。才过两个礼拜，老王就来按电铃，一副神秘兮兮的样子：

“好消息！十三楼有人要卖。”

连人家希望的价钱，老王都打听到了。

只是，吴太太才跟丈夫提，吴先生就一挥手：

“十三楼，免谈！我不喜欢十三。而且对面盖十二层，最少要十四楼，才有视野。”

吴太太第二天一早就告诉了老王。

过了三个多月，老王居然又有了好消息，兴奋得好像他自己要买房子似的：

“好消息！好消息！大概十四楼嫌十三楼装修吵，要搬家，原来说留着给儿子，不卖。经我一劝，决定卖了。”

接着老王就左一个电话、右一个电话地帮两边安排时间看房子。

吴先生、吴太太都去了。前前后后、仔仔细细地看了两遍。

“跟咱们家格局一样嘛！”下楼进了自家门，吴先生说。

“同一栋大楼，当然差不多。”吴太太说，“但是看得远哪！”

“我不喜欢！”吴先生又一挥手，“好比离婚换个老婆，还跟原来那个长得一模一样，没意思！”

第二天，星期日，一家还在睡，老王就在对讲机那头喊：“怎么样？吴太太，十四楼合意吧？”

吴太太糊里糊涂的，先结巴了一阵，才婉转地说：“我和我先生正在研究呢！”

只是，接下来每天，老王碰面都问。吴太太只好照实说了：“我先生还是看不上，不买了。”

老王笑嘻嘻的脸突然垮了，把手上原来帮吴太太提的东西，没等电梯打开，就往门口一摆，径自去柜台后面看报，还把报纸狠狠地抖那么两下，吓吴太太一跳。

自那以后，老王原来热情的招呼不见了，也不再帮吴太太提东西、开门，连吴太太送上热腾腾的面包，都把脸一撇："谢了！我不饿。"

倒是还见老王为别的住户拿东西、开门。

有一天，吴太太在五楼等电梯，门打开，是张太太，还有抱着一个大盒子的老王。

吴太太当天晚上，去敲张太太的家门，不好意思地问：

"对不起呀！我只是想问您逢年过节，是不是都给老王红包？该包多少？"

"红包？"张太太眼睛张得大大的，"不是在管理费里已经包括年节奖金了吗？你我都缴了啊！"

"可是，可是……"吴太太吞吞吐吐的，不知怎么说。

"你觉得老王对你态度不太好是吧？"张太太倒先说了，"我原来也觉得奇怪，后来还是老王自己说的，说你们把他当猴儿耍！"

想一想

老王对吴太太的态度为什么突然变了？

因为吴太太不买房子了，老王忙了半天，没拿到钱。

可是吴太太当初没说一定要买，也没讲要给多少钱，只说送个红包啊！老王何必那么认真呢？

如果你这样问，就是太不懂人性了。

你想想，假使有一天，你带孩子去逛百货公司，先叮嘱孩子："你乖乖地跟着，不能吵，要是逛得太晚，我就带你在外面吃。"

孩子那天没吵，问题是你很快逛完，看看时间还早，就把孩子带回家了。

那孩子是不是会失望？如果他是个"小孩子"，是不是可能又哭又闹？

你没有对他说一定要在外面吃啊！他凭什么发脾气？他说他很乖，你可以骂："小孩乖，是应该的。"

搞不好，他愈闹愈凶，到头来，被你狠狠揍一顿。

好！现在让我们回头看吴太太与老王。

吴太太没说非买不可，红包也可大可小，说不定只是意思意思一两千块钱。而且，做管理员，为住户提供资讯，本来就是应该的嘛！到最后没买，老王何必冒那么大的火呢？

比一比，这跟那个带孩子逛百货公司的情况不是一样吗？

人都是很会想象的——

假使你是孩子，平常难得吃馆子，当父母说要在外面吃，是不是会很兴奋？把你想去的麦当劳、汉堡王……甚至里面的赠品，全想到了。

如果你是老王，一把年岁了，每天守在大楼的柜台，赚那么一点钱。当你听说吴太太愿意把掮客的“那一份”送你当红包的时候，你会怎么想？

你会不会想一栋上千万的房子，佣金有多少？甚至往下想：拿了这笔佣金，我就可以这样那样。所以，你特别卖力，积极打听谁要卖房子；当人家不想卖的时候，还去怂恿；而后在中间牵线、安排时间。

当吴太太突然改口说不买的时候，你能不失望？又能不觉得自己“被耍了”吗？

人们常常莫名其妙地失望，失望在他们不实在的“希望”之中。而那不实在的希望，又常是某些人不小心造成的。

我们甚至可以肯定地说：

即使吴太太真买了老王介绍的房子，也包了红包给他，老王还是会不满意。

他总会认为红包小了。

相反地，如果当初吴太太只对老王说：

“如果您知道十二楼以上，有谁卖房子，麻烦您告诉我一声。”

然后成交之后，包个红包给老王，老王必定先大吃一惊，接着推说不能拿，再千恩万谢地收下。

从此，他们的关系不是会更亲近吗？

这么大的差异，“差”在哪里？

差在吴太太不该先承诺!

八字还没一撇，先做承诺，是我们常犯的毛病。本来做承诺的人以为承诺有利于事情的推动，到头来却发现造成更坏的影响——

如果你做老板，今天你看外务员冒着倾盆大雨出去办事，于是很豪爽地说：

“你真努力，这个月加发你一千块奖金。”

你是多慷慨的老板哪!

你可知道从此以后，每位员工冒着大雨出去办事，而你没看到，他们的心里有多么不平?

如果你做老师，今天某学生答出了一个难题，你一高兴，说“加你十分”。明天，别的学生每做出一道难题，也许都会说:“老师！我也要加分！”

如果你做母亲，今天来客人，孩子帮忙洗碗，你一高兴，赏他一百块；明天，你生病，堆了一摞碗盘，叫孩子洗，恐怕孩子才洗完，就跑到你的病床边，伸手：

“妈！一百块！”

想想!

外务员冒着大雨出去办事，学生上课答老师的问题，孩子帮父母做家事。

这不都是应该的吗?

如果你因为他们要奖金、要加分、要赏钱而不高兴的话。

你先要想想，是不是因为自己早做了不当的承诺。

当有一天，你生命垂危，急着动手术，医生却等着红包来安排手术时间，你骂“医生本来就该救人”的时候，也应当好好想想：

是什么人，使这个社会得了怪病?

请看下一个故事。

小袁的艳遇

“屋漏偏逢连夜雨。自从当局扫荡色情业，晚上的生意已经不好做了，又来个周休二日，连上班族的生意也少了一天。”小袁狠狠地拍了拍方向盘，咬了咬牙，“一早七点钟出门，除了顺路把老婆送去上班，八个钟头跑下来，六百块都不到。幸亏老婆还有收入，否则连给岳父的‘规费’都不够。”

想到这儿，小袁摸摸口袋里的两万块，今晚又该付规费了。其实也不是什么规费，只是按时还岳父钱罢了，也幸亏有老岳父帮忙，才能买下这辆新车。

要不是新车，只怕生意还更差呢！现在的客人眼睛尖得很，一堆空车，会专挑新车招手。

果然，五十米开外一个穿迷你裙的小姐已经伸出长长的胳臂。小袁猛踩油门，连超两辆车，再向右打，唰！准准地停在那小姐面前。

门开了，探进个漂亮的脸，小袁心一跳。

“我要去台中！”

小袁的心又一跳：“请进！”

“你有没有驾照？”小姐没进来，盯着小袁的眼睛看。

小袁怔了半秒：“哦！有。”掏出驾照亮了一下。

“不够！我还要看行车执照和身份证。”

小袁有点火，但是想想是去台中，硬把火压下了，摸了半天，摸出行车执照和身份证。

“你们男人最浑蛋了！没一个好东西，我不能不小心！”车子上高速公路，女人开始骂，“我怎知你是不是偷车害人？”

“你为什么把人都想得那么坏呢？”小袁调了调反光镜，看到那对呼之欲出的奶子。

奶子上下起伏着：“得了吧！你知道我为什么到台中吗？”

“不知道。”

“我是来上班！上班，你懂吧？一个老客户找我来，进了宾馆、办了事，他老兄居然先溜了。”拍了一下大腿，好清脆的一声，“我不但没赚半文，还丢了一块劳力士表。”用长指甲戳了戳小袁的脖子，“喂！你说，我衰不衰？”

“有……有……一点……”

“什么有一点？我衰透了！”小姐转过身，摸小袁车上挂的小熊，“这小熊不错嘛！你老婆挂的？”

小袁没答话。

“我知道绝不是你挂的，你们男人要挂也不会挂粉红色的。”小姐自言自语地说，突然转回来，放大声音，“男人都很假、很色、很坏，我以后要好好修理男人。”

“你能找到那个骗你的男人吗？”小袁笑笑。

“我？我不必找，男人会找我。”小姐靠着车门点起烟，小袁讨厌烟味，偷偷按钮，把后面车窗打开一点。

肩膀突然被狠狠推了一把：“喂！你小心一点好不好？”

才发现小姐的一双玉腿，居然伸到车窗上，还正用脚尖画来画去呢。

车子没进台中市，就在一家宾馆停下，小袁心想：“真是上班的小姐，出了那家进这家。”

小姐没下车，坐着不说话。

小袁回过头看她，指了指计费表。

“我没钱，钱都被那王八蛋偷走了。”

“没钱？”小袁叫了起来。

“你叫什么叫？”小姐吼得更响，“你叫警察啊！我也是被骗的！”声音一下子又柔软了，把大大的胸脯探到小袁身边，“这样啊，看你也蛮可爱的，我换个方法谢你，好不好？算来你可是赚的哟！”

小袁可以听见自己怦怦怦的心跳声。想想老婆，老婆还在台北。想想车钱，反正泡汤了。再看看这女人，还真漂亮。

小姐一进房间就去洗澡了，小袁先坐在床边，又站起来绕了两圈，听那小姐在里面唱歌，还不难听，是《金大班的最后一夜》。

“其实论货色，我今天真是捡了便宜。”小袁得意地对镜子笑笑，“一度春风。”

小姐围着浴巾出来，细细长长的腿，湿湿的发梢垂在雪白的双肩上。

“还不快去洗澡？”小姐居然动手帮小袁脱了衣服。

“真没想到能有这么个艳遇。”小袁一边淋浴，一边想，“以前常听说开计程车会遇到怨妇或花痴的女人，今天总算碰上了，而且这么美。”

洗完，也围条浴巾，哼着《金大班的最后一夜》出去。

拉开门，屋子里空空的，女人不见了。

小袁大惊，床上、床下、柜子里，四处找，找不到自己的衣服。

外套、裤子、衬衫全不见了，连内衣、鞋子、袜子和浴巾都没留下。

小袁拉开门大叫。

女服务生跑来，看他光溜溜的，吓得又退了出去，换个男人跑过来：

“要不要报警？”

“不要！”小袁一挥手。眼前浮起老婆和岳父的画面。对了！还有那两万块钱。

小袁惊恐地冲出大门，冲到停车场。

“我的车呢？”小袁疯狂地喊。

想一想

多倒霉的小袁啊，光溜溜地围一条浴巾，站在停车场哭喊。

车钱没了、艳遇没了、小姐没了、衣服没了。衣服里的两万多块钱和行车执照、驾照、身份证全没了。

到最后，连车子也被那漂亮女人开走了。

小袁该怎么办？他怎么回台北，又怎么向老婆和岳父交代？

就怪小袁太不小心啊！那小姐不是早说了吗？她被男人骗了，要找男人报复。说完没多久，就用那男人骗她的方法，修理了小袁。

小袁怎么没听懂呢！

当然，那女人说不定也早有图谋，否则她何必在上车前查验小袁的证件，如果不巧，“牌照登记证”也落到她手里，只怕这时候她已经把车子开进了当铺。

她会不会心想：“你们男人没一个好东西，都很假、很色、很坏，我这是替天行道。”

我相信，她很可能这样想，因为做坏事的人，都会为自己的“恶行”找个“安心的借口”——

我偷你，是因为你居然为这点车钱，就占我便宜；

我抢你，是因为你们有钱人，钱的来路都不正。

有了这样的借口，少则一二人受骗，多则几千万人丧生。

问题是，你反过来想，小袁难道没有为自己的恶行找个“安心的借口”吗？

他不是想“车钱反正泡汤了，看这女人，还真漂亮。论货色，还捡了个便宜”吗？

这正是我要讨论的重点。

我们常说“得理不饶人”，那不饶人的不见得是好人，更可能是坏人。今天你理亏，遇到好人都好办，如果遇上坏人，就完了。

问题是，我们常常犯小袁那种毛病，结果明明是坏人欠我们的，却因为被坏人算计，不但自己吃了大亏，而且落得他有话讲——

反正你也不是什么好东西。

不错！坏人是会算计，坏人设计坏点子，使好人产生歹念，落入他的圈套。

你没有歹念，你会上当吗？

想想这些例子——

一、某人总在你门前违规停车，你气极了，去刮他的车，偏偏被他抓到。

于是你进了警察局。

二、老板漫天要价、骗客户、造假账，你想想他的钱也得来“不义”。便在数字上做手脚，偷一笔，偏偏被他查出。

于是，你被告侵占。

三、某人明明家里有钱，却欠债不还。有一天你把他抓住，逼他还。他说：“你打电话给我老婆啊！说她不拿出钱来，你们就不放我。”

你才照办，警察就上门了，你被戴上手铐，起诉的罪名是“掳人勒赎”。

结果，你非但没能讨回他欠你的钱，反而为了求他配合，讲几句有利你的话，而倒贴一笔。

四、工厂欠员工薪水，老板明明家里有钱，却恶性倒闭，你们群情激奋，把老板围起来，直到他签字承诺补贴员工损失，才放他走。

你们高高兴兴回家睡大觉，以为“平反”了。

岂知没多久，你们都被抓。不但老板“在胁迫下的签字不算”，而且你们统统以“妨碍人身自由”被起诉。

记得我在《点一盏心灯》里写过两个真实故事——

一个女人告某人强暴，辩护律师问：“你有没有用力挣扎、拉他的衣服、扯他的头发？”

女人说“有”。

于是女人败诉了，因为那人是戴了假发的秃子。

还有一个故事：

某国家内乱，叛军把一批不合作的老百姓射杀了。在国际调停人来查看之前，政府军为了丑化叛军，特别将尸体的衣服脱掉，说他们是先被剥光，再枪杀的。

国际调停人看出了破绽，于是不但没采信政府军的指控，反而认定政府军撒谎，而倒向了叛军。

请千万记住!

当你已经“站得住”的时候，就别再添油加醋、编织任何谎言，使自己的“理直”成为“理亏”。

你一定要用合法的方式，对付那些犯法的人，而不是自己去执法，造成自己先犯法。

你尤其要防备那些小人，千万别让把柄落在他们手上。

当小人发现“法律”有一天居然能站在他那边，就会如同被收编成“正规军”的土匪，特别残暴。

当撒旦头上有了光环，你还能不下地狱吗?

曹大师的困惑

接到佳佳公司的邀请函，曹大师真是兴奋得跳了起来。

夫妻二人的商务舱机票，台北、台南、高雄和屏东四场演奏会，五星级饭店和一个月的钢琴讲座，居然可以拿到这个数字。

曹大师把信递给老婆，老婆的眼睛也亮了起来：

“不是骗人的吧？这比前年美国人邀请的待遇好多了，他们能赚得回来吗？何况还有这台北国际音乐厅的演出，他们租场子就得花多少钱哪？”

曹大师低着头沉吟了一下：“我也是不放心，先托朋友查过，查了半天，说这是个刚成立的音乐社，还没办过任何活动，我这是头一遭。”

“还是小心点儿！”曹太太的脸沉了下来。

“我当然知道。”曹大师拍拍老婆，“看看嘛！谁不知道国际音乐厅审得严，连国际一流大师都不一定进得去！我先同意，然后看他们能不能申请下来。”曹大师笑笑，“佳佳公司，咱们是不知道；这国际音乐厅，可没有假。”

才过一个多月，国际音乐厅居然批准了。

曹大师兴奋得一夜没合眼。天哪！多棒啊！我曹某人，老了老了，还能到台湾做文化交流，而且一脚跨进国际音乐厅。

消息传给北京音乐界的朋友，立刻看出人性。有的人冷哼一声，说不晓得动了什么关系；有人瞪大了眼睛，说老曹真是中奖了。有人说这是政策导向，两岸正加强交流，让老曹给捡到了。有人则在老曹耳朵边小声吹风：

“嘿！小心点儿，别被台湾人骗了。”

这些话，曹大师一律当耳边风，因为他的口袋最清楚，佳佳公司汇来的钱，已经沉甸甸地落进他口袋。

拉着行李，牵着老婆，走出海关的时候，曹大师的眼睛往人群的高处看，他知道一定会有大的红彩条，上面写着欢迎国际钢琴大师曹某某；他要老婆为他整整头发，又伸手去为老妻拉了拉领子，免得记者拍照不漂亮。

可是，站在海关门口，看了半天，没见任何彩条，也不见半个记者。后面的旅客直催，曹大师夫妇只好被推着往外走。

“您是……您是曹大师是吧？”过来一个戴棒球小帽的年轻人，“我是佳佳公司的小王。”

计程车在高速公路上奔驰，曹大师夫妇挤在后座的箱子之间。

“不会太挤吧？”小王回头问。

“还好！还好！怪我不该带这么多行李。”曹大师笑笑。曹太太接过话：“怪你不该带我来，活受罪。”

不过曹太太才进旅馆大厅，心情就开朗了。

五星级，果然漂亮，尤其那品位，不平凡！

“我们挑这家，是因为最靠近国际音乐厅，您二位走路就能过去了。”小王说着递过一份音乐厅的地图，“您这两天，只要有空就可以去练琴，他们有不少琴房。”顿了一下，“至于吃饭，楼下餐厅多得是，您二位自己去吃，账挂在房上就成了。”说完居然起身，“对不起！我们南部还有一堆事，我得赶去料理，演奏会那天见。”

“等等，等等……”曹大师急忙拦住，“你不陪我们？”

“陪？”小王一怔，“您二位，这么大了，还用人陪？”

曹太太也赶着问：“王……先生，音乐会的票卖得怎么样了？”

小王的脸一亮：“整个算起来，已经卖八成了。”

“八成！”曹大师夫妇的脸也亮了。

上场前，曹太太为丈夫整了整领带，又端了盆热水给丈夫泡手。

曹大师向来有演出之前双手发凉的毛病，使他前两首曲子都不敢弹快节奏的。今天他的手更凉了，连泡完热水都凉。在这世界第一流的音乐厅，为两岸文化交流，弹给满场几千位台湾同胞听，曹大师能听见自己的心正怦怦跳。

时间到，曹大师出场了。

但是才走上舞台，他突然僵住了。

“我不会走错了吧！”他回头看后台。小王直做手势，又喊：“往前走啊！开演啦！你没听大家在鼓掌吗？”

大家是在鼓掌，但大家是多少人，曹大师看不清，只觉得看到的全是椅子，只角落里坐了些，加起来怕连五十人都不到。

“你不是说卖八成座了吗？”曹大师才下场，就沉沉地问小王。

“是八成座啊！我是说整个算起来啊！台北是卖得不多，因为我们公司在南部，力量都集中在南部，所以这里卖得少，我已经很加油了，还临时抓了二十多人来。”

“那……”曹大师气得直发抖，“你们何必选这国际音乐厅？”

小王淡淡一笑：“因为这是国际音乐厅啊！”

台北演奏会的第二天，小王就带曹大师夫妇上飞机，去往高雄。

出机场时曹大师不再东张西望了，他想：有辆牛车来接就不错了。

正想呢，吓一跳，一个大花环挂在了脖子上，一个女学生样的小姐，还在曹大师脸上亲了一下，接着镁光灯猛闪，许多人一起喊：“欢迎曹大师！”

曹大师的眼都花了，被簇拥着走出机场大厦，还有地方电视台的访问，当他坐进那凯迪拉克加长型礼车时，差点昏了过去。

接下来的演奏会，果然场场爆满，甚至临时又加了两场，最后一场还卖了站票。

“钢琴讲座”更不用说了，早早就报名满额，曹大师甚至接到北京朋友的电话，为几个亲戚的小孩子说情，请曹大师破格录取。

曹夫人也神了，每天有佳佳公司的职员，轮流带她观光旅游购物，原来的两大箱行李，才短短一个月，已经变成了五大箱。

所幸曹大师离台的时候，不但有凯迪拉克，而且跟了十几辆的车队，还有几百名在台湾收的学生去送行。行李超重，也由佳佳公司的小王负担多加的运费。

“小王，真是太谢谢你了。”曹大师临上飞机，重重地握了握小王的手，又笑笑，吞吞吐吐地说，“对不起！王经理，恕我直言，我这一个月来有件事情总想不通。您能不能告诉我，为什么台北国际音乐厅那场，观众那么少？早知道，我直飞高雄，您又何必浪费钱，去国际音乐厅呢？”

“哎呀！”小王居然还是那么淡淡一笑，“因为那是国际音乐厅嘛！”

想一想

故事说完了，你搞懂了吗？

如果佳佳公司没能力办国际音乐厅的那场演奏会，何不照曹大师所说，直接安排他到台湾南部演出就成了？何必绕个大弯子，多花了那么多钱，还差点让曹大师气得拂袖而去呢？

要是你还想不出答案，就听我细细分析吧——

什么是“背书”

你知道什么叫“支票背书”吗？

“支票背书”就是把支票交给另一个人，在后面签章，再付给第三者，到时候假使不能兑现，由签章的那个人对第三者负责。

如果你刚开始做生意，开期票，别人不知道你的底细，不敢接你的支票，就可能要你找个“有头有脸”或“他信得过”的人背书。

彼此背书

佳佳公司从头到尾用的技巧，就是找人背书，而且招数之高，让人不得不叹服，因为他背书一次还不够，他总共用了四次“背书”。

首先，你想想，以台湾南部一个刚成立，过去从来没办过任何演奏会，拿不出任何纪录的佳佳公司，能请得动曹大师吗？

佳佳公司怎么证明它有实力？它当然得找人背书。

它找谁？

找国际音乐厅！

问题是，国际音乐厅也要看对象。突然冒出个佳佳公司，说要申请场地，可能吗？

当然不可能！

所以佳佳公司又得请人背书。

请谁？

请曹大师！

两次背书

国际音乐厅可以不认佳佳、不认小王，却不能不认国际知名的曹大师，于是批准了。

佳佳公司再拿国际音乐厅的“批文”给曹大师看。

曹大师可以不信佳佳的牌子，却不能不信国际音乐厅的牌子，当然，曹大师也就答应了。

算来已经交叉地用了两次背书，对不对？

好！现在你或许想，既然租了国际音乐厅，就该好好办。为什么佳佳公司不努力宣传，而敷衍了事呢？

但是，你再想想，佳佳公司的地盘在哪里？

在台湾南部啊！它可能未来主要的业务是做音乐代理，在南部城市办音乐会。它刚开张，可能人手不足、经验不够，调不出许多人到台北。

还有一点，在国际音乐厅的演出之后，接着就有南部的三场，加上一个月的钢琴讲座，要不要安排场地？要不要卖票？要不要报名？要不要宣传？

如果台北办好了，却用去太多财力和人力，忽略了它在南部的地盘，值得吗?

就算在台北打出一点名气，未来台北的音乐家，又可能老远坐飞机到南部，找佳佳做他的代理吗?

所以，佳佳可能不得不放弃台北。也可能从一起初，就不打算在台北好好做。

佳佳在国际音乐厅，只是为了找背书啊!

第三次背书

更重要的是“第三次背书”——

当南部的乐迷，知道享誉国际的钢琴大师，将要来台，而且在国际音乐厅演奏完，跟着到南部演出的时候，能不兴奋吗?

他们不必老远赶到台北去听，佳佳公司已经把大师请到他们眼前。

就算有人原来不知道曹大师，听说他在台北国际音乐厅演出也就相信了。

这样的大师到来，能不去听吗?佳佳公司能不卖个客满吗?

加上曹大师果然技惊四座，当然钢琴讲座也报名满额。如果佳佳公司再把演奏录音拿出来卖，能不赚翻了吗?

交叉背书

不仅如此，还有第四次的背书呢——

你想想，佳佳公司除了获利，它最大的收获是什么?

是“名”!

这个刚成立的音乐公司，第一次办音乐会，就上了国际音乐厅，就得了个满堂彩。

如果你是南部的音乐家，想办演奏会，你会找谁做你的代理?

国际音乐厅、曹大师、客满的观众、如潮的佳评，都为佳佳公司做了“背书”，你可以不信佳佳，不信小王，你能不信那背书吗?

于是，佳佳公司一炮而红了。

它成功在哪里?

成功在它以小换大，以交叉背书使它有了名气，也可以说它踏着背书者的“台阶”，一步步走向了高峰。

或许你要说，这背书都是找有名的人，你是无名小卒，也不认识名人，所以与你无关。

这么说，你就错了。要知道，古往今来，多少人都是踩着别人头顶爬上去的。说不定你正在踩，说不定你正被踩，更可怕的是，你很可能被踩了，却没感觉。

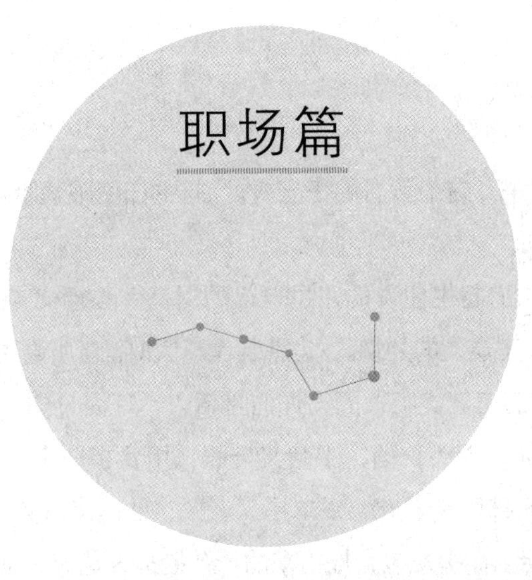

职场篇

想让自己成功，先得了解人性

王老虎上任

“在咱们这圈子，有个著名的王老虎。”赵主任把眼睛瞪得像老虎似的，将一桌人扫视了一圈。

小陈一惊，知道赵主任说的正是自己的舅舅，心想：“赵主任大概不知道，我就是鼎鼎大名的王老虎的外甥。”也就装作不认识，听听赵主任下面要说什么。

“你们都不知道王老虎吧？因为你们是新人，等混一阵子就知道了。”赵主任一仰头，干了杯，眉头一扬，眼睛又一瞪，用食指往桌子上狠狠敲了一下，“真是的！王老虎哪里是老虎，根本是王老鼠，他是空有其名、欺软怕硬，年轻的时候，专门给上面提皮包，提出来的！”指指天花板，干笑了几声，“只怕还擦过屁股呢！来来来！大家干杯！”

一桌人全笑了，纷纷举杯，只有小陈喝得不是滋味，要不是王老虎下条子，小陈今天也不可能坐在这儿，当然这件事只有董事长知道。

董事长跟小陈的舅舅是小学同班同学，以前一起捣蛋，一起罚跪，现在则一起做生意。据说许多商场的小道消息，都是王老虎提供的，他们还打算把两家公司合并呢！

果然，吃完饭没多久，就传出现任总经理请辞，由王老虎接任的消息。

“这下好了！”小陈暗自兴奋，“看你赵主任，还敢不敢再骂王老虎？你要是再骂，我就去告诉我舅舅。”

那赵主任想必也听说了小陈的“关系”，最近看小陈的脸色都不一样了。不过，倒非谄媚或拍马的眼神，而是一种冷冷的、恨恨的态度。

所幸王老虎很快就上任了，而且到任没多久，就把小陈叫了上去。小陈接到总经理秘书的电话，真是得意万分，故意大声说：

“是的！是的！请告诉总经理，我马上到。”当他走出办公室的时候，可以感觉一屋子的同事，都在向他行注目礼。当然，还有赵主任，他一定紧张死了。

“坐！”王老虎就是王老虎，就算亲人，也自有那份威仪，“你来半年多了，做得怎么样？好好学，不要搞小圈子。”

“搞小圈子？”小陈一怔。

“听说你跟赵主任处得不太好，他是行家，在这圈子十多年了，办事又认真。我接管之后，好几件事，都是他抢着办的，又快又好！他说你靠着我的关系，对他不太客气，这可是我听了要不高兴的。”王老虎满面寒霜，“这件事用不着我跟你妈说了，你自己好自为之。以后赵主任说什么是什么，不准唱反调！”

小陈一头狗血，也一头雾水地走出总经理办公室，正碰上赵主任抱着一摞卷宗进来。

“小陈哪！”赵主任故作亲切，“下次我要是说错话，你千万要担待，而且早早指点，我会感激不尽的！”

想一想

看完这个故事，你可能很奇怪，为什么“说错话”的赵主任成了赢家，而那关系特殊，又有口德，没把赵主任的话传给自己舅舅的小陈，反而输了？

他输在什么地方？输在他没有在赵主任未开口批评王老虎之前，先表明自己是王老虎的外甥。于是，批评的人肆无忌惮地开了口，也驷马难追地让自己的把柄，落在了小陈的手上。

当赵主任知道小陈的“关系”之后，能不紧张吗？他能不假设小陈会去告状吗？当小陈告了他之后，他能不倒霉吗？

他唯一的应对方法，就是先下手为强，恶人先告状。

于是，他努力地表现，好好地巴结，再制造一个有意无意的机会，说小陈跟他之间有摩擦。

赵主任这样做之后，就算小陈再去告状，王老虎也不会听。这是因为事实摆在眼前，赵主任是很认真、很效忠，小陈说负面的话，不但不可能产生杀伤力，只怕还要引起自己舅舅的反感，因为王老虎会假设，小陈利用自己的关系。

就这样，小陈输了！问题是，在这个社会上，我们处处看见人们演出这样的戏。

一个妻子，很可能试探着问与自己丈夫共事，却并不认识自己的人，对她丈夫的印象。

从正面来看，那似乎是明察暗访的"暗访"，为她丈夫做民意调查。对方如果答"好极了"，那该是多有面子的事?！谁不希望知道有人在背后说自己好呢?她的丈夫日后可能对这说好的人，格外的好。

只是，我们想想，如果对方说"不好"，这做妻子的要不要告诉自己丈夫?当她丈夫知道之后，是不是会加倍痛恨对方?

更要命的是，当对方知道"她"居然是"他"的太太时，即使做妻子的没把事情告诉丈夫，对方也会假设如此，而心怀戒备。双方的关系，更变得疏远了。

记住，这世界上许多人会问你对第三者的看法。他的目的，可能是调查，也可能是"套你的话"。当你发现别人来套话的时候，一个字也不能说。

至于在一般闲谈间，如果你发现对方要批评与你相关的人，最好的方法，就是及时把话题带开，或暗示对方，你的"关系"。

否则，对方的批评一出，如故事中的，那许许多多的副作用，就会产生了。

总之，能不传话，最好不要传话；能不套话，最好不要套话；能不涉入"背后的批评"，最好不要涉入。让自己像沙滩，多大的浪来了，也是轻抚着沙滩，让它们一一地退去。而不要像岩石，使小小的浪，也激起高高的水花。

地下主任

留三分余地给别人，就是留三分余地给自己。

“请问系主任在不在？我们要采访他。”

没想到还在布置会场，记者已经来了。怎么办？怎么办？系主任还没到，几个学生急得团团转。

“打电话到主任家好了。”有学生建议，赶紧翻出电话号码，挂了电话过去。

“怎么这么早就来了？我还在洗澡呢！”主任在电话那头也着急了，“你们先应付一下，陪记者坐坐，说我马上就到。”

电话才挂，就有别的学生跑来，说不用打电话了，何助教已经把事情解决了。

果然，看见何助教跟记者们寒暄：

“主任还在忙，没关系！你们有问题问我好了，这个研讨会我最清楚。”

何助教确实最清楚，讲句实在话，访问系主任，真不如访问何助教，这个研讨会从头到尾，根本就是何助教在办。连邀请记者的名单和新闻稿，都是何助教拟的。

系主任自从有了何助教，真是轻松太多了，大大小小的事，何助教一手包，连小孩在学校跟同学打架，都是何助教出马摆平的。怪不得，何助教进来才两年，大家已经偷偷叫他“地下主任”了。

地下主任真是仪表堂堂，你看！他接受电视台记者访问的样子，多英挺而充满自信哪！如果说有一天他会真当上系主任，没人会怀疑这句话，连主任不都这样认为吗？

记者采访完何助教，大概急着赶下面的新闻，一群人冲出门去，正碰见跑得上气不接下气的系主任。主任连连道歉：“对不起！对不起！碰上塞车，来晚了一步。”

“没关系！”记者们说，“何助教已经说得很详细了！”

“那好！那好！”主任不好意思地应着，直到记者上车离开了，还喃喃地说，“那好！那好！”

丢脸有理

秀英今天一进门，脸色就不好，皮包往沙发上一摔，坐在那儿，闷不吭气。

“怎么了？”小王轻声细气地靠近。

“怎么了？”秀英别过脸去，“问你自己！”这一开口，气是更大了，脸一下子涨得通红：

“你今天真是让我丢够了脸，当着一大堆同事的面，我真想找个洞钻进去。”

“我跟我们处长，到你公司参观，怎么会丢你的脸呢？”小王一头雾水，“正因为我是处长面前的红人，他才会带我去，他怎么不带别人呢？而且，你要想想，处长不去别的厂参观，为什么专找你们工厂，还不是我介绍的？”小王也愈说愈有气，“你们工厂，从上到下，如果做成这笔生意，应该感谢我，也就是感谢你才对，怎么反而说让你丢脸呢？”

“当然丢脸！”秀英转过脸来，“你还没去，我就跟老板和同事说了，说你是我同系的学长、高才生，也是这方面的专家……”

“你说得没错啊！”

“错大了！”秀英一瞪眼，突然低下头，掩着脸哭了起来，“你跟在你们处长旁边，一副一问三不知的样子，明明你最懂的机器，根本可以由你来介绍，你为什么不说话，还不断问你们处长？他懂个屁！”

“他懂个屁？”小王停了一下，居然笑了起来，“他也是学这个的，就算过时了，他总是处长啊！”

想一想

以上这两个故事，我故意只讲一半，留下结尾让读者猜。

何助教确实是个聪明的年轻人，他一个人可以当十个人用，问题是，“聪明”包括的不仅是知识、反应，更应该包含处世的智慧。

年轻人失败，常败在不知道及时表现自己，也常败在过度表现自己。愈表现，愈得意，得意忘形到忘了别人的存在。

相反地，那个以幕僚姿态，站在长官身后，默默耕耘，不彰显自己的小王，则懂得了做人的三昧。故事中，小王说得很明白：“他（处长）也是学这个的。”

如果处长完全是外行，由小王这个内行代为解说，绝对是当然的事。但是，当自己的主管也是内行人的时候，小王抢在前面说话，不但是抢风头，而且表现了“我比你内行”的气势。

推销员都懂得一种说话技巧，明明知道对方并不懂，却说：

“相信您一定很内行，知道……”然后，把自己要推销的观念说出来。这样做，要比说“您要知道……”的效果好得多。因为前者表现的是同意，是同一立场，也是尊重；后者表现的，是假设对方不懂，需要人指点。

人人爱戴高帽子，当然前者的说法最讨好。

此外，人都喜欢表现，每个懂一点的人，都自以为是半个专家，而每个专家，都希望自己是专家中的专家。有什么情况，会比在一个专家面前，表现得更像专家，造成的场面更尴尬呢？

我曾亲眼看见，一位大师带着徒弟参观书法展，站在一幅草书前，大师摇头晃脑地一个字一个字地读下去。突然，有个字写得太草了，连大师也认不出来，正左想右想的时候，徒弟却笑道：

“不过是个‘头发’的‘头’罢了！”

当场，大师就变了脸，怒斥道：

“轮得到你说话吗？”

那徒弟犯的错，就是“在老师面前充老师”，问题是，那毕竟是他老师啊。

谈到这儿想起，我们也常在学术界，听见研究生抱怨：“某教授发表的论文，根本多半是我写的。他只是定个题目，全是我做的研究，偏偏到后来挂他的名。”

这种实情是不少，但我们也要想想，当那个教授在做研究生的时候，是不是也曾经帮他的教授做研究呢？

有一些“伦理”是长期发展出来的，看似不合理，其中却有一定的道理。

“一将功成万骨枯”，小兵可以说：“白刀子进、红刀子出的仗是我们在打，为什么成名的都是将军？”

他说这句话时，应该想想：

第一，哪个将军不是从下层升上去的？

第二，当仗打败了，譬如第二次世界大战，上绞刑台的，是那些将军战犯，为什么不是杀人的小兵？

我曾经看过一个博士论文答辩之后，指导教授对通过答辩的学生，很客气地说：

“讲实在话，这方面，你研究这么多年，你才是专家，我们不但是在考你、在指导你，也是在向你请教。”

学生则再三鞠躬说：

“是老师指导我方向，也给我机会，没有这个机会，我又怎么表现呢？”

在这儿，我特别要对初入社会的年轻朋友强调，这个社会好像许多果园，当你进去，果园的主人可能说：“好！那片地，交给你种！”

当你种出最丰硕，甚至远超过果园主人以前种出的果实的时候，永远不要忘记，是谁让你进来，又是谁给你这块地。

我们自鸣得意的时候，千万不能忘本。

当然，人际关系的进退，是有很大技巧的，有些技巧近于不合理，甚至可以称为机巧。

譬如，当古代皇帝御驾亲征的时候，即使正在与敌人对阵的将军，可以一举把敌人击溃，不必再劳动皇帝，但是只要听说要御驾亲征，就常常按兵不动。等着皇帝来，再打着皇帝的旗子，把敌人征服。

这按兵不动，可能姑息养奸，让敌人缓过劲，而造成很大的损失，为什么不一鼓作气，把他打下来呢？

此外，御驾亲征，劳师动众，要浪费多少公帑？何不免掉皇帝的麻烦，皇帝岂不更高兴吗？

如果你这么想，就错了，甚至错得可能有一天莫名其妙地被贬了职，甚至掉了脑袋。

你要想想，皇帝御驾亲征是为什么？里面难道不存有“好大喜功”吗？他会不会根本知道敌人已经马上要投降，才御驾亲征？他不是“亲征”，是亲自来“拿功”啊！

拿功给谁看？

给天下人看！给万民看！

看！皇上一出马，顽敌就俯首称臣了。

所以就算皇帝只是袖手旁观，由你打败敌人，你也得高喊：“吾皇万岁万万岁！”都是皇上的天威，震慑了顽敌。

这样说，有错吗？

也没有错。因为你的军衔，是皇帝给的，你的大军也是皇上派的。饮水思源，还是皇恩浩荡。

说了这许多，有些事真令人疑惑、让人心寒，但这是真实的社会、真正的“人性”与“人情”，我不能不说，你不能不懂。

对了！前面两个故事的结尾——

何助教后来考自己系里的研究所，居然没考上。主任常冷嘲热讽，何助教最后出了国。

秀英的工厂，果然拿到了订单，小王后来还当上了处长。

举起来，扔下去

麦克跟经理的对立，是愈来愈尖锐了。他甚至连总经理也不放在眼里。

总经理儿子毕业典礼，记者去做了采访，新闻送到麦克的“主播台”上，硬是被麦克扔了出来：

“这是他家的新闻，如果每个学校的毕业典礼都播一段，我们干脆把新闻改成‘毕业集锦’好了！”

相反地，经理要“淡化”处理的新闻，麦克却可能大做文章，硬是炒成焦点新闻。麦克说得好：

“是新闻，就是新闻，遮也遮不住，观众有‘知’的权利！”

对！观众正是麦克的后盾，全国最高收视率王牌主播的头衔，使麦克虽然只具有“记者”的职等，却敢向老板挑战。

“把他开除！”总经理终于忍不住，火大地对新闻部经理说。

“我不敢！只怕前一天他走路，后一天我也得滚。”经理直摇头，“他现在太红了，每天单单观众来信，就一大摞。”

“你说他现在太红，倒提醒了我，给他升官，行了吧?！”

公司新成立一个部门，由麦克担任经理。

消息传出，每个人都怔住了。

“总经理能不计前嫌，以德报怨，真令人佩服！”

“也可能总经理怕新闻部‘一山难容二虎’，所以把麦克调升另一个部门。”

“不管怎么样，以一个记者，一下子跳做经理，未免太快了吧！”

麦克真是意气风发，虽然不再报新闻，但是目前职位高、薪水高，而且负责策划一个更大的新闻性节目，谁能说不是海阔天空任翱翔呢？

麦克确实是任翱翔。公司甚至推荐，并资助全部旅费，送麦克出国做三个月的考察。

麦克回国了，带着成箱的资料和满腔的抱负，开始大展宏图。

只是新闻性节目，总得向新闻部借调影片，一到新闻部，东西就卡住了。

“哈哈！麦克经理，你是一个部门，我也是一个部门，你又不属我管，你有你的预算，还是自己解决吧！”新闻部经理笑道。

麦克告到总经理那儿。

“他说得也对，你现在有自己的预算、自己的人手，应该自己解决问题！”总经理拍拍麦克，“你们两个不和，我把你调开、升官，不要再斗下去了！”

问题是，新闻不能再“演”一次，过去的资料片找不到，别家电视台更不愿借，麦克怎么做呢？加上怕侵犯著作权，麦克连从书上拍一张图片，都得付不少钱。英雄如麦克，也徒叹奈何了！

部门成立一年，节目筹划八个月，居然还拿不出来，而钱已经不知花下多少。

董事会里，董事们开始骂：“好的记者，不一定能做好的主管！只见花钱、出国，不见成绩！搞什么名堂？！”

报纸也不时提到这件事，责难麦克不是当领导的料，只会自己作秀。

总经理终于不得不把麦克叫去：

“你还是回新闻部吧！”

“我希望回去报新闻！”麦克说，“那是我的专长。”

“恐怕暂时不行，新的主播表现不错，观众的反应不比你当年差，你还是先做做内勤，慢慢来，看经理给不给你机会。”

麦克辞职了，他知道新闻部经理不会给他机会。做过了经理，他也拉不下面子回去做个职员。

麦克离开，报上也登了消息，只是不过寥寥几行，毕竟有负长官器重，做事不能成功而离职，不是什么光彩的事。

想一想

不战而屈人之兵，是最高明的战法。总经理下的这盘棋，就是不战而对付了麦克。甚至可以说，他逆向操作，每一步棋都是退让，都是仁厚，连离开，麦克都无法骂总经理，甚至还得感谢总经理给他那样好的机会。

当麦克平步青云，自然会被同僚嫉妒，造成他潜在的被孤立因素。

当麦克出国考察，使他的人脉更为之被切断。

当麦克独当一面，也代表着他必须为成败负全责。

当麦克离开主播台，他便离开自己成才的地方，失去了群众资源。

当麦克黯然离去，很难获得别人同情，因为他不是被挤下去，是自己干不下去。他显示的是“江郎才尽”或“黔驴技穷”。

相反地——

如果当年总经理把麦克开除，或麦克自己宣称被排挤，而愤然离开，那情势将完全不同，全国爱护麦克的观众，都会跟麦克站在一线，他是悲剧英雄。

谁不同情、不崇拜“悲剧英雄”呢？到那时候，只怕真如新闻部经理原来所说——“后一天我也得滚”！

而悲剧英雄，必然立刻能被其他“慧眼”的人重金礼聘，成为对付原来公司的“致命的敌人”。

一个军队的统帅，可以派他最不满意的将领，去打一场九死一生的仗。打死了，正好除去眼中钉。打赢了，则是统帅用人成功。

一个公司的老板，可以派他的眼中钉，出去经营分公司或连锁单位。表面看，那是升官，不去，就是不知好歹和抗命。去，则是远离权力中心和拼命，拼死拼活都是老板赢。

此外，与麦克被“降温”是同样的道理。

当一个刑事案件，被新闻炒热，成为民众的注意焦点时，法官往往不得不顺应舆情地“重判”或“轻判”。

不过别急！等拖上一段时间，新闻热度过去，二审、三审还有翻案的机会。到时候，人们已经淡忘，反应自然不会太激烈。

在人生的战场上，永远要记得：

鱼不能离开水，如果你靠群众起家，就不能离开群众。如果你靠某样专业起家，最好不要被“调离”你的专业。即使被调开，也要保持联系，不能落伍。

当然，你也可能是了不得的大才，能从九死一生的战役中凯旋。那时候打倒奸徒，而获“黄袍加身”的，自然是你。

小石变法

自从小石成为董事长的特别助理，各单位的主管都紧张了起来。因为随时一通电话，就可能忙得鸡飞狗跳，稍稍反应慢一点，小石自己便冲了下来。

毕竟是留美的企管博士，虽然年纪不过三十出头，办事效率可了不得，进公司没多久，就把每个部分全搞清楚了。

当然，搞清楚也就有了麻烦，不见那张经理、王副理，分别卷了铺盖吗？前一天小石才在他们的单位转一圈，翻了翻本子，第二天居然就发下了免职通知。从小石进来，原本已够精明的董事长，更是如虎添翼，事事能洞烛机先了。

当然董事长也真了不起，虽然受的教育不多，但是知人善任，所以公司能由当年一个厂长，加上管会计的华小姐和几个工人，发展到今天上百人的大规模。人人都说，厂长没有华小姐，不可能把财务抓得这么稳，华小姐若不是把命卖给了公司，也不可能拖到今天仍然未婚。

小石跟董事长非亲非故，还不是一次面谈，就得到那么大的权力！董事长的道理很简单：

“时代不同了！需要用现代方法与观念来管理，才能经得起考验，聘个外来的年轻人，没有旧的瓜葛，做事放得开手，也显得客观。”

几乎每次主管会议，董事长都要当着大家夸小石，说要由小石帮他，为公司做一次全面的整顿，改善公司的体制，冲得更高更远。

小石的评估计划终于出炉了，所有的主管都屏息以待，看看要怎样“变天”……

“在了解每个部门的作业之后，我觉得公司需要全面电脑化、透明化，把所有的资料全部输入电脑。要查哪批货、哪笔账乃至估价的细节，一按键就清清楚楚地出来，既提高了效率，减少了自由心证[①] 和人情干扰，又可以防弊！”

小石把一份厚厚的计划书，交给了董事长：

“上面写得很详细，连电脑的容量、机型，都做了评估，花不了多少钱。您只要交给采购部门，找人估价就成了，到时候我会协助安装，并教大家使用……”

“好！好！好！我来看看！”董事长频频点头，又转过身，“华小姐，你也研究研究！”

一个月就能办妥的事，居然拖了近半年。难道董事长和华小姐要研究这么久吗？不过每次开会，他必定竖起大拇指，大声说：

“石博士这个计划真是太伟大、太伟大了。哈！哈！哈！我愈看愈佩服，一定要做！一定要做！”

大家就猜到小石很快会升到一级主管，果然董事长在会议上宣布了这个消息：

“石博士留美多年，我们公司应该积极借重他的长才，以开拓海外市场，所以我决定设立美国办事处，请石博士担任驻美代表。同时为了使他能无后顾之忧，公司要为他在美国买一栋房子，全家的机票、搬家费和子女的教育费，全由公司负担。”

多么优厚的待遇啊！人人都露出羡慕的眼光。

只是公司的全面电脑化，要由谁来负责呢？

“我正在研究！”每次有人问，董事长都这么说，“一定要做！一定要做！”

想一想

许多人读这个故事，都会说小石功高震主，董事长为了让他远离权力中心，所以把他外放。

---

① 证据的取舍和证明力不由法律规定，而由法官自由判断的制度。

实际上故事中的功高震主，并不合于功高震主的“狭义”解释。狭义的功高震主，是当臣子的功劳太高、权力太大时，有将“主”推翻，取而代之的可能性，使“主”为之震动，而不得不将这个强臣除去。

至于功高震主的“广义”解释，就复杂多了，最少我们可以归纳成以下两种：

一、对主的了解太深，或因为与主太熟，恃宠而骄，造成“功高震主”。譬如历史上许多帮助草莽出身的皇帝打天下的臣子，从来没有好下场。不见得因为他们可能夺权，而是因为当“主”成了所谓“真命天子”时，在万民眼中，他是龙，在当年穿同一条裤子的老伙伴眼中，仍然是普通人。做了龙的主，是无法忍受被视为凡人的，所以那些不知道跪在地上高呼“吾皇万岁万岁万万岁”的老朋友，便要被一一除去。而且为了避免世人责怪他不念旧情地杀功臣，往往要罗织大的罪名，以便堂而皇之地下手。又因为这些老臣，有许多班底，凡不归顺，甚至敢挺身说话的，也可能被一并除去。

这种情况也常发生在夫妻之间，许多由贫苦环境中奋斗出头的夫妻，不能白头偕老，是因为当昔日的贫贱小子，成为众人偶像时，在他老婆的眼中，却仍然是个平凡人。当世人都认为他的学问浩如烟海的时候，在妻子的眼中，却一清二楚，知道他不过读了那几本书。当他在餐桌旁高谈阔论时，坐在旁边的妻子却心中暗笑，丈夫谈话的内容，她已经听了几百次。

于是当有一天那成功的男人，遇到崇拜他的女子，再与常冷言冷语，伤他自尊心的妻子相比时，极可能放弃糟糠之妻。

二、因为做事的方法太直，可能对主造成伤害，以致震主。譬如一个草莽英雄革命成功，为了建立秩序，他需要良好的司法制度；也为了表现兴利除弊，去除旧社会的腐败，他必须整肃贪污。

这时候，他要面对许多困难。其中包括帮他革命的老朋友，这些老朋友很可能正是贪污者，他们自然成为阻力。为了表现大公无私，做“主”的，常不得不向老朋友开刀。

接着的问题，是“主”本人或他的家族，也可能有不法的事，当司法和监察制度真正建立时，他自己也难逃被调查的命运，这时做“主”的，便不得不放缓原有的步子，甚至到头来成为改革的阻力。

又譬如某广大违建区，为了保护自己的利益，而集中力量支持某民意代表当选，但是当那个代表真正进入议会，为了政治良心和整个社会的利益，可能渐渐改变原来反对拆除违建的立场。于是在下次选举，违建户们大力抵制，使他落选。此处的“主”是违建户，那功高而不听使唤的，则是他们原先选出的民意代表。

小石的功高震主，正是因为他的大力改革。起初虽然对董事长有利，但到后来，却可能因为使公司太“透明化”，造成对董事长有害，而遭到“外放架空”的命运。

整个归纳起来，我们要知道：

一、当共事的老伙伴，突然之间发达得近乎神化的时候，他会由于总听见别人的赞美，而有些腾云驾雾。这时如果你发现他不再是原来“察纳雅言”的老朋友，要不然早早拆伙、离开他；再不然，恐怕你就也得跟着众人拍马屁。

相反地，如果过速成功的是你，便应该时时检讨，自己是否犯了“自以为神”的毛病，因为这常是造成你“富不过三年”或“富不过三代”的原因。

做一个“主子”，如果没有主子的格局，在今天，是很难长久的。

二、在主子的眼中，臣子是他的工具，法律也是他的工具，除非他有天下为公，或以“法治”而非“人治”的观念和心胸，否则，那工具对他有利时，他会重用；无利时，他就要除去。

中国有句成语——芳兰当户，不得不锄，正是这个道理，如果那芳兰不是长在门前，而是生在窗前，不但不会被锄，反倒可能被“供养”。

所以如果你自认是芳兰，却不能为上司重视，甚至被视为眼中钉时，先要想想自己是不是“当户”，是不是挡了路！

等到这么一天

丁零……丁零……“喂！部长办公室。”

“请问尹部长在不在？”

“对不起，他出去开会了，您是陈总经理吧？”

“是啊！朱秘书，你真厉害，一听就知道是我，尹部长有了你，真是如虎添翼，让我们都羡慕死了！”

“您过奖了！只盼有一天，我离开这儿，您能赏碗饭吃。”

“赏碗饭吃？你说的什么话！高薪礼聘还来不及呢！只是，能有这个荣幸吗？真能等到这一天吗？尹部长不会放人的！”

尹部长居然放了人。

其实朱秘书和尹部长不痛快，早不是一天的事，只是外人不知道罢了。自从陈总经理说了那番话，朱秘书更是有恃无恐，有一天居然跟尹部长拍了桌子，提起包就走了。

“陈总经理您好！我是朱秘书。”

“朱秘书？哦！就是尹部长办公室……”

“我离开了！”

“离开了？你不是做得好好的吗？”

“就是不好啊！所以打电话给您。您上次不是说可以赏碗饭吃吗？”

“哪儿的话！哪儿的话！我立刻安排，立刻安排！麻烦你把家里电话告诉我秘书，我会交代下去！来！宋秘书，你接一下朱小姐的电话！”

电话才挂，陈总经理就打给了尹部长。

“部长！刚才接电话的好像不是朱秘书啊！”

“她走了！不干了！”

“她不是挺能干的吗？”

“能干归能干！要走也留不住！”

“大概是被您宠坏了吧！”

“我不宠人，公事公办！听说她要到你那儿去？”

“哎呀！部长大人您怎么这么说！您想想，我能用她吗？”

想一想

看完这个故事，请问陈总经理会不会聘朱小姐？

不会！为什么？他不是早答应朱小姐，会重金礼聘吗？

不错！但是只要你顺着理路想下去，就会懂了：

一、陈总经理为什么会对朱小姐说那么好听的话？

那是因为他总要通过朱小姐找尹部长，拍着朱小姐，办事会方便得多。

二、陈总经理能不能聘朱小姐？

当然不能，因为跟尹部长闹翻的人，如果陈总经理聘了，岂不是会惹尹部长不高兴，怀疑陈总经理挖了他的人？

三、尹部长如果与陈总经理有业务关系，容不容许陈总经理聘朱小姐？

当然不愿意！即使他不能阻止，最少会忌讳。因为自己的机要秘书成为别人的，就如同自己的下堂妻嫁给了熟识的人（或敌人）。不但面子挂不住，而且多少业务机密和自己的隐私，都可能落到对方手里。

再进一步想，在尹部长那么位高权重的地方，尚且敢说不干就不干的人，陈总经理又留得住吗？一个对原来老板拍桌子的部属，又一定会效忠下一位老板吗？

这个故事虽然很普通，却说出了一个大家不能不注意的事实。

你绝不要以为站在今天的职位上，所获得的推崇，当你换了职位，依然能够保有。当你在大公司工作顺意，似乎外面厂商、客户都对你奉承有加、形同兄弟的时候，你千万不可乐昏了头，甚至想，如果我跟老板闹翻了，自己出去另立门户，大家都会跟着我走。

据统计，客户跟着业务员跳槽的比例是非常低的，因为：

第一，原来的厂，已经合作很久，既然没出问题，何必自找麻烦换地方？

第二，原厂的老板也是老交情，甚至交情远在那跳槽的业务员之上，何必为个部属得罪老朋友？

第三，许多人认厂不认人。如同猫常常认屋子不认主人一般。这是一种人性。

第四，做老板的常向着做老板的。他下意识中也不会愿意跟着对方老板的叛徒跑。何况这样做，会给自己手下留个坏榜样。所谓“己所不欲，勿施于人”。何必呢？

第五，当有人跳槽另起炉灶时，原厂为了留住老客户，并打击新对手，常会加强服务、降低价钱。既然已经在这“矛盾”之间获利，也就不必换厂了。

由此可知，除非你自立门户之后，条件远优于原来的东主，否则，你是很难在短期获胜的，即使获胜，也常会两败俱伤。

所以，不论跳槽或自立门户，都得好好策划，而不能因为自己“狐假虎威”地得到些掌声，而错估真正的形势。否则，你会败得很惨，甚至惨到在原来的圈子待不下去。如同前面故事中的朱小姐，不是她的能力不足，而是因为尹部长的权位太高。除非尹部长失势，否则朱小姐在原来圈子是很难混下去的。

话说回来，如果当初朱小姐能够高高兴兴找个借口辞职，为老板做足面子，然后或者出国进修，或者先进入一个不相关的行业工作。待上两年之后，再转入陈总经理的公司，则大有可能。

这是很重要的一种跳槽技术，不论你是用人的老板，或打算跳槽的职员，都必须知道。毕竟——

“转进”比“撤退”好听，“杯酒释兵权”比“平定三藩”来得省力啊！

只管向我报告

“听说你们经理要移民，你为什么没跟我说？”小王才进门，太太就追着问。

“干吗跟你说？又轮不到我。”小王没好气地把公事包摔在沙发上。

“经理离职，不由你这个副理升，由谁升？”

“你少啰唆好不好？”小王更有气了，“你难道不知道，我们有两个副理呀？你又难道不知道，江副理是总经理的表弟？”

“他不是已经有一个表弟在做业务部经理了吗？”

“是啊！再把另一个升上来做生产部经理，不是正好？”小王转过脸，“我问你，要是你做总经理，你升谁？”

“升你！”太太指着小王，理直气壮地说，“当然升你！不信我们打赌！”

一大早，小王就被叫进了总经理办公室。看到满脸笑容，小王知道那是安抚他的前奏。果然，总经理说了：

“王副理，你知道江副理是我的表弟，他也一直在争取经理的职位，前两天我姨妈还出了马，他哥哥更是大力推荐。”

“我知道！我知道！他确实是最佳人选。”小王不断点头。

“好极了！你很谦虚。”总经理站起身，转过桌角，拍拍小王，“我决定升你做生产部经理！”

小王愣住了，不敢相信自己的耳朵。

“我知道你特别努力，不升最努力的人，升谁？”总经理的声音像从天上传来，“你虽然没什么后台，但是从今天开始，我就是你的后台。你不必顾忌江副理是我的表弟，业务部有什么不对，只管向我报告，我支持你！”

小王升上去，全公司的人都跌破了眼镜。据说业务部经理气得脸都绿了。原来跟小王平起平坐的江副理更不用提，听说已经打算另谋高就。

倒是总经理在同人的眼里，好像头上戴了一圈光环。他能够用人唯才、大公无私，真是太伟大了！

只是，业务部和生产部之间的紧张状态，也可以想见。生产部的东西稍慢或出点问题，江经理就去上面告状。业务部接单子，稍微不努力，小王也立刻上去参一本。据说小王自己，还亲自抓回了两件业务部没做成的买卖呢！搞得江经理面子不知往哪儿摆。

这种对立，岂不是会影响公司的发展吗？

不过，也妙！公司的业绩不但没下滑，反而一路上升，很多原来不打交道的贸易商都自己上门。年终奖金发下来，全公司的人都乐开了。

更乐的是小王的太太，因为她赌赢了。小王的年终奖金，全进了太太的荷包。

想一想

看完这个故事，你是不是也一团疑惑？从中国人家族企业的角度看，当然应该升自己的亲戚。为什么这位总经理却升了“外人”呢？

但是，从另一个角度想：

总经理是不是因为大公无私，而提升了领导者的形象？

小王能以一个外人而获得重用，是不是会加倍卖命？

业务部经理发现自己表哥毫不徇私，是不是特别警惕？

小王的生产部会不会因为江经理的挑剔，而更注意品质、产量与交货时间？

江经理会不会因为小王盯得紧，而愈加拼命拉生意？

相反地，如果这两个部门全由自己人（江氏亲兄弟）做，那个自己人，又不完全是总经理的自己人，这当中问题就产生了。

客户对产品不满意，反映给业务部，如果是小声，很可能被压下来，不让老板知道。

生产部如果明明加班就可以做出来，却不想加班，也许可以跟业务部疏通："不要接这个单子，就说我们订单已经满了。"

你会发现当双方对立时能办到的事，不对立的时候都办不到了。这是因为，在一个公事公办的组织当中，对立并不代表敌对，而代表各自"相对地直立着"。说得简单一点，就是不偏私。

于是，那对立成为公事公办，毫不通融。那对立，也是彼此监督、相互竞争。

监督之下，各种弊端都会浮现；竞争之下，必然产生更大的进步。

这个故事，是告诉经营者和领导者，不要认为都用自己人是最好的。自己的人可以用，但他们必须是对你绝对效忠的自己人，而不能让下面人之间的徇私，超过对你效忠的程度。如同故事中，江经理和王经理（小王），都是总经理的自己人。一个是亲表弟，一个是亲自提拔出来的好部属。江与王都对总经理效忠，却彼此是客观地各尽本职。

相反地，如果王与江的私交有可能超过"公事公办"的程度，则不是好现象。

不论在政治、军事、商业界，聪明的领导者，都知道怎样安排部属之间的"权力均衡"，使领导者能不被蒙蔽，也减少部属联合叛变的可能（包括商业界下属一起离开公司，另起炉灶）。

再从部属的角度看。如果你是个没有背景的人，绝对不要因此认为争不过那些"有关系"的。要知道，"没背景"可能正是你的优点，你可能因此而找到"背景"。

此外，如果你喜欢拉小圈子，也必须小心。在主管者的眼里，小圈子不但最容易惹闲话、造是非，而且最易作弊。你尤其不可跟业务上应该"客观对立"

的人拉小圈子。譬如你是会计，他是出纳，你们走得比谁都近，似乎形影不离。据你想，这两个部门本来就该合作无间。但是你也要知道，商业界的一句老话："会计兼出纳，弊端丛生。"所以，私交是私交，公事仍然要公办，如果有公私不分的现象，绝对是大忌。

当然，如果领导者采取"直接领导"的方式，也可能造成两个缺点。

第一，是"马屁精"型的部属，巨细靡遗地向你报告，造成累死领导者、不能分层负责的情况。

第二，是你经常会听到闲话，不是这边告一状，就是那边参一本。

面对这两个缺点，你必须一方面做到充分授权，要求部属分层负责，一方面对于各种"小道消息"，要有过滤的能力。你尤其要多听少讲，免得部属拿你无心的一句话，"鸡毛当令箭"地下去传递，造成许多不必要的困扰。

记住！一个开车时闪躲路上每个小坑洞的人，常有较高的出事率。中国更有句俗话："不痴不聋，不做家翁。"一个对于部属告的每个状，都做立即反应的人，绝对不是最佳的领导者。

领导者怎样使属下各尽本职，客观地对立，而不是主观地敌对，以避免徇私、腐化，是一门很大的学问。

请继续看下一个故事。

董事长算什么?

已经十点了，小邱还没到，一大堆事情等着他办，就算是董事长的干儿子，也不能这样不像话啊!

“打个电话到小邱家里，告诉他一堆事情在等他。”朱经理对王主任说，“搞不好，还没起床呢！”

电话通了，是小邱太太接的。

“他太太声音怪怪的，好像还没睡醒。”王主任捂着电话筒说，“说小邱一大早就出门了。”

“我来讲！”朱经理一个箭步抢过话筒，“对不起！邱太太，我们可有急事，小邱到底上哪儿去了？麻烦你找找，叫他快点来上班。”挂上电话，抬头看见小邱桌上堆得高高的文件，朱经理面色铁青，“什么早出门了！只怕啊，还在她身边打呼噜呢！”

没过多久，小邱就来了，只是人没来，来的是电话:

“真对不起！经理！因为我干爹早上临时有点事，叫我过去帮忙，他说会先打电话给您，可是他忙忘了！我的事能不能请孙小姐先弄一下？我下班之前一定赶回去。”

“好吧！下次早点说。”朱经理强忍着一肚子气，把电话狠狠地挂上。低着头，他知道四周的眼光都在向他看，有像小邱这样的特权阶级，要他怎么带人?

“小邱什么时候能到？”王主任过来小声问。

这一问，朱经理的火更大了:

“不知道，干脆不用来算了！”说着，电话响，拿起话筒，继续骂，“真是的，有个干老子董事长算什么？董事长，吃闲饭养老的，就以为了不得了。”把话筒放到耳朵边：“喂！”朱经理的脸色突然变得惨白，颤抖着声音：

“董事长！您好！”

想一想

这是个千真万确的故事，后来的结局是，朱经理调差，坐了冷板凳，一直到退休。

平心而论，朱经理生气不是没道理。小邱要董事长打这个电话，有“越级”以董事长压制自己主管的现象。毕竟自己有自己的职责，自己的单位有内部的分工，就算以董事长之尊，也必须尊重下级单位的主管。除非，这是公司的公事；即使是公事，董事长也应该先征询朱经理的同意。这些都是工作中应该讲的“伦理”。只是，在我们的社会，像小邱这样的事却屡见不鲜。

朱经理没错，错在他“使用电话”的技巧。

电话虽然是现在人人都用的工具，却有许多人不但不懂电话礼貌，更缺乏使用的技巧。

譬如说，打电话有打电话的“伦理”。当你打电话给同辈的朋友，知道对方一定是由秘书先接电话的时候，你可以叫自己的秘书拨过去，等对方的秘书一去转接老板，就把电话转到自己的手上。

相对地，如果你知道对方没有秘书，而是亲自接听，在电话礼貌上，则应该自己拨电话。

你想想，如果有一天，你接到电话，是个陌生的声音，说：“对不起，麻烦您等一下，我老板要跟您说话。”就算对方说话很有礼貌，你心里能不多少有点反感，觉得对方是在耍大牌吗？

或许有人说，我从来不在乎。可以！你可以不在乎，但永远要记住，你不在乎，并不表示别人不在乎。许多人处世，遇到莫名其妙的挫折，都是因为没注意到这种小地方。举个例子：

有个人跟朋友约好中午十二点碰面，临出门碰到一点事耽搁了，冲出门之前交代秘书：

“打个电话过去，说我已经出门了，交通挤，怕会迟一点，请对方包涵。”

这秘书立刻拨了电话过去，由对方秘书接听，原本可以转告，为了表示慎重，坚持要找对方老板，那老板正急着看表呢。

“对不起！李老板，我们老板已经出门了，他说路上挤，怕会迟一点，请您包涵，他很忙的！”

才放下电话，对方的老板就冒了火：

“他忙，难道我不忙？”

原本能谈成的生意，居然没做成。

让我们想想，那秘书到底说错了什么话？她错在加了最后一句“他很忙的”。

说错一句话，可能造成极大的影响。

现在，让我们回头，看看朱经理。他的电话技巧错在哪里？错在他不应该已经拿起电话了，还在继续骂小邱。

许多人都容易犯这种错——

一、电话筒拿起来了，没弄清对方是谁，却在继续说话。

二、电话讲完了，说了再见，还没把电话挂好，就开始批评刚才打电话的人。

这样让人听到的“坏话”，是加倍引人恶感的。因为那不是当面的话，而是“背地的批评”。

从另一个角度看，如果你打电话给朋友，对方拿起电话，还没有开始对话，你已经听到他在骂你的时候，你该怎么做？

装作没听见？（对方一定猜想你已经听到，而心里七上八下。）还是当场冒火？说：“好啊！你让我抓个正着。”造成最尴尬的场面？

抑或，你可以立刻把电话挂上，反正对方不知是你打的，于是你对对方有了戒心，对方却不知道你在无意间听到了他对你的批评。

不要把脸扯破，不要把事情当面拆穿，是处世的一门大学问。想想，如果前面故事中的董事长，能先把电话挂上，等一会儿，装作没事地挂过去为小邱请假，再隔一阵，把朱经理调职，那么就算朱经理猜，也不可能确定自己的调差，是因为小邱和董事长，更不会直接仇视这两个人。

最起码，当天办公室里的场面，不至于那么难堪！

谈到打电话，还有一种电话技巧——

我们有急事找对方，打了十几通电话都找不到，终于找到的时候，我们多半会说：

“真不容易，我打电话找你打了十多通，总算找到了！”

这虽然是人之常情，但是也要知道，就技巧而言，这样说，是会使自己处于弱势的。

譬如你跟某人做生意，他要你考虑行不行，你在考虑之后要告诉对方“行”的时候，即使打电话打了一百次，当电话终于接通的时候，你也最好不要提“我找你找得好苦，打了一百次电话”。甚至当对方问你“我出国了一个礼拜，秘书又休假，你大概找我找了好几天吧？”的时候，你也最好说：“没有啊！不是一打就通了吗？”

否则，你就显示了“急于做这笔生意”的样子，在商场的谈判上，你立刻在气势上就弱了。

（亲友之间表示思念，或你为对方好的情况下，属于例外。）

当然，打电话找人，如果对方不在，常会有别人接听，这就涉及了另一种电话技巧。

你会发现，有些人在你留话之后，很快就回电，有些人则相反。除去他故意不回电话的可能，多半都是因为传话的人“忘记转告”。

把这种可能降到最低的技巧是——

当你打电话，对方不在，而别人接听时，你一定要弄清他是谁，最起码知道他姓什么。

“谢谢！王小姐！麻烦您了。”跟只说“谢谢！”之间，会产生很大的差异。因为当她发现你知道她是谁的时候，也会意识到：“如果我不转告，我办公室的同事会怪我。”

有了这种“认知”，当然比较负责。

此外，除非你确认对方能“背”你的电话号码，否则一定要把自己的电话告诉传话人。

想想，当一个人慌慌忙忙冲进办公室，同事说有好几个人等他回电话的时候，他是先回知道号码的，还是先花时间翻电话簿？如果你留了号码，不但容易得到优先回话，而且为对方节省了时间，何乐而不为呢？

最后，我要谈一个极常见的情况：

当别人打电话给你，你旁边正好有他认识的人，你也许常会问对方：“某人也在旁边，你要不要跟他说话？”

你或许认为这是一种体贴，但是，这可能对，也可能错。

当你这么问时，对方即使不想说，能不叫你把话筒转过去吗？如果他说“不必了”，又给那在你身边的人什么感觉？

那是一种尴尬啊！所以，当你假设对方“可能”愿意，或“企盼”跟你身边的人说话时，你最好只说：

“某某人正好在我这儿。”

他如果希望找那人说话，自然会请你转过去。他如果不想多说，则只要讲“请代我向他致意”，礼貌也就到了。

相反地，如果你在打电话时，对方问你要不要跟身边的某人说几句时，即使你不想，也最好说几句，否则多少会造成“对方的尴尬”。

说了这许多，请不要笑我“多心”。而要记住，每个人都可能是多心的人。你多用一点心，就会让大家更开心！

姜是老的辣

接到古先生的电话，小宋心跳到了一百二十下。

“这么大牌的制作主持人，居然会找到我。”

小宋放下电话，兴奋地对老婆说，“还约我明天碰面，说要谈节目的事。”

小宋一夜没睡好，小宋的老婆也没睡好，一大早就起来为小宋烫衬衫，一边烫，一边问：

“你猜，古先生是找你做什么节目呢？”

“不知道！可以确定的是不会找我主持他的《四海心声》。”

《四海心声》是古先生的成名节目，自己的制作班底，加上自己主持。起初大家看他一定弄不成，没想到一炮而红，愈红愈有大人物愿意上，收视率也愈高，使古先生不仅在电视界，连在政治界、学术界，也成了一号人物。靠着关系做生意，更愈做愈大。

想想，有谁会把自己的“成名之作”，交给别人呢？尤其是交给小宋。

当然了！小宋也是新秀，留美的硕士，又仪表堂堂、辩才无碍。大家都说他是“学者从秀”、前途无量的明日之星。

“如果古先生能提我一把，就棒了！”小宋出门时，在胸前画了个十字，又要老婆亲了一下：

“希望你的吻，能带给我好运。”

小宋果然交了好运，一个想都不敢想的好运——

古先生居然真的要把《四海心声》的主持棒，交给小宋。

“我的事情多，常在世界各地跑，偏偏节目每个礼拜都得录像。”古先生两只热手握着小宋冰凉的手，很诚恳地说，“想来想去，只有你这位青年才俊，够格来接，你考虑考虑。”

“哪里还要考虑？”小宋高声叫着，对电话那头的老婆喊，“我当场就接了。”

小宋接手主持《四海心声》，真像是一声雷，震动了电视界，更震动了观众。大家议论纷纷：

“小宋这么嫩，怎能接古先生的东西？”

“老古把自己打下来的江山，交给小宋，太冒险了！”

“不是小宋这样的旷世才子，又有谁接得了？放眼今天，能主持，又有学术背景的，能有几人？”

节目播出了，小宋果然主持得可圈可点。虽然有些看惯古先生的人，一时不能习惯，隔些时也就成了。

问题是，隔了好些时，节目不但收视率没提高，反而下降了。小宋四处请求，广告商就是不跟。

“老弟！这可是我的‘老招牌’，你要加油啊！”古先生常鼓励小宋。只是，说归说，连古先生的制作班底，也愈来愈没劲。而且听说都去搞另一个新节目了。

《四海心声》在古先生打响招牌十年之后，终于因为收视率太差，广告又太少，而宣告结束。

小宋伤心极了，觉得愧对古先生的重托。

“没关系！没关系！”古先生拍着小宋，“连你这样的人才，都做不下去，也就没话可说了。不怪你！不怪你！”

隔不久，又传出了雷声。

古先生再度出马，开辟一个比《四海心声》更精彩的节目，而且亲自主持。

退出的广告，一下子全回来了。

古先生的班底，居然在短短两个星期当中，已经制作了好几集，还存了许多精彩的“点子”！

新节目又一炮而红。

还是古先生的魅力惊人。只是年轻的才子小宋，砸了《四海心声》那么有名的节目，成为“票房毒药”，短时间很难再爬起来了。

想一想

看完这个故事，你有什么感想？

古先生是很不简单，居然把他的成名节目，交给小宋。小宋也硬是在众目睽睽之下，把节目做垮了。

只是很奇怪，古先生的老招牌砸了，似乎没伤害到古先生，反证明古先生的魅力，使他更红了。

再想想，那个做了十年的《四海心声》，似乎也真是太老，该换换新东西了。

说到这儿，相信你已经找到了答案。

古先生的成名作、老招牌，怎么能在他自己的手上砸掉？那是多明显的失败啊！可是节目又该更新了，怎么办？

于是“卡位”的计谋产生。把这个已经没救的位子让给小宋吧！他做成功了，那是我古先生的节目，在我铺路下，做成功的。

他做失败了，只怪他能力不足。这么老的招牌，居然到他手上就垮了。可见还是我古先生行，还是换我来吧！

年轻人！记住！

这世界上处处有古先生，看起来把最好的东西交给你，令你感激涕零。但是，你也要想想，凭什么他要给你？你是真年轻干练，足当重任吗？抑或你只是个替死鬼？

不要忘了！尤其在你最得意的时候，切记：

天下没有白吃的午餐！

老板靠边站

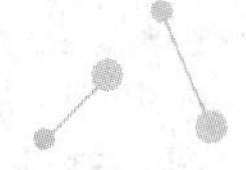

“糟了！糟了！”王经理放下电话，就叫了起来，“那家便宜的东西，根本不合规格，还是原来林老板的好。”狠狠捶了一下桌子，“可是，我怎么那么糊涂，写信把他臭骂一顿，还骂他是骗子，这下麻烦了！”

“是啊！”秘书张小姐转身站起来，“我那时候不是说吗？要您先冷静冷静，再写信，您不听啊！”

“都怪我在气头上，想这小子过去一定骗了我，要不然别人怎么那样便宜。”王经理来回踱着步子，指了指电话，“把电话告诉我，我亲自打过去道歉！”

秘书一笑，走到王经理桌前：“不用了！告诉您，那封信我根本没寄。”

“没寄？”

“对！”张小姐笑吟吟地说。

“嗯……”王经理坐了下来，如释重负，停了半晌，又突然抬头，“可是我当时不是叫你立刻发出吗？”

“是啊！但我猜到您会后悔，所以压下了。”张小姐转过身，歪着头笑笑。

“压了三个礼拜？”

“对！您没想到吧？”

“我是没想到。”王经理低下头去，翻记事本，“可是，我叫你发，你怎么能压？那么最近发南美的那几封信，你也压了？”

“我没压。”张小姐脸上更亮丽了，“我知道什么该发，什么不该发……”

“你做主，还是我做主？”没想到王经理居然霍地站起来，沉声问。

张小姐呆住了，眼眶一下湿了，两行泪水滚落，颤抖着、哭着喊：“我，我做错了吗？”

“你做错了！”王经理斩钉截铁地说。

张小姐被记了一个小过，是偷偷记的，公司里没人知道。但是好心没好报、一肚子委屈的张小姐，再也不愿意伺候这位“是非不分”的主管。

她跑去孙经理的办公室诉苦，希望调到孙经理的部门。

“不急！不急！”孙经理笑笑，“我会处理。”

隔两天，果然做了处理，张小姐一大早就接到一份紧急通知。

打开通知，她脸色苍白地坐下。

张小姐被解雇了。

想一想

看完这个故事，你有什么感想？

这是个“不是人”的公司？王经理不是人，孙经理也不是人，明明张秘书救了公司，他们居然非但不感激，还恩将仇报，对不对？

如果说“对”，你就错了！

正如王经理说的——“你做主，还是我做主？”

假使一个秘书，可以不听命令，自由心证地把主管要她立刻发的信，压下三个礼拜不发，她岂不成了主管？如果有这样的“黑箱作业”，以后交代她做事，谁能放心？

再进一步说，自己部门的事，跑去跟别的部门主管抱怨，这工作的忠诚又在哪里？

如果孙经理收了她，能不跟王经理“对上”？而且哪位主管不会想：今天她背着主管，来向我告状，改天她会不会倒戈，又跟别人告我一状？

所以张小姐不但错，而且错大了，她非但错在不懂人性，更错在不懂工作伦理。

有一位在日商公司工作的女孩子对我说：

“那些日本主管最假了。白天上班的时候，道貌岸然，可是下班后去酒吧，三杯下肚，就好像变了个人，完全没了主管的样子，跟我们下面这些人又唱又叫。”很鄙夷地一笑，“但是第二天，在电梯里碰到了，跟他轻松打招呼，他又恢复了死相。”

这年轻小姐就是不懂“公是公、私是私”的道理。主管下班请客，一掷千金，不代表你吃中饭、买便当，就能跟他不分账。老板私下送你一个精美的记事本，不代表你可以把公司的铅笔、橡皮带回家。

这又使我想起一件事：

有个杂志社给我做专访，出刊后，先送了一本给我，因为写得相当好，图片和编排也很讲究，我心想可以送一本给朋友，再多带一本回纽约，就打电话给杂志社主编，请她多给我两本。

主编不在，是一位小姐接的。

“麻烦你转告主编，我希望多要两本这期的杂志。”我对她说。

“这个啊，没问题！您派个人过来拿就成了。”小姐爽快地说。

我立刻派人过去，把杂志拿回来。

可是，跟着就接到主编的电话：

“对不起！刘先生，您来电话的时候我不在，杂志收到了吧？我特别多送了两本，一共四本。”停了一下，她又说，“可是，对不起啊！我想知道是我们公司的哪位小姐，说您可以立刻派人过来拿。”

我愣了一下，说：“有问题吗？”

“当然没问题，您要十本都没问题，我只是对工作伦理进行一种考核。”

我没有告诉她是谁，据说她还是被查出来，挨了处分。

事后，我常想，她何必这么计较呢？她计较最少有三个原因。

一、既然我找她要书，过去也都是由她跟我接触、采访，属下就该转告，而不该代她做主。

二、明明可以由她一句话，卖给我的面子，被别人莫名其妙地卖了。

三、好像送杂志不稀奇，小事一桩，人人能做主。结果，连公司产品的价值，都被贬低了。

不懂得工作伦理，在不该说话的时候说话、不该做主的时候做主，是社会新鲜人常犯的毛病。

你必须知道，无论你帮老板管了多少事情，也无论老板多糊涂，甚至依赖你，到了没你在，他连电话都不会拨的程度，他毕竟还是你的老板，也毕竟还是他做主。

出了错，他最先承担。有面子，也该由他来卖。

此外，你必须知道，老板永远是向着老板，就算在工作上对立，在立场上也一致。如同记者平常抢新闻，谁也不让谁。但是哪天有人打了记者，所有记者都会团结起来，枪口朝外。

所以，一个不忠于自己主管的职员，很难得到别的主管欣赏。当你卖面子，表示自己有办法，偷偷把自己公司的消息告诉别人时，他即使得了好处，也不会尊重你，只可能窃笑说："这人最没城府，以后找他下手。"

他甚至会拿你的"傻"，来告诫自己的职员。

卖瓜瓜不甜

“我有把握，十个走进来，最少留下五个。”小梅的嘴角往上挑挑，又往下撇撇。

“好！你被录用了，明天就开始上班。”

小梅果然高明，这么一家新开的补习班，连老师都还没弄清楚，居然进来打听的学生，听小梅一番介绍，就着了魔似的，一一报名缴费。

小梅的魔力恐怕最少有三个原因。

第一，她年轻，才大学毕业，跟这些重考生像同学一样，在思想上没什么隔阂。

第二，她爽快，带一种特殊的酷，一副你们爱来不来、不来拉倒的架势，人家反而信服，好像被她吃定。

第三，她懂得心理，功课很烂的，听她一说，就信心百倍。有时候她还大吼一声：“把手伸出来！”然后瞄一眼，狠狠打一下手心，“学业线这么棒，明年包中！”

一条补习街，家家都在抢生意，拿着各种“铁证”给学生看，偏偏小梅这家毫无“业绩”的补习班，先宣告额满。开学前一天，小梅还吆喝大家，来了一次登山健行：“先热身，再冲刺！”

开课了，学生一早都兴致勃勃地赶来，只见小梅在教室里呼前喊后地让大家往里坐。

“梅姐！你也来陪我们上一堂嘛！好不好？”有学生对她招手。

歪歪头，想了想，小梅喊了回去：

“好啊！但是你们大家一定要特别专心，我们请来的可是大牌的名师。”

天知道是不是名师，小梅自己也不清楚。但是，才上课十分钟，她就清楚了。

“这里讲错了，那里又说漏了。”小梅一开始，还只是扬扬眉、翻翻白眼，后来则一个劲地摇头。幸亏她坐最后面，没人看到。

“这老师不错！”下课时，几个傻学生居然回头，对小梅竖竖大拇指。

“笑死人了！”小梅嘴角又往上挑挑、往下撇撇，“要我讲，都比他好多了。别以为我四年没摸高中功课，他教得好不好，我一听就知道。”

这话被班主任听见，立刻把小梅叫了进去：

“你怎么能说我们老师不好呢？”

“他是差嘛！我在讲真话。”

“讲真话，可以建议老师改进，也不能当着学生说啊！回头学生都走了！”班主任脸色很不好。

“学生不会跑。”小梅的嘴巴又挑挑撇撇，“我先走，行了吧？”说完，收拾起自己的东西，把小包包往背上一甩、头发一甩，也不顾班主任拦阻，骑上摩托车，走了。

想一想

如果你是位年轻朋友，八成会觉得小梅很可爱，对不对？她心直口快、古道热肠，看这个补习班不上路，为免做“帮凶”，干脆一走了之，多酷！

不错！如果她不愿意继续昧着良心，为补习班吹嘘，而误人子弟，她是可以不干。

但不干可以辞职，何必以这种方式表现呢？

这是社会，不是社团。这是玩真的，不是玩假的。

最重要的是，做一天和尚，撞一天钟。一个负责的和尚，即使中午要还俗，早上该撞的钟也不会漏。

这是职业道德、职业伦理，也是一个成熟人的“格”。

如果你是卖瓜的，即使卖的是老板的瓜，既然拿老板的薪水，为他工作，也应该尽量说瓜甜。即使瓜不甜，也不该当着顾客的面说：“别买这瓜，其淡如水。”

我这么说，不是希望每个人帮老板去赚不义之财，也不鼓励大家去干骗人的行当。“道不同，不相为谋”“君子绝交，不出恶声”，你可以因为理念不同，而求去。最少，不能穿着人家的制服、站在人家的屋里、吃着人家的饭，却砸人家的锅。

记得两年前，美国经济景气不好，有一阵子倒了不少银行。有一天我去某银行存款，行员问我要存多久。

“三年！”我说。

她先一愣，接着做出惊讶的样子说：“哇！那么久。”又在为我填表时，一边笑着说，“不知到时候，这银行还在不在哟！”

我事后想，若不是因为我知道有“银行存保”，存的数目又不大，只怕听她这么一说，就缩手不存了。

我发现，不懂得维护公司，是社会新鲜人的通病，他们很可能因为自己的职位不高，不打算长做，或表示自己“酷”，而对外人批评自己公司。他岂知道，这样做，不但违反职业道德，也是渎职。更由于这样的表现，贬损了他自己的人格。

谈到人格，我也见过一位自认有水准的留学生，当着一群仰慕中国的美国朋友，把中华文化说得一无是处。

突然有人问：“你是哪国人？”

这留学生的脸突然红了。

因为，他发现他无法逃避“他是中国人”的事实。同样道理，当你批评自己的公司或主管时，也要想想：“你在哪里工作？”

换个角度。我也发现许多公司的主管，爱在背后跟外人批评自己属下的不是。仿佛若不是他的监督，整个部门都会因为那一两个“不上路”的职员，而垮台。

这时候，主管该想想，属下的不对，也是主管的责任。

不满意，你可以明着请他走路，或好好教育他，使他成器。

你不能教育他，又不敢请他走路，只表现了你的无能。所以，你对外人批评，只会损害你自己。

善带人的人，可以关起门来，严惩自己的人，但是当外人批评时，必然身先士卒地为“自己人”辩护。

有“格”的职员，可以关起门来，向长官痛陈公司的弊政，但到了外面，绝对维护自己的公司。

谈了这许多，我对工作伦理的结论是：

无论你是主管或部属，永远要记得——

第一，要遵守职业道德，维护顾客的权益。

第二，要严守职位的分界，在什么职位，做什么主、说什么话。

第三，要尽忠职守，维护工作岗位和工作伙伴的权益，千万别吃里爬外、通奸资敌。

唯有人人遵守工作的伦理，人际才能有共信，事业才能有共荣，社会才能有进步。

后来居上的小董

自从知道王副校长要回国，小丁、小石和小董就兴奋起来。

虽然王副校长已经退休了，但谁不知道那个“东山实验室”是他一手搞起来的？天哪！谈到东山实验室，哪个研究激光的人，能不竖起大拇指？

当年在研究所的时候，三个人就梦想有一天能去“东山”，却又听说东山只接受自己人推荐，外人根本打不进去。

现在机会终于来了！

王副校长回国跟着女儿住。那女儿“把关”把得很严，说她老爸身体不好，不能被打扰。三个人拨了许多次电话，又写了好几封信，才终于有回音。

“不要谈太久。”进门时，那女人冷冷地说，又指指鞋柜，意思是：你们的礼物，就放在上面好了！

王副校长倒是位和蔼可亲的老人，颤抖着手，招呼三人入座，还亲自打开糖罐，请大家吃。

“我这老关系，还不知管不管用哟！不过最重要的是论文，你们把过去写的东西都拿来，我帮你们寄过去，试试看！”老先生豪爽地笑道，又抬头看看站在门口的女儿。

“您该吃药啦！”女儿拉长了声音说，跟着过来把老先生扶了进去。

“把东西送来，把东西送来……”老先生边走边回头。

第二天，小丁就把厚厚五本著作，跟重重两篮水果，送交王小姐。

第三天，小石也备齐了一摞论文和专著，交给王小姐，并奉上一千块钱邮费。

又过了一个多礼拜，小董才总算把资料弄齐，他自知东西有限，比不上那两位同窗，所以临时又凑了些，订起来，倒也是四大本。

拿到邮局称了称，买了个航空包裹的纸盒子，先贴足了邮票，送去给王小姐转交。

“你可真慢，你两个朋友的东西，我早寄走了，你才来。”

“不好意思！不好意思！”小董直赔礼，心想：这下完蛋了！

没想到，小董不但没完蛋，而且不久之后，就收到了回音，说东山正缺一位研究员。

“一位？”小董愣了一下，“难道小丁和小石都没入选，却选上了我这个最弱的？”他照信上的电话号码，拨电话给东山的主任。

主任对他表示了欢迎之意，还请他代向王老博士致意。

临挂电话，小董好奇地问，不知道我有两位同学……

“哦！石先生和丁先生是吧？”主任停顿了一下，叹口气，“唉！他们真杰出，只是东西寄到，已经太晚了……”

想一想

小丁和小石明明比小董强，为什么反而落选了呢？

他们早早就把东西送去，怎么反而后寄到呢？

毛病出在哪里？你想通了吗？

如果还没有，就先看看下面这个真实故事——

我有位朋友，总接公家的生意。大家都说公家办事特别慢，一份公文可以旅行好几个月。

我这位朋友却办事特别快，常常别人的东西还被压在承办人的手里，他的案子已经一关一关送上去，批下来了。

你猜是什么原因?

请不要想歪了。我这位朋友绝对没行贿，如同小董，规规矩矩做事。但他为什么办事特别顺呢?

如果还没想通，请再看一个故事——

有一阵子，每次我叫装订厂装书，如果当时印的是三千本，只要没有少交货，我就照三千本付钱。

装订厂很不错，他不但多半如数交货，而且常多装出一二十本。这是因为印刷时总会多印一些，凑起来，便能多出一些。

我后来觉得不好意思让装订厂免费装那一二十本，就告诉他们:“以后装来几本，就算几本钱，装三千零二十一本，就给三千零二十一本的钱。”

妙不妙? 从那时起，他们常一次多装出上百本，甚至主动告诉我:

“下次只要某页到某页加印多少张，加上前次多下来的，我就能再装出一批给您了。”

现在，让我们回头看看这几个故事。

小丁和小石虽然除了厚厚的著作，还送了礼物和现金，为什么东西反而寄得慢呢?

道理很简单——

小丁的水果，她已经收下了，水果不能换现金，王小姐要寄，就得自己掏钱（或用她老爸的钱）。能为他“水陆”寄去，已经很不错了!

小石的钱，她也已经收下。入了口袋就是她的，想想，这么厚一摞论文，能省省，用水陆寄不也很好吗?

小董的东西，还真体贴，用盒装好，连贴邮票的工夫都省了，推荐函往里一塞，扔到邮局，就成了。

结果，当然是小董的东西先到。

至于我那位朋友，他的“神通”也很简单——

他发现办事人员拖，常是因为本来就忙，还得花许多时间去了解整个案子。有时办事员的文笔差、了解不深入，非但写得慢，而且写得差，结果明明可以办成的事，反而被打回来。

于是，他干脆每次特别言简意赅地，把整个案子的要点、得失，甚至利弊，先拟好一份“像是呈文”的东西，送去请办事人员参考。

那办事员一看，东西写得又好又客观，何乐不为？常照抄呈上去。

他的事情当然办得又快又顺。

至于那位装订厂的老板，以前他多为我装一本，等于他自己多贴一本的工钱，那多装的一二十本，是卖面子。

面子不能永远卖，就算卖也有限哪！

但是当我如数付钱的时候，情况就不一样了——

他多装一本，就多一本收入，哪个生意人不希望多做些生意呢？

他当然会努力做！

人们失败，常因为不能替对方想。

许多人写信，不但龙飞凤舞地签名，而且龙飞凤舞地写地址，他以为自己滚瓜烂熟的地址，也应该是别人熟悉的东西，岂知可能因此，而接不到回信。

许多人在投稿时，也字迹潦草。当他写一般文句的时候，上下文串起来，主编还能“猜”到，但是当他写地名、人名或专有名词的时候，难道还要忙碌的主编去翻百科全书吗？

他常因此被退稿。

相反地，你会发现于右任和张大千，虽然当他们挥洒时，常写出难认的字，但为人写招牌、匾额的时候，却总是一“笔”不苟。

禁烟的餐厅，会在桌上放烟灰缸，免得那些拿着烟进门，或点起烟才“发现”的人，因为没地方熄灭烟头，而在桌面上拧，脚底下踩，弄得更为脏乱，甚至扔进垃圾桶，引起火灾。

聪明的旅馆，会在每个房间准备一块擦鞋布或“石蜡鞋擦”，免得房客找不到东西擦鞋，而用浴巾“解决”。

精明的商人，会在要求回信的广告信封上，印“广告信函，免贴邮票”，以免原本要回信的人，因为一时找不到邮票，又懒得跑邮局，而“石沉大海”。

他们都像是多此一举、自找麻烦。

他们也因此，都比较容易成功。

记住！

想让自己成功，先得了解人性，先得为别人着想。

包在我身上

王总经理最近真是头痛极了。

业务部经理退休，下面的陈副理和吴副理，到底升谁好呢?

业务部可以称得上是公司的心脏，心脏不好，公司就关门了。

陈副理和吴副理都是第一线的战将。两个人平常有说有笑、平起平坐，连办公室都一左、一右，一样大。

可是，现在只能升一个人做经理，这问题就大了。

考虑再三，他决定个别谈话。

“如果你升上来，做经理，你能保证明年业务增加多少？”王总经理问陈副理。

“这个……您给我两天，让我算算。”陈副理居然说要回办公室看报表。

王总经理又找吴副理来。

同样的问题被提出了。

吴副理先愣了一下，即刻恢复笑容，拍拍胸脯:“这个您放心！如果我升上来，能放手照我的想法去做，每年最少增加百分之三十。”

“你不需要看看过去的统计？”

“不必！全在我脑子里！”

隔一天，陈副理总算看完统计，回来报告。

“你有答案了吗？有把握一年增加多少业务？”王总经理笑道。

“在目前经济不景气的情况下，我只能保证不会减少。”

总经理的脸绿了，草草地结束谈话。

第二天，吴副理就搬进了经理的大办公室。只是，一个月、两个月过去，没见什么起色，连办公室的小妹，都觉得电话少了。

一年算下来，业务反而下跌了百分之十。

“你是怎么搞的？”总经理铁青着脸，把吴经理叫去。

“唉！真没想到，市场实在太不景气了，大家都缩减广告预算，加上恶性竞争，我虽然拼了命……”吴经理狠狠捶自己的头，“我该死！我该死！对不起您。您还是让我回去做副理吧！我想，我实在不是一级主管的料。”

把吴经理调回副理，再把那位脚踏实地的陈副理升上来？

不行啊！

因为自从吴副理“扶正”，没多久，陈副理就拂袖而去，被死对头那家公司聘去做经理了。

“如果不是他窝里反，去资敌，我一定能做到一年增加百分之三十……”吴经理常这么咬牙切齿地说。

想一想

请问，在这个故事里，谁赢了？

你可以说吴副理赢了。虽然他后来挨了骂，但是最起码，他挤走了陈副理，“一人独大”地坐上经理的位子。即使表现不佳，公司也会因为一时找不到替代的人，而对他无可奈何。

你也可以说陈副理赢了。他虽然受了气，但是立刻被别家的伯乐赏识，跳槽做了经理，且打败原来的公司，报了一箭之仇。

这么说来，输家只有一个，就是王总经理，因为他爱听吴副理浮夸的话，用了差的、走了好的，使公司输惨了。

问题是，谁不喜欢听好听的话呢？每个人都认为自己很理性，能够明辨是非，但是每个人在不自觉中，也都爱听谗言。

吴副理就抓准这一点，开出“空头”的支票，抢下“实在”的位子。

二十多年前，我曾经主持过一个叫作《分秒必争》的节目，顾名思义，那是个讲究快的节目。我用极快的速度把题目念出来，再由参赛的两队抢答。

当时参加比赛的，都是各校的精英，实力常在伯仲之间。而我发现，获胜的往往是最先按钮的。

甚至题目都还没听懂，他已经按钮，一边按，一边想，就在那两三秒钟，想出答案，获得了分数。

相反地，我发现输的那一队，很可能每次都能在同一个时间想出答案，只怪他没先按钮，而没机会作答。

这管他会不会，先按钮、抢位子的方法，就与吴副理用的一样。

从政的人常说，先不要考虑开出去的政见支票能不能兑现，而要知道，如果得不到政权，就连半个政见也无法兑现。

在人生的战场上，无可否认的是：

当两个人战斗，只有一把枪，谁先抢到枪，就可以用枪把对方撂倒。

既然对方倒了，就不再有人和你争；既然没人跟你争，就连指责你当初“不择手段抢枪”的声音，也不再会出现。

谈到“声音”，学问可大了，请看下一个故事。

第五纵队成军记

“把门带上！”总经理指了指门，又指了指椅子，“你坐！”

小葛的心开始狂跳，没有任何迹象，自己又做得很好，不会有什么不幸的事要发生吧？可是，总经理为什么这么严肃的样子呢？想起刚才离开办公室的时候，秘书王小姐也用很奇怪的眼神盯着自己。

“是啊！如果不是有什么大事，总经理怎么会突然叫我上来呢？”

正想着，总经理清了清喉咙，开始说话了：

“你有没有注意到，最近公司十楼，正在重新装修？”

“是的！是的！”

“因为公司要成立一个新的研究发展部门，表面看，跟你现在负责的部门平行，实际上要高一层，甚至可以说，在未来可能成为决策单位。”

“是的！是的！”

“也可以说这个部门要直接对我负责，也直接由我管。”总经理站起身，看着窗外，“我一直没对外说，连董事长都没讲。”他突然转身，眼睛射出两道光，“我觉得你不错，信得过，打算把你调过去负责。也可以说，以后你就是我的耳目，你要把公司的一切状况汇集了，向我报告。我想，你了解我的意思。在我下达人事命令之前，不能对任何人说，连我的秘书都不知道。更甭说我太太了，她如果告诉董事长，就轮不到你了。”

“是的！是的！”

小葛临出门，总经理还用食指在嘴上比了个手势。

“这下子，我成红人了！”电梯往下降，小葛的心却往上升。想想总经理身边，全是他太太娘家的人，现在“开始有好戏看了”。

“而这好戏的主角之一，竟是我！”小葛笑了起来。

不过进自己办公室时，小葛还是把脸板下。王秘书虽然追着问，小葛也只摇摇头。

当天下班，他没走，清了清抽屉，把不用的东西全扔了。连那个厂商送的“不上路”的台历也扔了。

“笑话！在那个大办公室里，怎么能摆这种屁东西？”提到大办公室，小葛的心跳又加快了。看办公室人都走光了，溜进电梯，直按十楼。

十楼还是灯火通明，几个工人正在油漆，总务室姜主任也在场。

“大兴土木，要做什么用啊？”小葛故意问。

“不知道！总经理交代的。”姜主任摊摊手，又一笑，“您该知道吧？听说今天他找您上去过？”

小葛心一惊，忙说：“没什么大事！”就匆匆下楼了。

第二天，小葛一早就把王秘书叫来训了一顿。

“是不是你说的？为什么连姜主任都知道总经理找我？”

“姜主任？”秘书愣了一下。

“总务室姜主任！”小葛沉声说，“昨天他在十楼问我。”

“十楼？”

“不要提了！”小葛把秘书赶出去，又叫了进来，“记住！什么人问，都不要说，就说你不知道。你如果想跟着我，就嘴紧一点，吃不了亏！”

大概为了表现，王秘书下班也没走，先帮小葛复印几份重要的文件，又收拾了自己的抽屉。

“你收拾东西干什么？”小葛经过时，笑嘻嘻地问。

“您不是也收拾东西吗？”王秘书歪着头笑笑。小葛第一次发觉，这个近四十的女人，居然还有点媚。

“要不要到十楼看看？”小葛指指上面。

“好哇！”王秘书高兴地跳了起来。

电梯在十楼停下，门打开，吓一跳，正碰见董事长，笑呵呵地进来，后面跟着总经理，还有总经理夫人。总经理夫人直喊："爸爸慢走！爸爸慢走！"

又隔一个礼拜，小葛的"资料"已经准备齐全了，他知道这些报表都是将来分析的利器，他要好好为总经理争一片江山。

果然，人事命令发布了——

公司新成立研究发展部，由原业务部方经理接任，即日起生效。

想一想

小葛为什么空欢喜一场？是谁破坏了他的"好事"？

当然是董事长！

董事长原来不是不知道吗？是谁走漏了风声？

小葛没说，王秘书没说，总经理更不会说。是谁说的呢？

世上的情形就这么妙。你会发现人们似乎有一种特殊的第六感，把那些蛛丝马迹设法联想在一起，开始猜、开始问，并且由对方的反应中归纳，最后得到结论。

所以，你再细看看前面的故事，就会发现，小葛确实什么都没说，但却用行动说了。他干吗收拾东西？又何必上十楼？非但自己收拾，秘书也收拾，还带着秘书一起上楼。就算董事长没从姜主任那里听说，而出面阻止，只怕总经理看到这种情形，也不会再用小葛。

一个急躁的人，怎么可能成大事呢？

你会发现，人事案最忌提前走漏，有时候政府已经决定了，第二天打算发表，只因为今天被记者打听到，上了报，这案子就突然被压下，或是半路杀出个程咬金，换了人！

你或许会想：这主事者的心胸不是太小了吗？

其实他不是心胸小，这当中的原因可大了，即使有一天你成为“主事者”，你也会这么做。

为什么？

为了避免困扰！

想想，如果你知道有个自己觊觎已久的职位将补缺，而传言中的人选不是你，你会不会尽一切力量去争取？

你会怎么争取？

你会托有力人士关说，你会攻击对手的弱点，你会以职务“要挟”，你会想办法行贿……

天哪！这一串行动，哪一样不造成对公司的伤害？

如果你托“有力人士”出面，别人也托“当道大佬”关说。而这“有力人士”又跟“当道大佬”本来就水火不容，偏偏两个人又都是你长官得罪不起的。

他怎么办？

升了你，他得罪人；升了对方，他也得罪人。搞不好，为了这样一个小小的升迁，搞得他自己反而职位不保。

他犯得着吗？

结果你可能发现，争了半天，谁也没争到，最后反而便宜了一个不知从哪里冒出来的人。

再不然，这个职位就被冻结了，悬在那儿，不再补缺。

从另一个角度想，你除了进一步争取职位，是不是也可能退一步想“你若不给我升，我就不干了”？

如果你不干，你会乖乖走路吗？

还是把过去不敢说的全说了、不敢骂的全骂了？而且你不干，八成是跳槽。你可不可能把公司的资料偷走，由一个“战友”，变成“敌人”？

你的长官能早早让你知道“升官的不是你”，而使你有时间造反吗？

于是你会发现，他们可能采取三种做法。

第一，他们觉得你没有杀伤力，你的反应也没让他们受到威胁，于是你的职位不变。

第二，升官的不是你，但你的职位也做了调动，把你调离原来熟悉的环境。如同皇帝，把情绪不太稳的将军调到陌生的部队。

第三，你早上进办公室，发现一封信、一个大大的空纸箱，放在桌上。

今天，你就卷铺盖，走路！

你的电脑，立刻“进不去”了；你的通行证，立刻不能用了。

说得好听，你成了公司的客人；说得难听，你成为公司的假想敌。

小到一般机构的人事调动，大到国家之间也是如此啊！

如果你是一国的领袖，当某国要跟你断交，而去和你敌对的一方建交时，他能早早告诉你，再过多少天，要和你断交吗？

你能不利用各种国际关系、商业关系，设法挽回？

就算你不这样做，你那激烈爱国、义愤填膺的民众，能不往他大使馆里扔鸡蛋、砸石头吗？

所以，你可能半夜被对方大使叫醒，说：“对不起！明天这边不再升旗，而在那边升旗了！”

跟着，在你还没反应过来时，他已经起飞了！

多残酷啊！只是没办法，为了减少阻力和“对彼此的伤害”，他不得不这么做。换成你，你难道不会这么做吗？

现在，你就更可以了解，为什么无论人事、政策、成交、邦交的消息，都不能提早走漏。而明明第二天就会发生的事，当事人还故作惊讶地说：

“不要胡说！完全不可能！”

你也必须由前面的故事和论述中，得到教训——

即使你百分之百确定，也不能在言谈或任何行动上表现出来，即使那“掩不住的喜色”，都不可有。否则，你就可能空欢喜一场。

相对地，如果你是得到消息的那个“关键人物”，你也最好别说。因为当你“爱现”的时候，也可能给自己找了大麻烦。

为什么？

请看下一个故事。

临门被他踢一脚

黄主席上次选得很苦，这次竞选连任，就算厂长暗地支持，只怕也不容易。谁会选一个跟资方那么密切的人，来做工会的主席呢？

但是自从今天一早，厂长把他偷偷叫去，说了那几句话，黄主席就心安了。

有什么比这消息，更能让他像吃了定心丸？

三年前，他在竞选时，要求兴建的员工休闲中心，终于有眉目了。

“厂长多厉害啊！偷偷地进行，再在竞选的时候发布，成为我争取的‘政绩’，我还能不高票连任吗？”黄主席对几个亲近的幕僚说，但是跟着想到厂长严肃的表情，他赶快收起笑容，“绝不能对外讲！还要过两个礼拜，才能宣布。”

只是，怎么才隔两天，那死对头的老曹，就号召了他的一批人，举着布条，抗议休闲中心还不成立呢？

“你看！老曹还装模作样地冲去厂长办公室，他怎不想想，这是我黄某人三年前就提出的，马上就要美梦成真了。”黄主席暗骂，可是又一想，“不对！如果现在再宣布成立休闲中心，岂不是被老曹抢了功劳？”

赶快冲去厂长办公室：

“厂长！您还是把这个案子先搁下吧……”

话还没说完，听见外面放鞭炮。

“谁让你走漏风声？到这个节骨眼，我能说不吗？”厂长沉声骂道，接着走了出去。

外面早有几个老曹的人等着，簇拥着厂长站到三楼阳台，对着下面上千位员工挥手。

“谢谢厂长，同意了我们的要求，马上设立员工休闲中心！”老曹的声音，从扩音器里传出，接着一片欢呼和口号：

“黄主席！差、差、差！三年办不到。”

“曹主席！棒、棒、棒！一次就成功！”

想一想

看完这个故事，你一定觉得黄主席比较差，对不对？

厂长明明叫他不要说，他偏偏说出去。既然他都漏了口风，下面的人，又怎么保险？

于是，明明厂长原来打算为他“做多”，反而被敌对的一方利用了。

但是，就更高一个层次想，我要说：真正做错的，是厂长。他虽然想拉拢这位跟他还蛮能配合的黄主席，而先透露这个消息，可是，就算透露，又何必这么早说？既然说出来，又何必压着不发布？

如果他上午说，中午就发布，别人还可能“杀进来”吗？

话说回来，他就算完全不对黄主席说，而径自等到竞选时发布，黄主席不是一样受惠吗？

人都有这个毛病——心里藏不住话，尤其当自己对别人有恩的时候，更巴不得对方早早知道。许多人事、生意的消息，都是这样提早曝光，结果坏了大事，或被人抢了功劳。

前面这个故事，所说的就是“抢功”。

三个将军一起去打一场仗，赢了！三个人可能抢着传捷报。因为给人的印象，最先报捷的人，就是最先打胜的。起码，“这个”最先传来好消息的人，大家对他的印象最好，也最深刻。

政府如果私下策划一件事（因为某种原因，一直处于保密状态），譬如偷偷发展某种武器、采购某种装备、设立某种工业区。偏偏在快成的时候，就有“民意代表”大声疾呼，应该如何如何做，所说的正是政府经营多时的东西。

你说，政府做是不做？

做了，大家会像前面工会事件一样，说：

“你看吧！政府是不点不亮，一点就亮，幸亏某人提出，政府赶快照办了。”

相反地，如果政府为了不“抬轿子”，而把计划压下了。一方面使过去私下的努力泡了汤，一方面变成“该做的不做”。

这政府不是进也不对，退也不对吗？

当然，到了私人机构，情况就可能不同了。

如果你是老板，觉得员工福利该调整，正打算过两天宣布。

突然有员工集体请愿，希望改进福利，而那要求的，正是你计划宣布的。

你做还是不做？你是不是还照原来的计划，过两天宣布呢？

如果你宣布，员工会想：

“这老板欺软怕硬，所以今后都要来硬的。”

他们会相信你早就计划这么做了吗？

于是，你原来的好心，成为被“逼”出来的结果。没有人会感激你。

大家只会感激那些斗胆请愿的人，而且造成严重的“后遗症”则使你整个管理都产生了问题。

再问你一次：

“如果你是老板，会不会就因为他们请愿，反而把计划好的事情，暂时压下，来显示‘操之在己’，而非‘操之在人’呢？”

现在，你就更能了解，为什么许多政府原来要做的事，有时反而突然压下。你也更应该知道，如果发现你的公司或长官，已经主动考虑你希望却没说出的事，你千万不可躁进，当你以为“开个口”可能使事情发展得更快时，很可能反而失去将到手的东西。

前面各篇，谈的都是“好消息”被走漏，造成“变天”的情况。最后，我要说：

即使你有坏消息，都不可早走漏，否则也要“变天”。

为什么？请看下一个故事。

走下山头的时候

“胜利、成功，一定是属于我们的！”

老魏举起双手高呼，群众也猛拍双手喝彩。然后赵、钱、孙、李“四大将军”，一一上台致谢，再拥着老魏下台。

小赵送来健怡汽水，小钱送来苏打饼干，小孙为老魏把西装脱下，小李则跑去安排车子。

突然大哥大响了起来，是医院打来的。

“我不接了，大概是血糖的报告出来了。”老魏挥挥手，“知道高多少，就成了！”

“不是！”小赵把电话递给老魏，“是夫人打来的。”

老魏接过，脸色突然变了。匆匆站起身，往外走：“我得去医院，老伴病了。”

“四大将军”跟着往外跑，小钱嗫嗫嚅嚅地问：“重不重啊？”

“还好！心脏病，已经没危险了。”

“那……那……”小李一边拉车门，一边凑上去，小声说，“您……您还要去西门那边的会场，大家正等着呢！”

“你们去！我不去了！”老魏居然把车门狠狠关上，差点打到小李的鼻子。

“孩子都大了、跑了，剩下老太婆一个人。”在车上，老魏叹口气，对司机小谢说。

“您是太累了！”

“人累，心也累……”老魏突然抬头，“小谢啊！你跟我多少年了？”

“十五年了！”

“真快！”老魏笑笑，伸手过去拍拍小谢的肩，“你这小谢，也快变老谢了。”

赶到医院，老婆正睡。旁边放了架机器，看到弯弯曲曲的心电图。

医生听说老魏到了，飞快地跑来：“您放心！没什么，没什么，休息两天，按时吃药，就没问题了。”

老魏摇摇头，看老伴醒了，摸摸老伴的手。

正好大哥大响了，是西门那边的会场打来的，说一切顺利，幸亏“四大将军”能言善道，把魏夫人的病情说得危在旦夕，相信不但没得罪人，还赢得不少同情票，同情这位鹣鲽情深的“好男人”。

老魏真是好男人，最起码他希望做个顾家的好男人，只是二十多年下来，人在江湖，身不由己，地位愈来愈高，跟他的人也愈来愈多，尤其这两年，连在家吃饭的机会都没了！

不过一个钟头，“四大将军”就赶到医院，一起弯着腰，在小茶几上吃便当。

“多亏你们了！”老魏过去坐下，“还是你们年轻人行，能吃、能睡。我啊，是愈来愈力不从心了。”

“您怎么这么说？”四个人一起叫了起来，“没您领导，我们什么都不能做！”

“别这么说，别这么说。”老魏摇摇手，“你们这种人才，谁都求之不得。”他伸个懒腰，“真觉得老了！”

“老了就是老了！”那边病床上的魏夫人也叹口气，悠悠地说，又看看老魏，“刚才咱们谈的，你不是要说吗？”

“我还是考虑考虑……”

当晚，老魏一夜没睡好，想了很多，想到跟老婆大学谈恋爱，跟老秦夫妻一起上阿里山。

老秦，天天跟他同台，私下却好久没见面了。

拨了个电话过去，老秦助理接的，这小子平常站台，威风八面，连“四大将军”都怕跟他对上。现在听到老魏声音，居然吓一跳，直问什么事。

“叫你老板说话就是了。”

老秦倒还是老调调，劈头就问：“你老婆好吗？听说昨儿病了，害我等了半天。”

“想找你聊聊……可以……可以，就明儿上午十点。”

跟着又拿起电话，打给小赵：“今天这场，我不去了，你们照昨天的办吧！”

到医院陪老婆一天，谈了不少，回家反而倒头就睡，睁眼已经八点了。随便洗漱两下，跳上车。

“秦先生家？”小谢一惊。

“你以前不是常去吗？都是老朋友嘛！”

“是的！是的！”小谢不敢多问，直驶秦公馆，居然还早到十五分钟。

车子转进巷子，正见一辆熟悉的大凯迪拉克出来。

“这不是小……”小谢叫了起来。

“不要说了！”老魏吼了一声，“只管开你的车。”

想一想

那车里坐着谁？

甭问了！

你只要知道，“西瓜靠大边”，这是人之常情。

每个人都要吃饭，每个人都有家要养，每个人也都要追求他的前途。

当你只是由这一站转到下一站、由这个山头转向那个山头的时候，你下面的人，只要他忠贞，他当然跟着你。

但是，当有一天，你退休了。请问，有哪个将军退休之后，还有部队跟着他呢？

他，是帮你打天下的。这天下，你不打了，他又如何帮你？你又何必再拉着他？

何况当你“金盆洗手”退出江湖，他们却还是人在江湖，可能被你的仇家追杀啊！

所以，如果有一天，你碰到老魏的情况，一定要谅解——因为大家都要为自己的前途着想。

只是当你还没宣布退出，而发现四周人都已经变节，这明明可以光荣退出的场面，岂不变得很尴尬吗？

于是，你会发现——

那些即使明天要宣布退出竞争的人，他们前一天都可能仍然做出冲锋的样子。

然后，突然召开记者会，突然把对手推荐给选民，还可能拉着对手的手，接受记者访问。

他不是昨天还在攻击那个对手吗？

记住：

如果你不希望看到下面人见风转舵、一一离开的场面，就绝对不能早早让下面的人感觉到“风向变了”。

他们跟着你，你变了，是你对不起他们，是你令他们失望。在你已经失势的时候，千万不要给他们太多反弹的机会。

尤其是，当你在“想继续”与“不想继续”的时候，更不可以露出一点“倦勤”的样子。否则，你不但不能光荣地“主动走下台”，反而会变成难堪地“被逼下台”。

这当中，有多大的差距啊！

我认为每个人，无论你是长官或部属，政客或小民，都应该了解“不成熟的事不可说”的道理。许多人都由于不能做到这一点，不但坏了别人的好事，也坏了自己的好事。

小时候，常听人说：“如果你放了老鼠夹，千万别说，因为老鼠听得懂，听到就不上当了。”

那绝不会是真的！

但有一件事，我坚信不疑，就是——

当老鼠被夹到，再叫好，总错不了啊！

点火救火的沈局长

沈局长这两年真走运，先是调升局长，接着又有乔迁之喜。

提到乔迁，可真是缘，那天交接酒会，李董来道喜，其实以前跟李董从未见过，居然一见如故。第二天李董就来电话，说他新盖了一个大社区，保留了几户顶楼，因为距沈局长上班的地方不远，特别问问意思。

“您盖的房子，我这种公务员哪买得起？”沈局长推辞，“您是太抬举我了。”

那头李董大笑着：“您先别急着说不啊！”接着放低声音，“我算您特别的价钱。”

“特别的价钱？”沈局长脸一沉，不客气地说，“李董，你大概不太清楚我的为人，我是……”

“不！不！不！”那头马上打断了沈局长的话，“我绝对没有给您什么特权，只因为是剩余户，已经不通过中介商，少了中介费。最近年底，银根紧，我也不打算赚钱，所以算您个成本价。”

“多少？”

李董说出价钱，沈局长的心猛跳了起来。

“就是小了点儿。”沈太太说，“但是真高，真漂亮。”

“不因为这么小，又算成本价。”沈局长笑道，“冲咱们，不偷不抢，能买得下来吗？”

沈太太笑了。连司机都从反光镜里笑回来。

可不是吗？在今天的官场，有几个人能像沈局长这么清廉？沈局长的刚正不阿，是大家有目共睹的，也是他能一下子跳升局长的原因。

晚上，两口子在灯下，把平面图看了又看，就是做不了决定。

当主管了，属下常到家里讨论公事，客厅不能太小，甚至说还得有个像样的书房，能关起门来议事。

“餐厅也得大些。”沈太太指着图说，“你看！这么一点点，怎么招呼客人？能坐几个人？连咱们一家人挤下去，都嫌小。”

“不能买。”沈局长把图收进抽屉，“孩子大了，不能两个人再住一间，单想孩子，这两间卧房就不合适。”

“谢了！我跟我太太研究过，价钱我们还勉强应付，就是小了些。不合适。”沈局长在电话里婉拒。

“怎么会小呢？”李董喊着，“我马上拿蓝图过去，不会小的。”没等沈局长再说，就急急挂了电话。不到三十分钟，李董已经坐在沈局长的对面。

李董递过一大本精美的说明书，翻开第一页的透视图：

“您看看！我们这顶楼最初设计就是宫廷的样子。”李董从一楼，一层一层数到十六楼。

“原来我买的不是顶楼。”沈局长不太高兴地说，“可是我那天去看，不是站在楼顶吗？”

“您别误会。”李董笑笑，“您当然是顶楼，否则我也不会介绍给您哪！”转过桌子，指着透视图上的顶楼：“在我们最初的设计上，已经考虑了加建。”

“加盖？这不是违建吗？”

“不是！不是！”李董把“不”拉得特别长，“这是为了完成最初设计的宫廷样子，哪个宫殿能没有黄瓦的屋顶呢？所以我会给您加盖一层，比下面虽然室内小点，但是黄瓦白墙，还有个小花园。”举起手，拍拍沈局长，“我知道您的脾气，可以先告诉您，我只管外壳，装潢由您自理……”

搬进新居，沈局长一家人真是开心极了。

放眼望去，几座著名的地标和远处的青山，看得一清二楚。眼前的阳台，既宽敞，又有花有草，还有个小小的鱼池。

更好的是，滚滚红尘的污染，全上不来。据研究，空气中污染的颗粒，多半留在十楼以下。于是，沈局长坐在十七楼，每深呼吸一口，都觉得有“涤尽尘俗”之感。

当然，搬进来之后也有遗憾的地方。那就是同社区相邻的几栋楼顶，也先后照沈局长家的样式，做了加建。

好几位住户，还先到沈局长府上做了观摩。本来沈局长不太高兴，但是碍于李董亲自带来，只好由沈太太接待一下。

此外，明明说好是住宅大楼，一楼却不但加盖出去，而且开起了商店，也是令沈局长不悦的。

“听说也有别的住户不高兴，告了。”沈太太说，“已经有人来查过，大概过两天就会拆楼下的违建。”

“噢！”沈局长点了点头，“老李也做得太过分了。”

果然第二天一早，李董就来电话拜托疏通。

“我就是办得到，也不能为你说话。”沈局长重重地骂过去，狠狠地挂了电话。

一上午，沈局长既没开会，也没见客。

中午，他把秘书孙小姐叫进去，低声叮嘱了几句。孙小姐就匆匆出门了……

想一想

孙小姐匆匆忙忙出去做什么？

我不知道，请你自己猜。

你也许不会猜：沈局长自己没出面打电话，也没下条子，只是派人做了暗示。（这是官场文化，有一天出了事，你告他，他说他没下过条子，连电话都不曾打。你说他秘书去打过招呼，他说那是秘书的事，他根本不知情，接着把秘书调职，化解了危机。）

于是沈局长楼下的违建和违规营业平安过关了，其他大楼的一楼也“有样学样”了；楼下的违建既然平安过关，楼顶的违建自然更稳如泰山。

当然，你也可以从另一个方向想——

只因为沈局长带头、沈局长护航，使整个社区都变了样。

沈局长是多清廉的人哪！

他会这样做吗？

他没想到自己规规矩矩买房子，只是顺着李董的意思，做了一些妥协，就造成这么大的影响。

如果你是沈局长，你是不是也会买？

如果你是沈局长，你是不是也会帮一楼的人疏通？

邻居失火了，你能不帮忙救吗？你是宁可早点帮一楼把问题解决，还是等那把火烧到顶楼，当有关单位来拆你自己违建的时候，再出面？

到时候，不更明显的是图利自己了吗？

而且，就算有关单位知道是你，不敢动，只怕那一楼被拆的人也要喊：“为什么只拆我们？却不敢拆顶楼沈局长的违建？”

事情不是会闹得更大吗？

依此类推，沈局长一个人成了多少人的保护伞？真正获利的是谁？

当然是李董。

他只是先不赚沈局长的钱，再贴一点工料，为沈局长加盖，却能够把他建的同一社区的每个顶楼，都卖上特高的价钱。

过去人家不愿买，因为怕不能加盖。

但是现在，只要跟着李董，到沈局长家走一遭，就放心了。连堂堂沈局长都盖了，你还用得着担心吗？

至于一楼，原本只能住家，不能开店。而今沈局长都在“上面”违法，你在这“下面”还怕吗？

于是一楼也卖上了特好的价钱。李董是不是赚翻了？

这件事到头来，好像大家都赚了。但是也有人赔了——

原来以为是纯住宅大楼的人赔了。赔了安宁，也赔了较可能失火的安全，或赔了较高的火险费率。

原来给十六层楼用的电梯，被十七层的人使用了。且不见多收管理费，住户又赔了钱。

更可怕的是，当有一天，发生大地震，大楼承受不了原先设计上没有计算的重量，而垮下去的时候，大家不但赔了房子，赔了钱，还可能赔了命。

对！还有一个人赔了。

就是沈局长，他赔上了社会的公义和一世的清廉。

什么是“狐假虎威”？这就是：

沈局长是“虎”，李董是“狐”。狐狸带着老虎到森林逛来逛去，野兽们见到老虎全吓跑了。老虎居然不知道是因为自己厉害，还以为是狐狸威风。

在这世界上，被狐狸利用的老虎，常常就是如此。他们甚至能终其一生都不知道，只因自己一时的糊涂，造成许多苍生的苦难。

“狐假虎威”也不尽然坏。许多禁忌，都可能由于聪明人把老虎抬出来挡一下，而不再是禁忌。

譬如在“非常时期”，有一位出版商拿到一本大陆的好书，希望在台湾翻印出版。他知道以当时的禁忌，自己非倒霉不可，于是找了位当局大佬为那书写序。

大佬看看书，载的净是故国的江山文物，本来就应该让大家看，就欣然写了。

于是大作出版，检查单位没人敢说话，既造就了一批有眼福的读者，也造就了一位成功的出版家。

这就是好老虎碰上了好狐狸。

可惜的是：这世上的好老虎总碰上坏狐狸。请看下一个故事。

美美的爱心

看到门上那个大大的红心，美美的心也热了起来。

热心的人真不少，排队排到了门口。

负责口试的是位中年妇人，姓殷，轻声细语的，好像在对小学生说话。

美美暑假也去应征过工读，每个老板都板着一张脸，把你祖宗八代全调查清楚。所以看到这位殷太太，让美美打心底觉得亲切。

“不一样就是不一样。”她心想，“我一定要争取到这份工作。”

美美果然入选了。殷太太居然只是盯着她看看，问美美在哪儿念书，就决定录取她。

“其实每个人都会被录取。”殷太太对大家说，“做我们的工作，最重要的就是有热情、有爱心，而且年轻。”看看门外，笑笑，“那些没能录取的，都是年岁比较大的。他们虽然比你们更缴得起保证金，但他们吃不了那么多苦，所以我都把他们介绍给其他慈善团体了。”

可不是嘛！美美看见那些没录取的人，都拿着一份慈善团体的名单走，美美瞄到一眼，都是有名的团体呢！

也看见殷太太在口试中拿起电话，打给著名的慈善机构，问他们缺不缺人，要不要义工。

这份工作，其实也算义工。薪水不多，只称得上车马费。这是爱心事业，有谁会计较钱呢？

至于保证金，也是有道理的。尤执行长说得好——“你代表公司出去，收了钱，如果跑掉，我们怎么交代？”

谈到尤执行长，初见的时候，真吓一跳。他的长相，很难形容，应该说有点像卡通里的——坏人！

但是只听他开口讲几句话，你就会发现“人不可貌相”了。

他的声音好沉、好厚、好有磁性、好有悲天悯人的感动。特别是他放幻灯片的时候，以拉得长长的咏叹的调子，说：“看！这是埃塞俄比亚，这是波黑，这是柬埔寨……”当他说到“这是我们身边，就在不远处的山地乡”时，他虽然没做任何形容，却使每个人都湿了眼眶。

是的！每个人！美美一边擦眼泪，一面偷偷看身边的“同工”。大家年龄都差不多，都是容易感动的年岁。

跟美美同组的是小咪，小咪比美美还小一岁呢！

十二月的街头，尤其在这大百货公司的骑楼下，人很少，风好冷。

但是执行长说愈是人少、风冷的地方愈好。

“人少，于是你们可以有时间、有安宁，慢慢跟对方介绍我们公司，翻这些图片给他看，告诉他我们要怎样透过文字、杂志，唤醒更多人的爱心。”执行长说，“风冷的地方，人们愈能体会那种饥寒交迫的痛苦。记住！天愈冷，心愈热！”

“天愈冷，心愈热！”美美和小咪不断彼此重复着这句话，愈是碰上人们死板的脸，她们愈以这句话共勉。

才一天站下来，小咪已经感冒了，直流鼻涕，叫她回去，她还是坚持。

美美的脸冻红了。她也觉得冷，不知道是不是也发了烧。

看到一位年轻男子走过来，正要进百货公司，她们赶快冲过去，照执行长教的，行礼、自我介绍、出示证件，并拿出杂志。

而且要翻到“垂危孩子无助张望”的那一页。

美美自己都觉得声音有点发抖，加上一阵阵的冷风迎面吹来，又看到那娃娃的照片。说着说着，美美居然哭了起来。看美美哭，小咪也掉了眼泪：“帮帮这些可怜的孩子吧！”

原来冷冰冰的男子动容了，立刻掏出钱来。

“这是我拿的第一个月薪水。”年轻男子一边填写地址，一边兴奋地说，

“我原来要给妈妈买新年礼物。但我相信她也会高兴见到这份杂志，唤醒冷酷的社会。”

才把“成绩”交回去，美美就病了，而且是重感冒，一躺就躺了两个礼拜。

病中她最放不下的就是工作。“怎么向执行长交代呢？”她想，“等我上班，宁愿当义工，这个月的薪水我不要了，我也做个赞助人吧！”

打过两次电话去公司，先占线，接着是录音：“放年假，祝大家新年快乐。”那位殷太太亲切的声音，让人听了好温暖。

年假才完，美美就去了。

公司里里外外全是人。天哪！原来公司不是只招一批，前前后后竟招了几百人。

殷太太坐在她的位子上，大家围着她。

突然，那柔声细语的殷太太，竟然捶着桌子哭着、喊着：

“你们问我，我问谁啊？”

想一想

请问，在前面这个故事里，受骗的是谁？

是跟美美一样，既没拿到薪水、白做了工，又赔了保证金的那几百位年轻人？

是柔声细语、气质不凡的殷太太？

还是在街头掏出几千块钱，以为过两个月，就能收到杂志的善心人？

姓尤的“毒”，就毒在这儿。

他卖的不是你能银货两讫的东西，而是一种理想、一种希望、一种善心，以及一份要过好一阵子才能收到的杂志。

于是，你可以想见，那一位把收据当作礼物送给母亲的大男生，隔一阵就问他妈妈:“杂志收到了吧?”

一次、两次、三次,最后忍不住打电话或追到收据上的地址,才发现自己被骗了。

两个月之后,只怕原来的“地方”,早换成其他的公司了。那公司很倒霉,因为总有人进来打听,然后脸色凝重地离去。

如果是你,你的脸色变不变?当你投资做生意,赔了钱,还不至于太伤心,因为有赚总有赔。但是当你发现自己的“爱心”被人利用,你就真正地伤了“心”。

你会恨谁?

恨骗你的人!恨那两个在百货公司前面,向你哭诉、使你动心的小女孩,对不对?

如果有一天,你在街上遇到她们,你会不会过去找她们算账?

只是,你要知道,她们也是被骗的人哪!当她们站在冷风中,向你介绍“那个理想”的时候,她们所说的每句话都是肺腑之言。

这就是另一种“狐假虎威”。

谈到“狐假虎威”,大部分人都会想,那“老虎”必定是有财、有势的人物,才能被狐狸抬出来唬人。

其实这世上最常被利用的反而是平凡人。

每个人都可以是“虎”。虎可以是你的工作、你的家世,甚或是——你的年龄。

当你在挑西瓜时,旁边一位荷锄的老农说“这个甜”,你信不信?

当一位医生或他太太搞直销,对你说“这种补品不错”的时候,你买不买?

当你是一位玉器鉴赏家的儿子,有一天人家挑玉,你说“据我看,这块好”。他信不信?

更可怕的是:

连你的年轻、天真都可以被利用。

帮派的大哥自己不敢出面杀仇家,知道自己动手,非被判死刑不可。于是请那未满十八岁,血气方刚的少年出马。

江湖上的老油条要骗人，不敢亲自出面，知道自己“一脸江湖相”容易被识破，于是找那容易骗的年轻人下手。

别人不信他，但是他使你信了他。而别人会信你，于是他骗了别人。

你说，这不是“狐假虎威”，是什么？

看了这许多，我希望你能知道，每个人都有可被利用的地方。

你要常想想自己有什么长处、特点，一方面可以自许，一方面也要警戒——这正是容易被狐狸借用的东西。

当你搞直销，千万别把公司或“上线”说得“十分好”，渲染成十二分好。你怎不想想，那“十分好”已经经历了多少层的夸大？

如果你销的是营养食品，千万别把它说成“救命仙丹”，甚至跑到医院，要人放弃正规的疗法，大量吃你的“好产品”。

因为你会误了病情，这可是“事关人命”啊！

相反地，假使别人向你推销这样的“灵丹妙药”，你也要想想：

他会不会因为总是参加“产品说明大会”，而有了“群众催眠效果”，又因为不断重复介绍同一个产品，说久了，假的也变成真的，连他自己都搞不清真假了？

没错！

“好东西与好朋友一起分享”。他是你的好朋友，他也真想告诉你这大好的产品，使你能受惠。他甚至希望你一起加入他的行列，去看那么多成功的见证，然后成为他们的一员，一起“既创业，又助人”。

没错！

我也相信许多“好东西”是真正的“好东西”，值得分享。

但你必须冷静地分析、品评之后，才能加入，也才能介绍给别人。

免得有一天，你成了美美，不但被骗、骗人，而且可能使那被骗的人，以此作为他终身不帮助慈善活动的借口。

你更要知道，如同我在前面所说的“狐假虎威”的特质——

你这小老虎，可能一辈子都不知道自己居然被狐狸利用，且贻害久远哪！

办公室里的柏树

柏老？对！是“柏老”，柏树的“柏”，不是“老伯”。

也就跟柏树一样，他是这个部门资格最老、年岁最长，却又能不凋的人物。

柏老真可以称得上是“地位崇隆”，虽然因为学历不够，只能当个副座，但是不但经理对他毕恭毕敬，连董事长也跟他称兄道弟，并且直唤柏老的名字。

不！应该说只有董事长能直唤柏老的大名，除董事长之外，任何人要是叫了柏老的全名，就把柏老得罪大了。

“王柏？谁在叫我名字？”

有一次，一位新来的小伙子接到董事长找柏老的电话，跟着董事长叫：“王柏在吗？”柏老当场就冒了火。

其实由董事长那江浙人的嘴里叫出来，“王柏”才真难听呢！根本就成了“王八”。

但是只听董事长左一个“王八”、右一个“王八”，叫个不停，那柏老却好像吃了糖、喝了蜜似的不断笑着答：“是！是！是！”

这也难怪柏老，因为他是跟董事长一块儿长大的。两个人从穿开裆裤的时候就在一起，后来一起偷橘子、偷莲蓬、偷工地的钢筋。一起出去打工，再一起偷了老板的客户名单出来创业。

“要是没我，老董有今天吗？”这是柏老最常说的话。

也因此，许多董事长的朋友，柏老都熟。听说有访客，就算董事长不叫柏老上楼，柏老也会自己冲上去。临下班，再累得腰酸背痛的回来，说忙死了，帮着老董招呼老朋友。

柏老也总抬些花下来，都是人家送给董事长的。

“老董不会养，这些都是名花，养死可惜了。”柏老把花放在阳台上，三不五时地过去浇，每次浇完进来，大家都能背了，他一定会大声叹气：“真难哪！吃碗饭，除了批公文、招呼客人，还得种花。”

柏老的公文批得极好，工笔字，是练过的，又小又整齐，他对遣词用字尤其讲究，常常为了一个字，先查《辞海》，再查《康熙字典》，最后把写的人叫去，好好训一顿。

“小吴！小吴，你过来！”听！柏老又训人了，“你看看！这‘羊’怎么能写成‘群’呢？‘君’在上，哪有‘君’在‘羊’旁边站着的道理？”

大概就因为太讲究，什么公文一到柏老桌上，就得躺足一个月，连董事长都没办法。“以后太紧要的，就不用经过王柏了，免得他操心。”董事长私下交代经理，“但是多少还给他些不重要的公文，免得他无聊。”

柏老会无聊吗？当然不可能。他忙都忙死了！

办公室里，只要电话响两声，没人接，柏老一定飞快地从他椅子上跳起来，冲过去：“喂！我是老柏，有什么事跟我说吧！我说了算。”

柏老说话确实管用。譬如那次发奖金，就全仗柏老上楼一句话。

只是小黄明明该升主任，却因此没能升上去。

“都怪小黄说话不小心，得罪了老董。”有一次，经理不小心说出来，“他何必带头喊该发奖金？这话虽然由柏老转告了老董，奖金也真发了，老董多少要对小黄不高兴。”

“我从来没说过半句要奖金的话啊！”小黄后来找柏老澄清。

柏老没抬头，从报纸后面放出三个冷冷的字：“你——说——了。”

不过最近小黄那件事，可多亏柏老救了他。

公司电脑化，每个桌子上一台。事先都没通知，就趁大家休假，把线路全装好了。

只有柏老例外，当大家都打电脑的时候，柏老依旧用他那手工笔小字，一个字一个字地刻。

他甚至搞来一大瓶墨汁，每天午睡醒来，先练五十个大字。

谈到午睡，也是柏老的特长，每天不到十二点，他就打开便当吃，等大家出门的时候，他老先生已经打鼾了。好几次，同事有访客，都被柏老吓一跳："你们办公室，还能躺平了睡大觉啊？"

"睡饱了，头脑清楚。"柏老每次睡醒，看见大家已经在打电脑，总会叹口气，"唉！什么电脑化，还是我这个人脑快。"

大家原来不服气，直到小黄把一个很重要的磁盘搞丢了，整个部门都"抓了瞎"，才发现幸亏有柏老。

他老先生居然能靠记忆和那个又脏又臭的小记事本，把公司近百位客户的资料全找了回来。

本来小黄得滚蛋，也多亏柏老出面，才以记大过了事。

为此，大家特别为柏老鼓掌欢呼，小黄还买了个大蛋糕向柏老谢恩。

柏老是愈来愈像办公室的"苍松翠柏"了。

可不是吗？看！柏老雄踞一隅，为了照顾花草，他就坐在阳台旁边，背后墙上挂着他的"法书"和董事长与他年轻时的泳装合影。身前堆着几摞高高的文件，不但窗外是花，连脚边也摆了一排蝴蝶兰。

那多像一个以"巨柏"为荫的小天地呀！

只是最近柏老的小天地麻烦了。

公司要全面整修，配合进一步的电脑化和节约能源，所有的隔间、灯光、地面乃至桌椅，都要重新设计。

这件事可把柏老搞毛了。从听说，就挂张脸。大家都收拾东西，他不收，只骂：

"真是的，钱多了是吧！也不想想穷的时候。乱花、乱花，暴殄天物，我等着瞧你垮台。"

各部门的东西全搬去了临时办公室，只有柏老，他就是不动。

董事长来看了两次，说不动，摇摇头，也没办法。只偷偷叫经理上去："到最后，他要是还不收，你们就趁他下班，帮他打包运过去。"最后还叮嘱，"小心哟！别弄坏了他的宝贝，一样也不能漏掉。”

在大家的协助下，柏老终于搬了。没搬到临时办公室，却搬回了他的家。

花草、照片、法书、墨宝、砚台、茶壶、枕头……

一样也没少他的，除了不该属于他的那个电脑磁盘。

想一想

柏老是怎样的一个人？

你可以往好处看——

他是公司的“开国元勋”，到老还不计名位、尽忠职守。他的学历虽不高，但国学修养深厚，乐于调教后进。他很风雅，既爱莳花弄草、品茗斗茶，又是一位书法家。他乐观豁达、随遇而安，甚至以公司为家，守着他的那个“小天地”而怡然自得。

你也可以往坏处想——

他是个恃宠而骄，占着位子不做事的老顽固，拉关系、搞特权、欺上凌下、逢迎拍马。明明他自己要奖金，却假别人的名去反映。明明尸位素餐没事做，却故意挑毛病、找错字，把公文堆上厚厚一摞。更可怕的是，他非但不求进步，而且阻碍别人进步，甚至偷小黄的磁盘，幸亏大家帮他收东西时发现真相，才“请走”这个老贼。

任何一个国家都需要深思熟虑的“乔木”，任何公司都需要经验丰富的老人，使年轻人冲得太快的时候，能有个“拉”的力量。

但是老人也有他们的“特质”，位置安排得不对，就要产生问题。不信，请看柏老——

柏老为什么喜欢说他早年和董事长的往事?

因为他没有“今年勇”，所以只好炫耀“当年勇”。何况这个当年勇，足以证明他的特殊身份。

只是他谈当年勇有个严重的后遗症，就是他既说自己当年的丑事，也会泄老板的底。于是老板可能发现原本刚进公司时对自己毕恭毕敬的年轻人，跟自己当年的“老战友”混一阵子，态度就变得傲慢了。

可不是嘛，原来你大老板当年偷水果、偷钢筋、偷资料，也不怎么样嘛!

当年轻小伙子知道了你当年的丑事，你的威信能不受影响吗?

其次，董事长一有老朋友来，柏老就去凑个热闹。如果你是老板，在老朋友面前，你能表现出不高兴吗?只好任他说。可这会造成很大的问题。

“今天老董和某人有了接触，做成新决定……”

“我得到最新消息……”

“××人可要小心，老董说……”

当柏老这位三级主管（甚至应该算是小职员），越级跟“老大”交往，而且上上下下地传话时，他的经理能不买他账?他说的话，又能不挑起无谓的“波澜”吗?

果然，明明是他要奖金，他却说是小黄在争。

你或许要问，柏老既然跟董事长关系不同，何不自己争，却打小黄的招牌?

这你就太天真了。

你想想，当柏老到了“楼上”，他是表现出跟董事长同一线，还是跟“楼下”同一线?只怕他还会对董事长说:

“小黄这小子太爱捣蛋，您不用理他!”

小黄能不倒霉吗?

你也要进一步了解，像柏老这样将退休的老人，往往是最没担当的。

“冒险?试试看?何必呢?多做多错，错了麻烦就大了。”

对呀！他要退休了，何必临走还冒险？如果新构想失败，只怕连自己退休俸都泡了汤。

所以你不必指望柏老有大的作为。

也因此，他何必学电脑，有新观念？他又何必支持公司的大整顿？

他老了，他学不动了，学了也用不久，何必学？

这固然是实情，他却可能倚老卖老说：

“公司从开张就这么做，几十年都没问题，还愈做愈发，何必改？”

当你向他提出新想法的时候，可能才开口，他就一挥手，把你的话打断：

“你们想的我早想到了，而且早试过了，行不通的！”搞不好，他还损你一句，“你们年轻人算了吧！我过的桥都比你们走的路多。”

他怎不想想，时代不一样了，你很可能坐一趟飞机，就比他半辈子跑得更远？他凭什么断定，他办不成的，你也办不成？

最可怕的是，“老成迟钝”是一种严重的传染病，如果你是老板，不注意，你的新职员很可能进来没多久就得病了；如果你是年轻人，更要小心，在老人的调教之下，你可能很快地老化。

你可以假想这么一个画面——

“连这都不懂？照这样做，就对了！”老人对新人说。

“社会新鲜人”当然比较容易出错，也确实经“老姜”一指点，就对了。

一次对、两次对、三次对。新人发现老人真了不起，使自己获益良多。

于是，新人学到了做事的方法、方式、公式、形式，他成为“老手”，也可能成为另一个“老人”。

想想！当一切都流于公式、形式的时候，年轻人的创意在哪里？当年轻人也安于老人的规矩，接受款待、领取规费，而且“吃上瘾”的时候，你的公司（甚至我们的国家）还能进步吗？

所以，如果你是老板，你可以先把新人交给“老人”带。但是当你看那新人学得差不多的时候，就要把他由老人身边调走，或把老人由新人身边拉开。

如果你是新人，在你唯唯诺诺跟老人学习的时候，也要常用自己的大脑想想:“是不是有更新、更好的方法？”你要时时检讨，才能不腐化，有一天才能走出自己的路。

这时候你也就该了解，为什么许多大企业，都设有训练部门，由老人做讲师，而不把老人放在新人身边指导。

你也当了解，为什么大企业设有所谓“资深××室”“研究××室”，或“××顾问室”，任一群老人看报聊天，也不想榨取他们的剩余劳力。

如果你是老板，我劝你常往这些“室”走走，表现你“不忘旧人”。

如果你是新手，奉劝你少往这些地方串门子，因为那会“犯忌”。

现在，很毒，也很可悲的是，我要把矛头朝向大老板。

柏老是老人，那董事长不也一样是老人吗？是不是像“周处除三害”一样，最后得“修理自己”？

对！如果你是老板，也应该常常修理自己。还好的是，由前面所说的，你知道所谓“老人”，不见得一定年岁大。三十岁的小伙子，失去了冲劲，也是“老人”；七十多岁的老者，如果能用新人、施新政，仍然称得上“少壮”。

你要常想想那些著名的饭店。

当年开张的时候，新招牌、新装潢、新经理，一切都新。东西贵，来的都是中年的“得意人”。

二十年后，如果那饭店还开，你走进去，发现居然当年的客人还在，只是跟老板一样，都老了。菜没变，师傅老了；经理没换，笑容老了；装潢没变，全褪色了；价钱没涨，但因为没新客人上门，只欠关门大吉了。

如果你不常“彻头彻尾地更新”，总满意于你的老顾客、老产品、老班底，以及“老化的你”，你们大家就可能一起老去。

记住！如果你在一个全是老人，又固执不变的公司做事，你别认为可以接手、捡现成。

只怕没捡到，你先老了。

记住！如果你发现自己招进的新人，没多久，都走了，来拜访你的，又全是老朋友、老顾客，却没新新人类，你最好想想——

你是不是应该交棒了？

樱花街传奇

“樱花街”就像它的名字，是很“莺”又很“花”的。

每天太阳还没下山，樱花街就睡醒了，先是眨起霓虹灯的眼睛，接着展现它诱人的歌喉。

一片星海和旋律中，隐隐约约映出一双双玉腿，还有冷不防伸出来的粉臂，怪不得附近的妻子都叮嘱丈夫:“晚上小心，别打樱花街过。小心被妖精一把抓进去，吃掉！”

但是自从哈雷警官上任，樱花街就变了。开业的兄弟一个个愁眉苦脸:

“那老小子还睡不睡觉？前天夜里两点，带一票人冲进来。”

“甭提了！他大概也不吃晚饭，昨天晚上六点就在我们门前走来走去。”

以前要是有“行动”，总会先接到电话。但这哈雷警官老是紧急集合，警员上车跟着他走，快到了，才宣布当天的任务。

在车上，谁敢打电话呢？

兄弟们开始责怪查理:

“过去每一任，你全都打点得好好的，为什么今天会出这种状况？”

“我托他下面人去送了啊！”查理一摊手，“可是下面人看到他那张死脸，就缩回来了。喏！钱还在这儿。”

“你不敢，由我来！我们加他一倍。就不信他那么干净！”还是亨利厉害，自告奋勇去见哈雷。

亨利去了，没回来。因为行贿警官，当场就抓了进去。

“你们男人差！”玛莉大姐出面了，“碰到强的男人，要找他的女人下手，你把他太太打通了，枕头旁边来两句，还能摆不平？”玛莉调整了一下胸罩，“哼！他太太只要对他使点媚功，我就不信，他半夜还会出来。”

一群兄弟全笑翻了。大家再掏钱，交玛莉去办。

没多久，玛莉就回来了。高跟鞋跟断了，裙子破了，粘了一头的鸡蛋壳。

“被他老婆推出来，又被他们一社区的人追着砸鸡蛋。”玛莉哭着把一袋钱扔给兄弟，“他们说要不是因为我是女人，一定把我打死。”

哈雷一家真成了社区的英雄。二十多年来，换了多少任警官，只有哈雷最神，才来两个月，那樱花街就真幽静得可以散步赏花了。

兄弟们开始打包，决定另谋发展。大家知道像哈雷这样的好警官，又得到附近社区的支持，绝对稳如泰山，不可能动的。

只是他们还不死心，凑了一笔更大的钱，交给三叔去做“最后一搏”。

三叔早退休在家种花了，禁不住“晚辈”们的请托，才决定出马。

“一句话！包在我身上。”三叔一边咳嗽，一边对大家举着双手，“我这就跑一趟。”

可是，三叔跑了一趟，钱也花光了。哈雷还是做得好好的，甚至可以说愈来愈顺手、愈来愈得意。不但连拿两个勋章，接受了一次褒扬，而且要升局长了，这是连跳两级啊！

哈雷升官的消息传来，社区居民送的花，由警局里面一直摆到门外。

“这么正直的警官，该升！”

“哈雷的上级真是知人善任！”

“听说他去的那个管区，比我们这儿还大得多呢！”

居民们虽然不舍，还是为哈雷高兴。

哈雷新官上任的前一天，总局长也把他叫去嘉奖了一番。

“做得好！做得好！”总局长拍着哈雷的肩膀，交给哈雷一个纸袋，“这是你该得的，再做一阵，就够买栋房子了。”

“樱花街，樱花开，飞跑的樱花都回来。霓虹灯，闪闪亮，三叔的功德真无量。”

樱花街又活了，里面的小姐总是这么唱。

想一想

这个故事你看懂了吗？

樱花街的“业者”为什么要谢谢三叔？

如果你没看懂，可以从头想想那故事的情节——当哈雷警官扫荡色情业，让兄弟们头痛不已的时候，他们先找谁疏通？

先找哈雷下面的人，对不对？

下面的人办不到，他们开始找谁？

找哈雷本人行贿，对不对？

但是，哈雷本人，甚至他的家人都打不动的时候，他们还有谁可以找？

现在你想通了吧？

当然只剩下哈雷上面的人！

于是三叔找上总局长，由总局长把哈雷连升两级，调走。

这么守正不阿的警官，让他升官有什么错？

哈雷本人能升到更大的管区，他有什么好怨？

而且，说不定总局长还私下有不少“奖励”呢！

总局长也许会对哈雷说：

“好！现在我把你调到更能发挥的地方。跟‘上一站’一样，你要毫不留情，他们给多大的好处都不收，也不准你下面人收，让他们把钱存着。到头来，他们一定会来找我。”

哈雷会不会干一阵子，又升官、调职，而且买了新房子？

大多数人都很死心眼。

碰到有人“挡路”，他们只会想“把他拖下来”或“把他干掉”。

这是多笨的想法啊！拖他下来，你有能力吗？你又承受得了舆论的谴责吗？而且，你能保证他有一天不会再爬上来，好好修理你吗？

至于把他干掉，你大概也等着被枪毙吧！

你为什么不想个更好的办法——

把他捧上去！

卡位的种类很多——

碰到好位子，赶不及过去，请人帮你先占着，再让给你，是“前卡位”。

遇到挡路的人，把他调开，再用你的人补上去，是“后卡位”。

“后卡位”的学问可比“前卡位”大多了。那好比——

叫一位坐在那儿的人，站起来，把位子让给你。

当然比你去抢个空位难得多。

不信？

请看下一个故事。

D-Day[①] 攻击计划

D-Day 就要来临了，整个部门的人都很兴奋，大家等着看好戏。

何止业务部，公司里其他部门的人也都拭目以待，看看耿经理怎么修理小邱，也看看邱总经理怎么护他这个“胡作非为”的堂弟。

其实从耿经理上任的第一天，大家就知道“有好戏看了”！

常春藤盟校博士，太太又是政治人物的掌上明珠，怪不得董事长一眼就看中。不但直接让他做经理，而且安排在这个弊端最多的部门。

“恐怕董事长根本就有他的算盘，”大家都这么猜，“不然何必摆到这个部门来呢？耿经理上任的第一天，又何必挑明了说‘我这个人不讲情、只讲理，在我这个部门没有特权’呢？”

当时大家就都瞟向小邱：“你完了！你胡搞乱搞，就算有总经理撑腰，也要踢到铁板了。”

“只怕是那姓耿的，先踢到铁板吧？”小邱居然放出这么一句，照样搞他的。偏偏耿经理怎么疑心、怎么查，都查不出个道理。

中间也有些人偷偷塞纸条给耿经理，提供线索。令人不解的是，线索明明没错，真查起来却又错了。

每次看见耿经理满面寒霜地把小邱叫进去，过不久，又见小邱大摇大摆地出来。大家都摇摇头、摊摊手，心想：看样子，这董事长的心腹真踢到铁板了。

小邱的下巴愈抬愈高，声音也愈来愈大，动不动就说要去总经理那儿谈事，他还把耿经理放在眼里吗？

---

① 意为军事攻击开始日（尤指第二次世界大战中盟军进攻西欧日）。

连其他部门的人都看不顺眼，下了班，大家一起对资料，像侦探一样查小邱是怎么做的。

皇天不负苦心人，有个老客户也看不过去，决定跟耿经理配合，揪出那个米虫。

眉目愈来愈清楚，真相终于要大白了。

今天，原定 D-Day 的前三天，全业务部的人都集合了。

每个人都心跳加快，每个人都有一股不吐不快的怒气，大家只等董事长来，就要一起递出辞呈。

虽然耿经理是升官，调到新开的分公司做总经理，但大家知道那是怎么回事。

“这公司太没有公理了！”每个人都在心底吼，“我们干不下去了。”

就在这时候，董事长笑吟吟地进来，总经理跟在后面。大家正要吼，却看见更后面的一个人——耿经理做出了阻止的手势。

“我知道大家舍不得耿经理走，对不对？”董事长倒是开门见山。

就听见一片如雷的呼应：“对！”

“但是大家要知道，这并不是我或邱总经理的决定，是耿经理自己愿意接受那个挑战，到那边去挑大梁啊！”董事长转过脸看看耿经理。

耿经理居然笑着点头。

大家全愣了，有一种被出卖的感觉……

原定 D-Day 的之后七天——

耿经理真走了，来了一位谢经理。

从听说，大家就想：完了！谁不知道谢经理是邱总经理的同学？怪不得小邱把脚都跷到桌子上了。

谢经理进门的那天，部门里没有任何欢迎仪式，只当没这个人存在。大家用低着头、不出声，表达抗议。

“我姓谢！请各位多指教！”

那谢经理倒知趣，主动一桌一桌地握手致意。握到的人也就“哦！欢迎！

欢迎！”地意思一下，心想：你怎不先去跟地下经理小邱拜山呢？

瞧！小邱，手上要着笔，长长的脖子，左扭扭、右扭扭，那副“人五人六”的样子。

谢经理终于走到小邱前面了。

“我姓谢！你是邱先生吧？”谢经理伸出手，敲敲桌面，“麻烦你现在收拾一下，你被免职了，今天生效！”

想一想

这个故事，乍看跟《樱花街传奇》类似，同样是“关键”人物被调走的“后卡位”。但是非但结果不一样，学问也大得多。

不知道你有没有听过这样的故事——

将军带兵纪律严明，多么亲信的人犯罪，都依法处置，绝不宽待。

某天晚上，另一部队的将军派密使来报：“我们抓到一个强奸犯，依法应该处死，但是审问之后发现那是您的独生子。怎么办？”

将军一夜没睡，第二天早上亲自出马，直接去见那部队的长官。

将军没为自己的独子求情，只要求一件事——

“让我带回去，自己把他处死。”

这将军多狠的心哪！他怎会忍心自己杀死独生子呢！就算要处死，何不交给那个部队执行？

但是，你静下来细想想，这当中又有多大的差异！

“我的儿子犯法，我自己把他毙了，我是多么军令如山、大义灭亲的将军？我领导的威严只可能增加，对不对？”

相反地，如果任由另一个部队处置，儿子同样是死，由别的部队抓到，而且判处死刑，是不是使将军的颜面受损、威严扫地？

请问：

如果你是另一个部队的长官，你会不会同意将军领回儿子，自己行刑？

你当然也会。因为你知道，如果非坚持由“本部队”执行，你只可能跟那将军结仇。

现在我们就可以了解，为什么董事长怀疑小邱有弊，安插耿经理去查，已经查出来了，却又阵前换将，交给新来的谢经理处置。

因为谢经理是邱总的人，自己的人犯错，由自己派人去修理，总比董事长的人去处置，来得不失颜面哪！

于是，你可以猜想整个事情的过程是这样的——

邱总眼看小邱的“作弊”要曝光了，主动找董事长和耿经理商量：

“我这个堂弟是浑蛋，我认错人了，请给我个面子，由我安排人处理。我保证把他开革，比你们的速度还快、还狠。”

可不是吗？谢经理上台的第一天，根本没再调查，就把小邱开革了。

道理就这么简单，对不对？

如果你说对，你未免太天真了。

你怎不想想谢经理为什么动作那么快？

在你为谢经理叫好、喊爽的时候，可知道这里面隐藏着更大的学问？

相信你一定看过这样的电影情节——

两个人一起在黑帮卧底，黑帮头头发现消息总是走漏，有一天查出来，是其中一人卧底，那人又跟另一个走得很近。

这时候，只见那还没被发现的人咆哮地冲过去，狠狠地又踢又打，搞不好还白刀子进、红刀子出地手刃了那个叛徒。

换作是你，你能不先出手吗？

你等着看好戏？等着那叛徒被强刑逼供，最后把你招出来？

两个人死，不如一个人死，另一个还能继续卧底，不是吗？

好，让我们再回头看看小邱，看看邱总，也看看谢经理。

当邱总要谢经理“快刀斩乱麻”地把小邱开革，公司里人心大快了，没有谁还会想：

“等一下！等一下！案子还没查完呢！应该继续查，往上追，查个水落石出。”

于是，表面上案子结了，其实业务部还是由邱总的人在搞，甚至可以说由“小邱”换成了“大谢”。

谢经理在上面，如果一手遮天，案子当然查不下去；当“风声过了”，再由谢主导，照小邱的方式来，岂非更方便？

现在你懂了吧？为什么邱总要用谢经理，而牺牲小邱，他又为什么没等案子完全查清楚，就动手。

你或许要问：难道董事长和耿经理这么笨，甘心就此罢手吗？

这时候，你又要往更深一层想了——

当案子继续扩大，往上查出邱总也有弊端，如果你是董事长，你敢不敢把邱总也开革？把他开革，你公司能不“开天窗”吗？以他的资历，跑到敌对的公司，你能不受损吗？

所以董事长睁一眼、闭一眼地过了，也要耿经理就此放手了。

读到这儿，你大概会暗骂：“这是个多么诈的社会啊！”

没错！这社会是很诈。但你也要了解，那“诈”有一定的伦理。

人际关系是纠缠在一块儿的。你无论是“前卡位”“后卡位”，只要“位子”一动，四周的人就都得跟着动。所以真正有智慧的人，不能只求自己痛快。你必须在做任何一个大动作之前，都想想：“我今天这个动作，会不会造成负面的影响？”如果你是政治家，更该想想：“我这样做，会不会害了天下苍生？”

各位朋友，我们看到弊端，不能不反映，否则社会怎么进步？公理如何伸张？

但是如果能用“渐进的改革”，取代“突然的变法”，能用“和平转移”取代“流血革命”，能用“大家赢”取代“一人赢”，不是更好吗？

想想：

作弊的小邱滚蛋了。

耿经理升官了。

董事长除去了眼中钉。

公司同人赶走了仗势的大浑蛋。

谢经理突然得个好差使。

邱总经理坐得更安稳了。

只要大家合作，防止小邱的弊端死灰复燃。

这不是比一路追查下去，造成公司大动乱，完满得多吗？

我不是教你诈，是教你认清别人的诈。

我不是教你诈，是盼望你在不得不要诈时，也能有关怀、有包容。

小新人与大天后

“李总！您约的那个新人小欣和我们的天后，只隔了五分钟。”张秘书盯着记事本，忧心忡忡地问，“您要不要把新人安排早一点？我怕五分钟您还谈不完呢！”

“不用！”李总笑笑，“不过我正要叮嘱你，天后来了，如果我没谈完，对她说万分抱歉，因为有个小歌星，家里出了事，找我帮忙，请她稍等一下。然后，把昨天我从日本带回的那个瓷娃娃送给她，说是我特地为她带的。”

“那不是要送给您女儿的吗？”

“没办法啦！要请天后等啊！”

“那您何不……”

李总一挥手：“别说了，我有我的道理。”看张秘书走到门口，又喊住，“天后到了，还是立刻进来告诉我一声。”

小欣来了，初入行的小女生，给人格外清纯的感觉。李总在不久前的校园民歌演唱会上，一眼就看中了小欣。

“你一定能红！”李总对小欣严肃地说，“但是必须由我们公司来栽培，我们为你砸大钱……”

正说呢，张秘书敲门进来，紧张兮兮地报告：

“天后到了！”

“什么？天后来了。”小欣赶快起身，“那我赶快走。”

“没关系！”李总把小欣的肩膀压了下去，抬头对张秘书说，“要她等！”

“要天后等？”小欣眼睛瞪得好大，“那不好吧！您怎能为我这么个新人，要天后在外面等？”

“没关系！我这公司里没有所谓大牌。要被造就，就不能耍大牌，她早等习惯了。”堆上满脸笑容，“坐！坐！坐！先谈我们的。如果你愿意被栽培，接受我们的训练，就先别计较收入，让我把钱全砸在宣传上，如何？”接着抽出一份合约，“你先拿回去看看。不勉强，认为满意，就签好了，拿回来给我。”

“这么快就要签了啊？”小欣接过合约，挡住胸口，张大了嘴巴。

“不急嘛！你自己拿回去研究，问问你爸爸妈妈！”说着起身，拍着小欣的背，打开门。

“啊！”小欣尖叫了起来，“天后！天后！真的是你呀！你是我最崇拜的人了，能不能为我签个……”

说一半，被张秘书挡了下来：“改天！改天！”说着把小欣推了出去。

另一头则见李总做成摇尾狗的样子，弯着腰、堆着笑，冲出去。

“你很大牌嘛！”天后拉着脸，“我已经等你十分钟了，你知道吗？要不是看在这瓷娃娃还不赖，我早走人了。”

“哎呀！哎呀！我给您磕头，行了吧？张秘书没跟您说吗？哎！小女孩，家里有事，非求我帮忙不可。”李总恭敬地拉着门，把天后让进去，叹口气，“我这个人，有个弱点，就是天生心软。”

“这李总的心也太硬了吧！”小欣的爸爸拿着合约，摇头，“跟另两家比起来，他给的未免太少了吧？而且一签就是七年。”

“可是他真的很有办法的！”小欣瞪大眼睛，“天后就是他旗下的。”

“你怎么知道他给天后什么待遇？”小欣的妈妈也说话了，“只怕他是欺负你年轻，还是跟昨天那家签吧！”

小欣先没答话，低着头想了半天，突然抬起头：

“我想还是跟李总签，我觉得他做事比较有魄力，而且他很重视我。”

“他重视你？”小欣的爸爸问，“才见一面，你怎么知道？”

“我当然知道，你们知道当他跟我谈的时候，要谁在外面等吗？”

“谁？”

“天后！”小欣叫了起来，“我出来的时候，亲眼见到的。”

想一想

像李总这样“既约了人，又要人等”，是社会上早有的文化。

这好比你打电话给他，就算他正闲得跷着脚看报，或坐在那儿发愣，他也不会立刻接，他要你等，等电话响了三四声之后，再用“匆匆忙忙”的语气接起来。

为什么？

为了表示他忙。

就算你是长官，除非他跟你早约好了，知道是你要打电话进来，或由他秘书先接，告诉他是你打的，否则，他绝对要你等，使你觉得他正在忙，他没有吃闲饭。

慢慢接、急急讲

如果你是下属或外人，就更不用说了。

他晚一点接电话，可以装出一副“你干吗在我这么忙的时候来电”的样子，对你打几句官腔。当你说“您是不是正在忙？如果正忙，我等会儿再打过去”的时候，他假使讲“没关系，你说吧！我把事情先放下，听你的”，则显示“他卖了你一个好大的人情”。

相反地，你才拨电话，响半声，他就接起来了，只怕你要问：“你是在等人电话吗？”“你在等我电话吗？”“你在等女朋友电话吗？”

无论你怎么想、怎么问，都让他显得“弱势”。

他怎能不要你等？换作是你，你又怎能不叫他等？

我在忙，请等一下

好！再让我们回到约会的等。

那道理也一样啊！

如果你才到，他立刻请你进去，就显示了——第一，他前面没有客人，也没在忙。第二，他急着见你。

再不然，就因为你是长官，是他敬畏的人物，他自己就算有天大的事，也得放下；有什么朋友，也得立刻送走，好赶着出来迎你。

你会不会因此觉得“气壮三分”？

换作你是他，不希望你有那些联想，你是不是也会要客人在外面，多多少少等一下，好比“电话响几声，你才接”？

第一次接触

连女孩子约会，都懂得要男生等的道理——

你们是网络上的朋友，第一次见面，约好了一个人拿杂志，一个人抱书包，在某地方碰面。

你会早早就抱着书包，站在那儿等吗？

天哪！你是在等着他偷偷观察你啊！搞不好，他还带了一票同学，正在对你品头论足啊！

更搞不好，他看你长得“有点抱歉”，一转身溜了，从此连网上也见不到了。

所以请问，有几个女生不懂得晚一点到？

晚一点，让他先站在那儿，东张西望，心急如焚。于是，你出现，使他如释重负、万分欣喜。

你不是一开始，已经占上风了吗？

请你脱光了等

“等”是门大学问。

医生要病人等，又希望病人觉得没等太久，他就用个方法——设许多诊疗室，先让你坐在门口十分钟，再由护士带进诊疗室十分钟，又由护士送进袍子，要你脱下衣服换上，说医生马上就来。

如此又过了十分钟。可是虽然前后已经等了三十分钟，你却没觉得那么长。

政商界的大人物也一样，他们常有两间“预备会客室”，先让你在其中一间等。你并不知道旁边还有一间，别人早在等。而他在里面还正跟另一组人谈呢！

这时候如果他叫你等，又把前一组（或前两组）客人，经过你这间，送出去，甚至介绍你们认识，你就要好好想想了——

如果你是“小的”，他送个“大款”出来，也许是秀给你看：“我可是跟上层打交道的。”

如果你是“天后”，他送个“小欣”出来，他是不是像前面故事中说的，他利用你，抬高自己的身价？

一个房间四个门

正因为怕人猜，政界的人物，常在他的大办公室里开四个门，一个通厕所，两个通会客室，还有一个——直接通往外面的走廊。

那个门是他躲过客人或记者，用来开溜或送客的。使那些在会客室等待的人，不知道他前面会的是什么客人，也使大家不至于“猜疑”他在“等”这件事上，用了什么心机。了解了这一点，你就要知道，对于那些久经世事的人，即使你无心，要他等三分钟，他也会猜疑。相对地，如果你是“人物”，有可被利用的价值，就要随时小心，要你在外面等的人，有没有耍手段。

打开天窗说亮话

问题是，人与人交往，何必处处用心机呢？我固然在这儿“点出”这些手段，希望你不被利用，但是真正盼望的还是建立一个互信的社会。

所以我建议，如果你是李总，你又无意利用天后，你就应该亲自出去，对天后表示歉意，请她稍候。你甚至应该特别开着门，使里面的客人见到你的表现。

你这么做，不是既表现了诚意，又不致令人多心吗？

再不然，你就要设那个偏门，直通走廊，使小欣见不到天后，免去许多不必要的猜忌。

至于根本之计，则是你应该绝对守时，说几点，是几点，不但显示了你掌控时间的能力，也表现了你对人应有的尊重。

想想，约好下午三点，准三点，百货公司门口的玩具钟正敲呢，一个抱着书包的网友，一个拿着杂志的网友，一起走到钟下，是多么好的开始！

恭喜您！成了名人

好！现在让我们回到前一章结尾时说的——

“你很可能被踩了，却没感觉。”

可不是吗？天后被李总踩了，表示“大天后我也不甩，我很权威”。

小欣看傻了，佩服李总，签了约，李总的目的达到了。问题是，天后知道吗？

她当然不知道。许多情况下，被踩的人是没有感觉的。举个例子来说：

在美国，只要你稍稍有点“成绩”（还不算成就），便可能突然收到某《世界名人录》编撰小组的信。

上面首先自我介绍，说过去他们出版了多少名人录。列出人名，吓你一跳，有里根、布什，还有毕加索、张大千。

接着他表示经过调查，你有资格入选，先恭喜你、赞扬你一番，再说，如果你愿意，请寄照片、简历及用来购买几本名人录的支票。

那数字说出来，也吓你一跳。不过几本烫金封面、精装本的书，就要那么多钱。此外，还问你要不要入选证书。证书也是烫金的，装在贴金箔的雕花镜框里，又要数百美金。

可是，你想来想去，天哪！能跻身《世界名人录》，跟那些了不得的人物并列，是多么“光宗耀祖”啊！

能花钱就是“大师”

这“名人录风”，也吹进了中国。

如果你是艺术家，而且十分大牌，可能有专人去拜访你，说要出版当代名家画集，希望你提供画作的幻灯片，至于“简历”，不劳烦你，你这样的名家，他们早有资料。

“要花钱吗？”你问。

“不！当然不！能请到您是我们的荣幸。”他说。

你心想，当代名家画集当然应该有你，而且不要钱，不费力。甚至当你没有幻灯片时，他们还能免费为你摄影。

何乐不为？岂能不参加？

于是隔两个月，全国的大牌小牌，叫得出名字的艺术家都收到了彩色邀请函及样张。

打开样张，全是大师的彩色作品及生平简介，其中包括你。搞不好，还有你列名顾问。

然后跟《世界名人录》一样，恭喜收信人入选，邀请他参加，只要他提供幻灯片、简历和彩色制版、印刷成本，并购买多少本作为纪念。

那些只学画两三年，还没出师的“小画家”，和画了二三十年，教了一票学生，却还画不好一棵树的“老师傅”能不惊喜吗？

“只要我从书架上拿下这么厚厚一本《当代名家画集》，就能对学生证明我是名家。”

“瞧！老师姓张，只因为第二个字是四画，要不然就排在张大千前面了。”

就算要花掉不少银子，看在那么多当代大师都参加了，他能不参加吗？

开我财路揩你油

现在让我们回头想想，《世界名人录》将里根列名其中，他们需要里根同意吗？

他们未征得同意，就把里根列入了，里根会去告他吗？

话再说回来，那“名人录”或《当代名家画集》，对于入选的“名人”“大师”又有什么伤害吗？

那伤害也极为有限，对不对？

所以我说：“你可能被人踩，被人利用，自己却没有感觉。”

诸葛亮出马

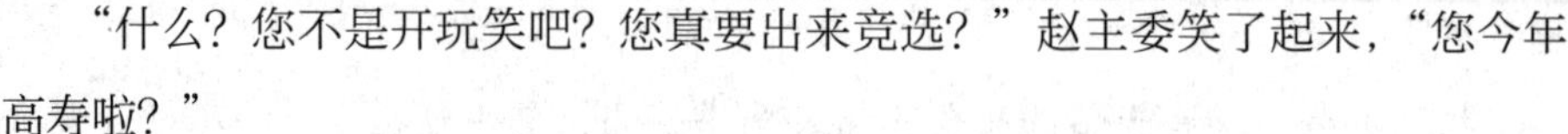

“什么？您不是开玩笑吧？您真要出来竞选？”赵主委笑了起来，“您今年高寿啦？”

“不高不高。”老冯比了比手指：“才七十。”

“七十。冯老！”赵主委凑近点，拍拍老冯，“您看看，现在出来选的都才几岁？您何必跟年轻人争呢？那些后生晚辈做您儿子都成了。”

“做我儿子都成了。不错！”老冯狠狠拍了一下大腿，“要是我有儿子，就要我儿子出来选了。就因为我没儿子，所以只好自己出马。”

可不是吗？老冯当年的战友老孙、老钱、老李，全退休了，可又不是真退，是把位子让给了下一代，由下一代出来打天下。

只有老冯，没结婚，不但孤家寡人一个，而且大概因为生性淡泊，虽然当年冲锋陷阵，他从来抢第一，可是后来眼睁睁地看别人争地盘、抢位子，老冯非但不抢，有时候争执不下，还出来帮着调解。

“结果，你们都上来了，连孩子都上来了，就我一个人，可怜兮兮，我想来想去，不是滋味，所以这次非出来选不可。”老冯对老孙说，“去年你儿子出来选那什么委员，我虽然力量有限，也帮着你去找老钱、老李，让他高票当选。这次我自己出来，你总不能不帮吧？”

老孙先没吭气，突然又像触了电似的大叫：“帮帮帮！我当然帮，您老的事，我上刀山下油锅，都帮到底。”

老冯才走，老孙就打电话给老钱。

“他要出来选，而且看样子是真干，要我帮，我原来已经说好的，要帮小蔡，可是这下麻烦了，换成你，你帮谁？”

“嗯……”老钱不知道怎么答，正好门铃响，用人来说冯老来了。就急急挂了电话，迎了出去。

“听说你要出来选。”老钱一见面就问。

“你听谁说的？”老冯的声音闷闷的、硬硬的，“我先问你，你支不支持我？”

“当然支持，一句话！”老钱把老冯拉着坐下，“过去您老支持我那么多，我当然支持您到底，只是……只是上面决定提名您了吗？”

“去他的上面，”老冯狠狠地骂道，“哪儿是上面？根本是下面，那姓赵的小子算老几！他说要提年轻的，笑话！我就选到底，让他们这些年轻人看看到底是我们老的厉害，还是他们小的厉害。”

“当然是老的！”老钱拿出香烟，“您抽烟。”

“不抽了！早不抽了。”老冯手一挥。

“戒啦？真不简单！”

“不能不戒啊！是抽不起啊！”老冯还是那硬邦邦的口气，“不像你们家大、业大、位子大，抽得起。”

才说完第二天，赵主委就到了老冯家里，送了不少水果，还带了两大箱香烟。

“听说您喜欢抽这牌子。”

“又是谁告诉你的？”老冯哼了一声，“他没说我戒了吗？我抽不起。”

赵主委堆上一脸笑：“您真会说笑，以您的地位，要抽什么不成？”

“可是我抽不起。”老冯两只手一甩，“我这是——两袖清风。”

赵主委赶紧过去把老冯的手按住。

“您看！我这儿不是给您送烟了吗？又怕送的不对味。”一回头，站在后面的秘书赶紧呈上一个厚厚的信封。

“这是一点小意思，请您收下。”

未料老冯一把推开，瞪大眼睛，“你这是什么意思？拿回去！拿回去！连烟我也不要。”指指赵主委和后面站着的几个跟班，“告诉你们，别想劝我退出，我是铁了心了，而且几位大佬，当年都是跟我穿一条裤子打天下的，他们全支持我。老钱、老孙全说了，他们支持我，老李就更不用讲了。”

“我正纳闷，您为什么没来找我。”老李一见面就来个紧紧的拥抱，“我还多心呢，怕你把我当成了外人。”

“笑话！你是外人吗？”老冯把老李推开，盯着老李的眼镜片小声问，“咱们是外人吗？”

“不是！”老李赶紧说。

“当然不是！”老冯大叫了起来，“就因为不是，我知道你最没问题，所以不急着找你。”

“别人都搞定了吗？”老李又小声问。

“搞定了！不搞定我还叫冯子才吗？老钱、老孙我全搞定了，他们原来都有了人，可听说我要亲自出马，立刻就转向支持我了。”

“当然！当然！”老李笑道，“要不是有您，我们几个也不会有今天，包括几个儿子也进不了政府要害部门，对不对？”

“你言重了。老同志嘛！有难同当，有福同享。”

话说一半，被老李打断了：“说到有福同享，不知道这几年您过得怎么样？还是一个人？”

“当然一个人，”老冯一瞪眼，“怎么？你要给我介绍？”

老李没介绍，当天晚上倒是带老冯去好地方，介绍了几位漂亮小姐给老冯，而且酒吃一半，赵主委也来了。

看赵主委到，老冯居然立刻站起来，要回家。老李过去在老冯耳边小声说了些话，又看看漂亮小姐。老冯也不领情，大声喊：

“我累了，搞不动，明天还得四处拜票呢！”

这一天赵主委好像学乖了，直鞠躬，说要送老冯回去。

“不用了！我不煞风景，我也坐不起你那黑头车，我自己坐公共汽车回去。”

老冯从来是坐公共汽车的，现在一大早就出门，连车都不坐了。他用脚走，一路拜票。

妙的是，好多从来不认识的人，听说老冯要出来参选，居然都表示支持：

“我们早听说您最耿介了，不贪污、不恋钱，而今连个职位都没有。”

“可不是嘛！现在老了，没饭吃了，不得不出来，还请大家支持。”老冯说起话来，中气十足，好像突然年轻了十岁。

最高领导人高主席终于出马了。

“您老看来可真不像七十的人。”高主席见面就热络地握手，“早想来拜望您，一直怕打扰，现在听说您出关了，才敢过来。”接着引荐了一批“在位子上的人”。

“电视上全见过，电视上全见过。”老冯笑道，“不过过两天我也要上电视了。”

“您这么身经百战，还怕吗？”高主席看着老冯，“只要您出马，谁不敬重十分？”笑笑，“我们这次安排的那个小蔡也说他最敬重您，他原来也要过来，怕您不欢迎。”

“我怎会不欢迎呢？”老冯哈哈笑道，“君子之争嘛！年轻人有年轻人拥护，我这个老家伙只能找老家伙。唉！我也不过试试啦。”

“可是您这一试，我们原来推的小蔡就非输不可了。”高主席露出忧心忡忡的表情。

“哪儿的话？他有那么多人支持，您、赵主委，不都支持他吗？他家里还有钱。”看看四周，“我！连几把椅子都没有，房子小得你们站都没地方，怎可能争得过他？”

“可是……可是，”赵主委过来小声说，“您有您的影响力，您一说出来，钱先生、孙先生、李先生都说非支持您不可，算算票数，也相当多了，虽然不一定能让您当选，但是票一分散，小蔡就输定了。”

“那你们就放弃小蔡，支持我好了嘛！”老冯咧着没牙嘴，“让我过几天当官的瘾嘛！”

老冯果然自己去登记参选了。

老冯果然上了一个又一个电视节目。

他侃侃而谈，让人发现原来还有这么一位能参政的老人，高主席和赵主委的眉头就锁得更深了。

所幸，投票前几天，老冯突然说生病，决定退选了，而且抱病帮小蔡站台，请大家把原来支持老冯的票转给小蔡。

高主席和赵主委当然对老冯感激之至，除了安排一个大房子，给老冯养病，专车带老冯看病，还安排了一个漂亮护士和管家随侍老冯左右。

老冯也偶尔坐着他的黑头车去开会，在会里大发高论，一干大佬无不对老冯的真知灼见竖起大拇指：

“真是今之诸葛亮啊！幸亏高主席亲自出马，三顾茅庐，才能请出山哪！而且，要不是老冯帮忙，小蔡怎么可能以些微的差距打败强劲的对手？老冯真是居功至伟呀！”

想一想

老冯帮忙了吗？他明知两边的差距很小，他再分散票源，不但自己赢不了，小蔡也一定输。

老冯不但不是帮忙，还是扯后腿，为什么大家还要感激他呢？

道理很简单，因为他退出了。

问题是，他本来就不该参选，这退出是应该的。

这也没错，但是他表了态，既然表了态，就应该“分点糖吃”。

会哭的小孩有糖吃

今天有人请你喝喜酒，你有两个孩子，只能带一个，可是另一个也要去，坐在地上大哭，你怎么办？

你有几个办法——

第一，你把他骂一顿，说他算术考不及格，你还没修理他呢。再哭，就给一顿臭揍。

第二，你告诉他，只能带一个小孩，这次带哥哥，下个月又有喜酒吃，到时候就带他。

第三，你说："乖乖在家看电视，等下妈妈给你先去买个大汉堡包，外加你最爱吃的奶昔。另外，给你一百块钱，可以买自己喜欢的东西。"

社会跟家庭一样啊！

今天你表示你也要出马，而且号召你的一票老朋友帮你。"上位"的人算一算，你还真能挖走一大块墙脚。票已经不够了，你这一"搅局"，就完了。

他也会给你三种选择——

第一种："你小心一点！你那笔呆账我已经压下了，你再不老实，我就叫银行催缴，看你倒不倒！"

第二种："这次由他先选，下次再轮你，我下次一定提名你，大家轮着来，好吗？"

第三种："你已经年岁不小了，长江后浪推前浪，就让别人出马吧！你要吃要喝要拿，成！我们满足你，绝不让你吃亏，绝不把你冷落。"

步步高升的庸才

老冯不是就因此，不再被冷落吗？

就这么表态一下，他就由个破落的小房子，乔迁到个大宅院；就由孤苦伶仃一个老人，成为有仆从、有护士、有司机，甚至有头衔的人物。

这表态多有效啊！

世界本来就是如此，在一个团体里、公司里，甚至家庭里，你是乖乖牌，卖命的时候你跑第一，回来之后从不争功，你以为大家自然会把最好的位子给你吗？

当然不会，因为你淡泊名利，你"功成不居"，你不喜欢这一套。正好！本来位子已经不够分配了，少你一个，不是太好了吗？

于是你会发现那些最没声音、最不争的人，总被人冠以“没有企图心”，也就很难在人群中出头。反而那些能拍马、会扯淡、争功诿过的庸才，一个个你踩我，我踩你，步步高升。

所以，好比 EQ 比 IQ 重要、人际关系比智商重要，企图心也是一种才能，它甚至比办事的才能更重要。

浪子回头金不换

读过基督教《圣经·路加福音》里迷途羔羊的故事吗？

耶稣说：“你们中间谁有一百只羊，失去一只，不把这九十九只撇在旷野，去找那失去的羊，直到找着呢？找着了，就欢欢喜喜地扛在肩上，回到家里。”

想想，他说得不是一点没错吗？你可以为了失去一只羊，而把乖乖跟在你身边的九十九只羊“撇在”旷野，只为找那一只羊。

在《路加福音》里耶稣也说到浪子回头的故事——

小儿子要父亲把他应该分到的产业给他，然后离开家，任意放荡。最后花光了财产，跑去为人养猪。饿得想吃喂猪的豆荚，可是主人都不给。

最后他不得不回父亲家。他老父远远见到，就跑去拥抱他、亲他，还吩咐仆人拿上好的袍子给他穿，为他戴上戒指、穿上鞋子，再宰了一头肥牛庆祝。

当他哥哥不平地对父亲抱怨：“我服侍你这么多年，从来没违背过你的命令，你都没为我杀过一只羊，而你这个儿子让娼妓吞尽产业，他回来，你却为他杀牛庆祝……”

那老父怎么答？

他说：“儿啊！你常和我同在，我一切所有的都是你的，只是你这个兄弟，是死而复活，失而又得的，所以我们理当欢喜、快乐。”

会争的员工得好处

读完这个故事，你算算！是出外浪荡的小儿子得的多，还是大儿子得的多？

小儿子可以拿完了属于他的那一份，再回来拿一些；大儿子这个乖乖牌，得的会比弟弟多吗？

这是人性，也是真理。

会哭的孩子有糖吃，会争的职员有好处，那些“无争”的人，则可能到最后才被想起。

所以，无论你如何淡泊，无论你如何“不喜欢跟人争”，当你遇到不平的时候，一定要表态，否则你非但不会被尊重，而且可能被歧视。

别做边缘人

对的！你可能被歧视，甚至被误解，最后成为“边缘人”。举个例子——

如果你是大明星，今天有个巨片，里面的主角怎么看都由你演最好。

那制片和导演私下来拜望你，问你能不能出马。

你看了脚本，不喜欢，也可能因为有别的片子，分不开身，于是私下婉拒了。

他只好找别人。改天别人演了，轰动了，甚至得奖了。人们会怎么说？

他们先会想：“这不是由某人演最恰当吗？为什么他没演？”

然后，他要自己找答案，于是“某人被冷冻了”“某人走下坡了”“某人过气了”的声音都出笼了。

那片子愈成功，对比得你愈落寞。

你可怜不可怜？

可以“不拿”，不能“不说”

所以碰上这种情况，即使你要拒绝，你也要公开拒绝——

你可以先放消息出去，某制片来找你了，你正在审阅剧本。

然后，你再放消息出去，说自己因为有另外一部片约在身，绝不敷衍了事，为了不影响这片子的进度，只好放弃。

当你这样做之后，固然可能令找你的人不太高兴，但是最起码你不会引起许多揣测，使自己受伤。

同样的道理，在一个公司里，上司找你谈，要给你升官，你因为某些原因而婉拒时，也应该请求上司在升另外一个人的同时，对大家说事先征询过你的意见，是你“让贤”。

想想，这样做能减去多少“副作用”？你即使没升，面子不是也够了吗？

是可忍孰不可忍

我们常说“不平则鸣”。记住！遇到不平，一定要鸣！你不鸣，你就是孬种，就会令人瞧不起，就是怯懦。即使你有能力，也会显得无能。

我们也常说“匹夫一怒”，什么是“匹夫一怒”？“匹夫一怒”是“是可忍孰不可忍”，怒所当怒。即使你平常是好好先生，该发怒的时候也要发怒。

而且，如同故事中的老冯，你愈是平常不忮不求、不温不火，有一天，你发怒，愈管用。

到时候，那些争的人都会愣住，惊讶地回头看你这个总是“没有声音”的人要说些什么。

他们甚至会一起让开，请你“先”，觉得亏待你太久，理当轮到你了。

于是，如同那迷失的一只羊，本来很平凡，但是今天，竟然在九十九只羊的注视下，被主人扛在肩上回家。

于是，如同那被冷落，甚至被遗忘已久的老冯，被劝退之后，反而以退为进，坐上高高的位子。

现在你懂了吧！为什么一到选举，就有人表态要参选到底，可是上面一出马劝退，就又多半退让了。

他们真退了吗？他们是以退为进哪！

情色攻坚事件

“绥主委！绥主委！不好了！咱们楼下开特种营业了。”

小刘气急败坏地打电话给老绥，接着老绥、小刘和小张、小袁全到了楼下。

一楼正在装修，原来的三家餐馆不见了，两家服装公司倒闭了；古董店更不用说，早就关门大吉。六家店面显然落到了同一个“大户”的手里。

中间的隔墙被打掉了，水管电线拉得张牙舞爪。

“你怎么知道是特种营业？”绥主委问小刘。

“我问的。”小刘指指那一条条水管，“我好奇，问工人拉那么多水管干什么。”

“工人怎么说？”

“工人说是装浴室。”

“装那么多浴室？”

“是啊！”小刘耸耸肩，“我也这么问啦，工人说要隔成一个一个小房间。”突然装作神秘地放小声，“你们想想，一间一间小房间，干什么？”

小张笑道：“说不定开旅馆！”

“笑话！”小袁插嘴进来，“有在这么贵的地段，一楼开旅馆的吗？只怕是开色情场所，洗涮方便。”

第二天晚上，绥主委家灯火辉煌，十一个委员全到了。

绥主委已经打听出来，一楼是要开一家大型的理容中心。小刘则去管区做了抗议，可是得到的答案是，这属于住商，只要不违法，管区就没办法取缔。

“算了吧！只怕早打点过了。他们又多了头肥羊。”绥主委哼了一声，“用膝盖头想也知道啊！如果是纯理发，能付得起这一楼的开销吗？”

正说呢，小袁和他太太拉了一条白布进来。小袁可真快，已经写好了抗议的布条。

“写好了，为什么不干脆直接挂上？”小张问。

“笑话！我找揍哇？”小袁一瞪眼，“要挂大家一起去。”

“去！”主委一声令下，大家簇拥着下了楼，三下两下把白布条正正地绑在店门口，两条大柱子之间——

誓死抗拒违法业者污染本大楼

委员们吆喝的声音惊动了许多住户，大家都跑下楼看，一个个竖起大拇指，还有人带头鼓掌，一时掌声震动了半条街：

“绥主委英明！委员们真是为民喉舌。”

可是才兴奋几个钟头，第二天，一大早，小刘就去敲门：

“绥主委，不好啦！布条被人扯下来了。”

“我早猜到了，你急什么？”绥主委还没睡醒，老人家有失眠的毛病；吃了安眠药，又起不来。

“可是，可是，”小刘结结巴巴的，“布条被扔在大楼门厅的地上。”

“扔进来又怎样？”绥主委醒了一半。

“上面有股味道。”小刘更急了，“我没敢拿上来，怕危险。”

“危险？”绥主委瞪大眼睛。

“是啊！布条被泡了汽油。”

绥主委气了：“这还有王法吗？走！我们去报案！”先打了几个电话给各委员，再拉着小刘直下地下室停车场。

出电梯，见停车场站了好几个人，围着一辆车。

绥主委大吃一惊，冲过去一看，天哪！玻璃崩了一地，正是绥主委的奔驰车，这不打紧，地下室还弥漫着一股汽油味，一条布从奔驰车的油箱垂到地上，还在滴油呢！

警察很快就赶到了，拍照，带回分局做笔录。小刘和几个委员因为要上班没办法多待，只好由绥主委一个人去。

但是笔录做了，据说警察也找一楼业者问了话，接下来却没消息了。

“没办法证明是‘那家’干的，总不能乱抓人哪！”警察对绥主委说，“你们要是不同意开理容院，可以由全体大楼住户开会，达成决议，送呈市政府。”

“对！我们召开全体住户大会。”当天晚上，绥主委就找来几位委员，“反正也该改选了。”

“我们当然选老绥。”大家都说。

“不不不！”绥主委挥挥手，“你们看！我的车子已经被砸了，这两天搞下来，跑这里，跑那里，报案，做笔录，我真是受不了了，还是换你们年轻的来吧！”

“换小刘！换小刘！”有人喊。

“喂！”小刘环视四周，“你们要知道我有多忙啊！你们是看得到的，当然小袁最好。”

没想到小袁低着头，半天没吭气，终于开口了：

“那天我老婆和我写那抗议布条，也不知是谁传了出去，我今天回家发现门打不开，锁被灌了强力胶。我老婆吓得连家里都不敢待了。”

十个人，你看看我，我看看你。最后多亏绥主委一拍桌子：

“得了！得了！等开大会，选谁就是谁，选我我就继续效命到底！”

全体住户大会终于举行了。凡是不能参加的住户，都要填委托书，委托出席的人代为投票。

这是绥主委想到的点子，以免出席人数不足，造成流会。

大会在附近小学的礼堂举行，用礼堂不用教室，是因为怕当天人太多。

绥主委早早就到了，和他太太，两个白头发坐在门口，请大家签到，并发选票。

三点的会，三点半才到了十几个人，小刘、小袁都不见人影。还有几个根本不认识的，想必是新的住户，姗姗来迟地出现。

“哇！没见过，几位想必是新邻居吧？”绥主委站起来欢迎。

几个人点点头，没说话，带头的掏出一叠东西，是授权书。

绥主委一看，更兴奋了：“太好！太感激了，我正担心人不够呢！幸亏几位帮忙，可以开会了。”把签到簿推到那人面前：

“新芳邻，请签名！”

“请签名！”绥太太也堆上一脸笑，“我们就需要您这样热心公益的人。”说着递过一支笔。

“不用了，我有。”那人自己掏出一支万宝路，重重地在一楼店面所有人的格子里签下大名……

新委员产生了，十一席委员，一楼占了六席，互选之后产生新的主任委员，正是那位用万宝路金笔签名的人。

想一想

总共十一席委员，那开理容院的占了六席，当然主任委员非他莫属；当他做了主委，大楼管理委员会又由他的人掌控，你还想把他的理容院赶出大楼吗？

问题是，那些义愤填膺的原任委员呢？他们都到哪儿去了？

他们可能怕事，怕到头来重担会落在自己的身上，可能怕车子被砸、门锁被灌胶，也可能怕搞不好大楼被人纵了火，自己被活活烧死，于是退缩了。

请进毒气室

你知道“二战”时，六百万犹太人是怎么死的吗？除了被打死、病死、饿死、累死，他们有太多是乖乖地听德国兵的话，脱光衣服，走进毒气室被毒死的。

他们为什么那么乖？

因为他们还怀有一线“生的希望”。

在奥斯威辛集中营，毒气室被装成“集体淋浴室”的样子，德国兵美其名，说是为他们杀菌消毒。

而那毒气室上面的水管确实有时是喷清水的。

只是，也常常喷出来的不是水，是毒气。

只因为犹太人存着那么一点可能喷出水的希望，就乖乖地进去领死。

带头的先死

少数的恶政、暴君，就利用人们这种侥幸的想法，以他们的极少数，残害了无辜的大多数。

想想，如果大楼的居民能不怕事、不怕威胁，人人挺身而出，那些坏分子能得逞吗？

但是，也想想，多少团体里面，那些敢说敢言的人，往往到最后都成为牺牲者。当所有人都后退的时候，站着不动的人，就自然成了“前进者”。

要使那些后退的人退得更远，最好的方法就是把站在前面的那几个——干掉。

所以想当然的，在一个没有公义，或是“有道德而无勇气”的地方，你要当绥主委，你一定“衰”！

你孤掌难鸣，最后也只好退让。

是谁造就了黑金？

国家不也一样吗！

为什么“商而优则仕”？因为当你商而优的时候，你发现自己没有政治势力，就可能被欺侮，你就成为边缘人，打不进某些圈子，得不到某些商机。

当这些巨贾富商都“入了仕”，或使他们的家族从了政，自然会跟前面故事里“一楼的业者”一样，会好好保护他的事业，会好好为他的弊端“护航”。

社会的公义还能伸张吗？

这要怪谁？

怪人民啊！

如同大楼里以后开满了特种营业，没人敢阻止，要怪谁？

要怪那些“只敢暗中怒吼，不敢明处声讨”的居民！

你为什么怕他、听他的，写委托书交给他？

你为什么怕他、买他账，把票投给他？

他愈有钱，愈有势，愈能赚更多的钱，愈能呼风唤雨，愈能花钱买票，愈能用媒体给你洗脑，你愈没有翻身的机会。

今天你骂黑金、骂政商勾结，说句实话，你是在骂你自己。请问：

事情发生，需要你的时候，你在哪里？

夺一个社团

好！说得太严肃了，现在让我们回头，谈谈数字游戏。

像前面大楼管委会选举，当一方出席人数不多的时候，另一方只要发动全员到齐，就能夺权。这技术可以用在许多方面。

举个小例子——

你是中文系的学生，参加了地理系的社团“地理学会”。

你想当选那地理学会的会长。

你办得到吗？

你不是地理系的，地理不是你的专长，那学会里都是地理系的学生，你就算有几个要好的，恐怕也赢不过人家。

你要怎么做才能赢？

简单！你只要算算人数，如果那社团有五十个团员，你能掌握十个人，就发动三十个你自己系里的朋友去。

社团活动是公开的，理当不得拒绝外系的同学加入。

搞不好，那社团还对你一下子带进三十个生力军感到兴奋呢！岂知投票时，四十一票对三十九票，你硬是以两票险胜，赢了地理系的竞争者。

搞不好，你发动更多中文系的朋友加入，结果出个怪现象——

从此那地理学会，一届传一届，都由你们中文系的学生担纲。

换一个党魁

现在你该了解，为什么那些小党不能办党员直选了吧！

那小党的党员不过万人，另一个大党党员超过千万人，大党只要发动一万多个党员去加入小党，明天小党的党主席和党代表，就落入了大党的口袋。

如果你是创党的元老，不错！党是你创的，党章是你定的，名声是你打下的，只是，对不起！我力量太大、人数太多，一个不小心，就把你踢翻了。

抢一个公司

多少商界的公司、工厂，不也是这样易主的吗？

你开发出一种产品，做得好，愈搞愈大，订单也愈接愈多，起初你找亲戚朋友投资扩厂，亲戚朋友捧你场，你还能当董事长。

但是有一天，突然来了几倍的订单。

你怎么办？

看到生意来了，不接？

你不接，你那些投资的亲友看你有钱不赚会高兴吗？

于是你接。

只是你的厂就一点点大，你吃不下那样大的订单啊！

你只好再募集资金，譬如你原来是三亿的资金，现在增加到七亿。

那增加的四亿如果也像前面故事里“一楼的业者”怎么办？带来四亿资金的人也要管事，他的股份占多数，董事会是听你的还是听他的？

于是你由“鸡首”成了“牛后”，你成为少数，被架空了。除非你有独门技术，还能在里面居要角，否则你只好由那个“老板”变成“伙计”，再不然，则功成身退了。

无论从政从商，你都要小心这数字效应。六比四，差的不是二，因为只要移去一个，就成为五比五。你也千万别为一下子涌入大笔订单或大批同志而高兴，因为喧宾可以夺主，当“宾”比“主”多得多，就是你做不了主的时候了。

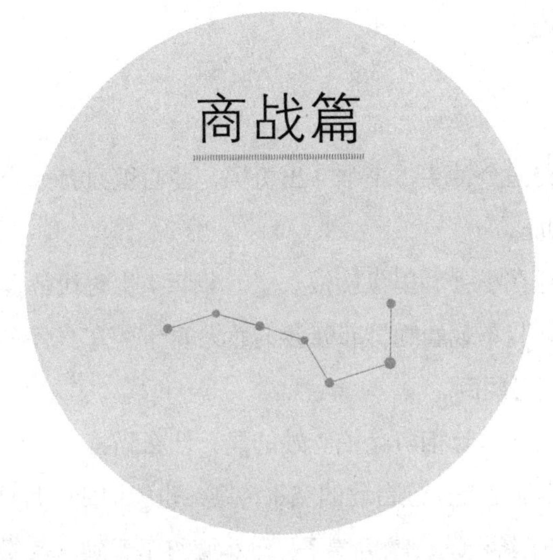

商战篇

最难改变的是人性，最可信任的是自己

等不到的便宜

看看表，还有三个钟头，小强冲出机场，他心里只有一个目标——为菲菲买架最好的照相机。

这个念头已经在小强心里盘旋很久了。菲菲学生时代就爱摄影，总是背着相机。好几次小强骑车载着她，菲菲会突然大叫:“停车！停车！”吓得小强猛刹车，俩人差点同时翻倒。

然后，就见菲菲举起相机猛拍。妙的是，什么猫打架、牛拉车，到了菲菲的镜头里，都变得那么美。连台北的空气污染，也能拍成一片迷迷蒙蒙的梦境。

“菲菲要是有了新相机，就更棒了！”小强终于看到一家摄影器材行，赶快停住步子。

对照相机，小强虽不内行，也不算外行了。尤其是这半年来，除了常问菲菲，只要看见有人照相，他总会盯着看，看那机器的样子、品牌。他早打定主意，要为菲菲买一架全自动的美能达相机。

“而且要可以改变焦距的，这样菲菲就不用带好几个镜头了。”小强一面想，一面问价钱。

尽管是在香港，这个免税的购物天堂，美能达相机也还是不便宜的。尤其广角二点八的镜头，更贵。

不过小强很精明，在两岸做生意，跑了四年，他早练就了货问三家不吃亏的本事。

“给我一张名片！”小强一边把问好的型号和价钱写在名片上，一边对店员说，“这可是你们最低的价钱？我是要比价的哟！”

走出这家店，进入那家店。小强一家家比，而且愈问愈内行。

“那些店员单单听我说出型号和特性，就知道我是行家。”小强得意地想，“价钱也自然会压到最低。”

只是连走了好几条街，价钱居然都差不多。小强正想就此停住，挑一家稍便宜的下手。所幸，最后的这家，终于走对了！

当对方说出价钱，小强几乎不敢相信自己的耳朵。“确定是美能达 G5，那种最新的机器吗？”小强慎重地再问一次，心想怎么可能比别家便宜四分之一。

“当然！我们是直接由工厂进货，保证比别家便宜得多。”老板笑道，“你买不买？还是要再比几家？要就快讲，我还得派人去拿货。”

“拿货？”

“因为我们价钱低，卖得快，刚卖完。现在要去拿，很近，五分钟就拿回来了。”

小强看看表，离回台北班机的起飞时间，只有一个多钟头了。

“好吧！我买。”说着掏出旅行支票。

问题是旅行支票早签好了，派出去拿货的小弟，却过了二十多分钟，还没回来。

小强猛看表。店老板也着急，一直拨电话找，却又拨不通。好不容易通了，原来因为仓库没货，小弟又去了别的仓库。

放下电话，老板走到小强身边，低声问：“老弟！有一件事，我不太懂。你为什么非要这种美能达？”沉吟了一下，老板缓缓打开橱窗，拿出一架尼康的机器，“看你老弟也是内行人，你为什么不买这种机型呢？你拿拿镜头看，多重！这是金属的。哪里像美能达，是塑料的。这种价钱不过贵一点点，可是好啊！”

接过机器，果然比在别家看的美能达重得多。“多少钱？”小强问，“你可不能算贵了！”

“笑话！”老板拍拍小强，“你问过几百家了吧？为什么挑上我？就因为我比别人便宜，对不对？”又拍了拍小强，“这只是建议，如果你坚持，我们就等美能达。”

小强看看表，又数了数身上的现款，连剩下的人民币都凑上，还差那么一点。

“那点钱算了！看你老弟这么诚意，就卖给你吧！”老板豪爽地笑着，“以后别忘了多介绍生意给我们。”

一直到坐进飞机，小强的心都猛跳。他知道，那是兴奋。他也知道，当菲菲拿到这尼康相机，会更兴奋。

“如果在台湾，只怕六万块钱都不止，谁想到，让我歪打正着地碰上了！还买得这么便宜。”小强的心跳更快了。

“天啊！一架尼康！我同事才买一架，我好羡慕，居然自己就有了。”菲菲把小强紧紧抱住亲吻。

“是啊！才花了我一个多月的薪水呢！”小强说，“没想到吧？”

抱着相机，菲菲突然抬起头来，瞪着小强：

“你说多少钱买的？”

“合台币四万块。”

“笑话！我朋友在台湾买，才花了三万。”

想一想

看完这个故事，你或许要问：“如果小强非买美能达不可，他是不是就赚到了？”

我的答案是：

小强会一直等下去，等到最后，小弟两手空空地回来，说没货了。然后，老板又向小强推荐尼康。

那老板用的方法，可以说是骗术，也可以讲是商人最常采取的推销法。他的原则是，先让你对他有信心，再钓你这条大鱼。

譬如商店里常会进行大减价，而且在宣传单上印明减价的东西和价钱。那都是真材实料，新出厂的好东西。当你拿着宣传单，跟别家商店比的时候，会难以相信自己的眼睛：

“怎么可能？便宜一半！”

然后，你赶去了那家商店。问题是，你只买减价品吗？抑或你也顺便买点别的？你一定会想：这家店的价钱错不了，即使不减价的东西，也不至于比别人贵。甚至由于这次建立了信心，你以后更成为这家店的“经常主顾”。他促销的目标不就达到了吗？

当然，也有不肖的商店，只摆出少数减价货，当你去的时候，八成已经卖完了。这样做是违法的，美国法律就规定，当宣传的减价品已经卖完时，顾客可以要求商店给予“持据”保证，在未来补货时，以原来的优待价购买。只是，不肖的商人仍多，前面故事中，卖相机的商店就是用这种手段，而且这种手段变化万端。

请看下一个故事。

深海龟油

在世界各地旅行了十几年，王老夫妇对这次的导游最为欣赏。

“这个导游真难得。”王老先生私下对其他人说，“她居然不向我们推销东西，还劝我们不要买，太少有了！”

“可不是嘛！”王老太太也说，“上次我们去旅行，那个导游一会儿带大家买药，一会儿登记买干贝、鲍鱼，一会儿又一车人带去买珍珠。简直天天在推销，结果一样也不便宜。”

正说着，就听那导游小姐讲了：

“这里什么东西都贵，连水蜜桃都不能买。那全是从北边几个岛空运来的，这运费就不得了！所以啊，各位阿公、阿妈，你们好好把钱收着，千万别乱买。”

这边阿公、阿妈心里就更甜了。多可爱啊！一个讲实话的女孩，比我女儿都诚实。

“王妈妈，您今年贵庚？”导游小姐弯着腰，为王老太太把衣领翻好，“真的啊？看不出呢！怎么看都只有五十多岁。”站起身，对一车人笑道，“真奇怪！你们台湾来的人，看起来都不老，一定是水土好。我外婆在台湾，看起来也好年轻，不过她年轻是因为吃一种补品。”

一车人眼睛全亮了：“什么补品？”

“不要装了，你们怎么可能不知道？”导游小姐笑着用手指指这位，指指那位。

“我们是不知道啊！”

“你们不知道深海龟油？我才不信呢！连我的近视眼，都是吃深海龟油治好的。这是最新科学发现，主要产地就在本岛。”

“深海龟油，我们怎么不知道？”好几位团员喊，王老太太更一把将导游拉过去：“告诉我！在哪儿买？”

“王妈妈！我也不太清楚！我吃的也是朋友送的，据说产量很少，多半都出口了。”

接下来几天，就见一车人总在交头接耳，打听深海龟油。导游小姐又举了几个实例，像是活化血管、防止老人痴呆，甚至有人得了末期癌症，都用龟油治好了。

“那种大海龟，很少浮出海面，所以很难抓。”导游小姐用两只手在空中做出拨水的样子，“我看过影片，它们在深海游泳，好美呀！据说这种大海龟能活到好几百岁。”

“怪不得深海龟油能让人长寿！”王老太太说。

“可不是嘛！您要是吃了，就看来只有四十岁了！”导游小姐伸手摸摸王老太太的脸。一车人全笑了。

七天的旅游，一下子就过了。大家都很开心，加倍给导游小姐小费。临上飞机，还谢谢她到处为大家搜罗深海龟油。一瓶才合一百五十美金，这种仙丹，多便宜啊！

想一想

看完故事，你能不佩服这位导游小姐的功力吗？每个人在参加旅行团之前，都警告自己，别乱跟着导游采购，让导游赚足了佣金。

可是这位导游，从一开始，就让你的假设失误了。

于是，大家开始欣赏她、信任她，终于托付她。她何必介绍你去买那些便宜东西呢？一瓶一百五十美金的深海龟油，多轻！多方便！多值钱！

而且，你多高兴！

这种技巧与前面故事的原则是一样的。先得到你的信任，再做你的生意。而且功力更高，更合法，也更有人情味儿！

再让我们看下一个故事。

高人出手挡不住

“这小子最近有笔大生意过我手上，我不打算放水，所以今儿准没好事，你讲话小心，什么都不能答应，就算帮忙也办不到，更绝对别占他便宜，他给什么都不能拿！”临下计程车，他还叮嘱老婆，“三请、四请，面子上不能不去，我可是真不愿意，所以他要开车来接，我都回了，我说：‘你要是来这一套，我就不去！’咱们这包礼也不轻，抵得他一顿饭，两不欠嘛！好聚好散，老同学一场。”又转身捅了捅儿子：

“你也听着，别拿人家东西，事关老子的操守，不是开玩笑的！”

有钱人就是有钱人，院子大得像个小公园，还带荷花池呢！池边木莲树正开着一朵碗大的白花。

“在台北，这已经是稀有的植物。”他感怀地说，“小时候，我家院里有一棵，公家改建挖掉，十几年不见了。”

“挖起来送你，如何？”

“笑话！我哪儿有院子种？”心里一惊，他马上把脸挂了下来，回头看老婆，正在那儿赞赏女主人的衣服：

“这名家款式的衣服，只有你这高个儿穿起来漂亮！”

“这哪儿叫款式？没腰没身的，谁穿都一样，不信换给你穿穿看！”说着就把他老婆往里屋拉，却被他及时吼住了。

红木大圆桌，薄胎米瓷，外加银托银盖，菜更不用说了。

“桑岛的海鲜、寻香园的排翅、福寿斋的小点心……”主人一样样地介绍，“你坚持不上馆子，我只好出去打点了，要是再来个你老家的名产汾酒，就更妙了！对不对？哈哈哈……”

他支吾着点头，心里却在计算一桌菜的价钱。

啪！主人一击掌："您老哥这一点头，我还真想起，多年前有位高人送过这么一瓶酒，没舍得喝。"说着打开酒柜。

他赶紧冲过去阻止："已经开了一瓶 XO，不要拿别的了。"

"哈哈！你慢了一步。"砰的一声，主人已经打开了瓶盖。

"不成！不成！放回去。"他涨红着脸坚持。

"已经开了嘛！老同学，不要这样嘛！你不喝，我喝行了吧？"

正巧那边儿子打翻了果汁，太太急着拿餐巾擦桌子。

"桌子没关系，应该先照顾小孩儿嘛！"倒是女主人掏出白手帕，跪在地上为孩子擦拭，跟着自己进去换了衣服，想必身上也被弄脏了。

"都十七岁，明年考大学了，还跟小孩子一样冒冒失失的。"他皱着眉对孩子说，"快点吃完，自己坐车去补习。"

"我们送他。"

"不用！他认得路，每次到附近打电玩，都自己坐公车。"

"打电玩？"

"可不是吗？非要玩那种叫什么'火鸟'的进口机器，动不动就是几十块钱！"老婆拍着儿子，还笑呢！

餐后四个大人坐在荷花池边聊天，木莲的香，让他有些陶然，却又不得不随时提高警惕，所幸男主人居然没再提那笔生意。

告辞时已是近黄昏了，女主人提个小袋子出来，拉着他老婆的手：

"你老公说什么礼也不准送，我们女人例外，而且是旧的，我原来穿的那件，刚才已经叫用人送出去改过，下襟剪短，一定正合适！"

他老婆吓了一跳，近乎尖叫地喊："不行！不行！"声音直发抖。

"唉！剪都剪了，我也不能穿了，又不是新衣服，你怎么这样呢？"

老婆回头看他，两眼惶恐。他点了点头。

"这才对嘛！"男主人拍拍老同学的肩膀，"你不准我送东西，一根小树枝总成吧！"举手便折下那朵木莲花，递到他手上，"童年！童年！回忆一下。"

他的脸又涨红了，倒退着往大门移动，竖直食指：

“君子一诺啊！不准开车送。”

“当然！当然！”男主人举起双手做成投降的样子，“而且车子送令郎去上课了，等在补习班门口，说不定正送令郎回家呢！”

七天之后，他的孩子再不用老远到天母打“火鸟”了，因为有人运了一台到门口。他一生不曾见过孩子那副兴奋的样子，东西又没处退，只好留了下来。

十天之后，他又看到那个案子。犹豫了一整天，临下班，批了“可”。

想一想

“他”为什么会签原本不打算批准的公文？

因为接受了对方盛情的款待，并收了礼物！

但是让我们回想一下，“他”得到了什么？

不过是一餐丰盛的午饭、两瓶酒、一件衣服、一朵花、孩子上下补习班的一趟私家车接送和一个电玩。全部加起来，也值不了什么钱！

“他”不是原先坚持不接受对方的馈赠吗？为什么还会接受？

这就是故事的重点了——

因为那都是无法拒绝的东西，当他要拒绝时，已经来不及了！

那不是一百万块钱、一辆车、一个都彭打火机或一块劳力士金表，那些具有有形价值，又可以退还、拒收的东西！

菜是由各大餐馆叫来的，你能退吗？

酒已经砰的一声打开了，你能再密封得跟以前一样吗？

白手帕为孩子擦身体，你能让手帕不脏吗？

衣服已经剪短了，你能再把布接回去吗？

唯一的一朵木莲花已经折了下来，你能使它长回去吗？

孩子已经送了，你能叫时光倒流，车子退回吗？

电玩已经放在你的门前，你能运回给不知名的发货人吗？（虽然你猜到是谁送的，但无法证明！）

送礼人的高明，就在这儿了！他知道你不会接受，所以送出你不得不接受的东西。

有一种人敬酒，你非喝不可，因为他说：

“如果您看得起小弟，就一定喝了这杯，我先干为敬！”

一仰头干了杯，你能不喝吗？不喝就是看不起他。

更狠的人，是当他把酒倒入口中，酒杯先不离嘴，两眼圆瞪瞪地盯着你，看你喝不喝，如果你还是不喝，他一低头，原来含在口里的酒，又吐回了杯子！

真脏！也真狠！

问题是，世上多少英雄、豪杰，坚守原则的人，就这样不得不妥协了下来！

日本帮会的人犯了大错，常自己切下一截小指，呈给帮会的长老或被亏欠的人，对方如果接受那用白布包着的血淋淋的手指，就表示原谅犯错的人。

有几个人看到这种场面，会不接受呢？

手指已经切下，再也接不回去，你忍心不接受吗？

当禅宗大师慧可拜达摩为师的时候，达摩本来不想收，但是，后来为什么收了呢？

因为慧可砍下自己的手臂呈上去！

连达摩祖师这样“定”的人，都不得不改变初衷啊！

再往前想吧！

公元前227年，燕太子丹用什么方法，使荆轲愿意赴那“壮士一去不复还”的死亡约会——刺秦王？

很简单，也很不简单！

当荆轲跟太子丹出游，捡地上瓦片丢着玩的时候，太子丹立刻奉上金块，来替代瓦片。

当他们一起骑千里马出去，荆轲无意中说了一句“千里马肝美”，太子丹立刻杀了千里马，把马肝奉上。

当荆轲看到弹琴的美女，赞赏一句“好巧的一双手”时，太子丹立刻把美女的双手剁下，用玉盘盛来送给荆轲……

好狠的燕太子丹！又是多么懂得“送礼之道”的燕太子丹哪！因为他知道，最毒的礼，是当对方想拒绝时，已经来不及的东西。尽管“千里马的肝”和“美女的双手”，都是那么不合情理地被牺牲，却如同“慧可的手臂”一般，叫你无法“不领这份情”！

怪不得荆轲要感叹地说：“太子对我太厚了！”

总而言之，这世上送“有形礼物”给你的人，并不可怕。真正可怕的，是那以一种莫名其妙、毫不合理的方式，奉上礼物，又使你不得不接，即使不接，也不得不百分之百领情的人！

如果真碰上这种人怎么办？

一、你要保持高度警觉，在他开酒、折花、掏手帕之前，先一步挡住他！

二、你用苦肉计对苦肉计。将那电玩放在门口，任它日晒雨淋，或捐给公益团体。

把那名贵的衣服捐去慈善义卖，再送一个大红包给载孩子上下课的司机！

用非常的手段，应付非常的对手！这是千古不易的道理！

苍蝇难飞

谈今天这笔生意，陈董事长决定亲自出马。不但因为这是笔大买卖，而且由于要制造的不是普通东西。

其实陈董事长这家贸易公司，既不负责制造，也完全不管设计，他只是跟国外的大厂商签约，拿别人的样品回来，找国内的制造商照样生产而已，连使用的材料都由国外厂商提供。

道理很简单，就譬如这次接的衣服，料子是美洲生产的，纺织和印染却是意大利的，而今则运回本地缝制。那些外国精明的生意人，既要维持最好的品质，又要降低成本，常把一样东西分在世界好几个地方制造。

当然，还有一个原因，是为了杜绝仿冒。如果从原料到成品全在一地制造，很容易就被不肖的商人摸清楚，偷偷多织几百匹布料，从后门运出去，照样缝制，有谁能分辨呢?

因此，这次国外那家名服装公司，除了衣料管得紧，而且千叮万嘱，绝对不准半件成品溜出去，也可以说就算在此地制造，这儿的人要穿，也非跑到外国原公司购买不可。

这正是陈董事长今天亲自出马的原因。

“您放心，我们工厂连一只苍蝇都飞不出去，不但保证品质，而且保密到底，就算掉在地上的布屑，都全部销毁。”来谈生意的本地制造商挤了挤眼睛，“您要知道，现在外面搞仿冒的人太多了，他们即使捡到一小块布料，都可以照样做出来。结果你的还没上市，他仿造的东西已经满天飞了。”

“只是手工也非常重要，不知道您工厂的工人怎么样？”陈董事长还是不太放心。

“笑话！水准一级棒。”制造商大笑了两声，从口袋里掏出一叠名片，“您看看，都是世界名牌，统统由我制造，怎么样？”突然拉拉自己衣服，“哦！对了，您看看我身上这件夹克，做工怎么样？”

陈董事长走前两步，细细看了看剪裁和车工，“确实不差，佩服佩服！我还真想买这么一件呢！”

“哎呀！您喜欢就拿去。”制造商可真爽快，居然脱下来，一把塞进陈董事长的怀里。

陈董事长愣了一下。

“不要客气啦！”制造商笑道，“您再要，我那边还有，帮一家英国公司做的，大家都说好看，我小舅子也拿了两件呢！”

想一想

拍电影的人，最怕片子没上演，盗版录像带已经满天飞。

做服装设计的人，最怕自己的新款式还没推出，已经有仿制品满街跑。

前面两个“最怕”，毕竟都不是真货，而是拷贝或仿制品。更可怕的是在你货物推出的同时，竟有百分之百的真货，由后门溜进了市面。

谁最可能做出跟你一模一样的东西？

当然是为你制造那些东西的人。

当你定做十万件的时候，他如果造了十一万件，并且从后门把那多出的一万件流入市面，你怎么可能分辨？除非你在每件衣服上都盖个章，否则，即使你拿在手上，也分不出那衣服是真还是假。

因为它是“真的假”，百分之百真，却又不合法的制品。

问题是，我们应该怎样防止呢？

故事里已经说了——控制原料是一种方法。

你知道为什么大部分伪钞很容易被发现吗？因为印钞票的纸张是一般人买不到的。同样，如果你的衣料是特别定制，独一无二的，你又能很精确地算出，每件衣服所需要的布料和“耗损率”，然后严格要求对方交货的数量不可比你估算的短少，就能把弊端减到最小。

相反地，如果你偷懒，只是把设计图交给一个制造商，由他帮你去买料子、裁剪、缝制，甚至找一家他熟识的经销商拿出去卖，你的麻烦可就大了。

请继续看下面值得你推理的故事。

落入谁口袋

马社长最近真是得意极了。尤其是跟同行的朋友一起逛书店，总看见自己出版的新书，放在最显眼的地方，连书店的店员都主动对马社长说："您这本新书真畅销呢！"

"马社长最近发了！"同业的朋友直对马社长拱手。

"不敢当！不敢当！"马社长客气，"没赚几个钱！"

马社长确实没赚多少。他常纳闷："奇怪了！为什么大家都说这本书畅销，我印的数量却不见得比不畅销的书多多少，也没多赚钱呢？"

这一天马社长正好有应酬，路过自己的仓库。平常难得去一趟，也就顺道进去看看。

仓库里真是堆积如山，连马社长都吓了一跳。

"真没想到！真没想到！压了这么多货。"马社长走到畅销的那本新书前面，只见由地面堆到了天花板。马社长数了数，摇摇头："奇怪啊！我库存账上是四千本，怎么居然有六千本？难道账记错了？还是印刷厂印错了，印多了？"

想一想

这个短短的故事，你看懂了吗？

慢慢想想，玄机在哪里？为什么马社长仓库里的量，比马社长订的多了？

马社长只订了四千本书，也只付了四千本的纸款、印刷费和装订费。哪儿有那么好的事，居然多出了两千本？

那两千本马社长没出过钱，又是谁出钱印的呢？

只是再想想，过一阵子当仓库里这六千本书都卖出去之后，马社长的账上是收入四千本还是六千本的书款呢？

如果只出现四千本的收入，另外那两千本的收入到哪儿去了呢？

你大概渐渐摸清楚了吧？

我们几乎可以确定，这位马社长不太能管事。居然从纸行、印刷厂、装订厂，到总经销，都没能跟马社长有好的沟通。

再不然，马社长就是把东西交给一家印刷厂，说：“你们帮我叫纸、制版、印刷、装订，到时候账单一起开来，免得我一家家找了！”

天哪！这世界上有多少生意人不是这样图省事呢？难道大家不知道这是最危险，也最不划算的吗？

他凭什么帮你找别的相关厂商，他能不拿点回扣、介绍费吗？这是应该的啊！所以，你必然多付钱。

更可怕的，是当你的货物畅销时，你订四千，他做六千，两千本从后门出去了，你能知道吗？

还有更毒的，也是马社长碰上的，居然公司人员跟经销商串通，多印的两千本也进了马社长的仓库。当经销商去取货的时候，假如每次取四百本，出货账上也是四百本，实际却拿走六百本。取十次货之后，账上四千本卖完，实际卖了六千本。马社长能知道吗？马社长是不但被人盗印，而且提供仓库，让对方堆赃物啊！

由这个例子，你要知道——

图省事，而把东西完全包出去的做法，经常是最不明智的，因为又贵又危险。

但是，如果你说：“我是新手，不懂怎么做，当然交给一家最方便。”

那么，我建议你试着抽出中间一个步骤，由你另外找一家来做。譬如一本书，文字部分的制版、印刷、装订都交给一家，只有封面换一家做。于是，你只要掌握封面的印刷量就成了。即使有人作弊多印两千本，他却只能拿到四千个封面，而做不成另外两千本书。

当然，你也可以印复杂花纹的环衬（书籍封面与内文之间粘的纸页）或特制印花，贴在书中。

依此类推，定制衣服时，你可以从海外特别做一批扣子。只要你掌握别人怎么也做不出一样的扣子，就能避免“百分之百真实的仿冒品”从你的厂商手上流出去。

总之，最聪明的方法，是让分工的各厂商和你直接联系，而不让他们在“横向”上有太密切的沟通。这是另一种“对立”政策的运用。

请继续欣赏下一个小故事。

毛病大家说

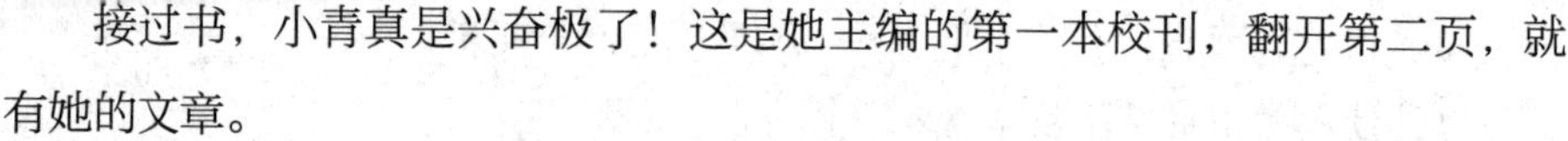

接过书，小青真是兴奋极了！这是她主编的第一本校刊，翻开第二页，就有她的文章。

她翻过来、翻过去，看了又看，觉得好亲切。每一篇东西，都是由同学投稿中选出来的。最前面是作文比赛得奖作品，然后有优美的散文，再下来是跳跃的新诗，最后则是厚重的小说和论文。

“这是照指导老师讲的，一本杂志不必细看，只要翻过去，就能感觉轻重和疏密的节奏。”小青心想。只是当她快速翻阅的时候，却怎么看，怎么不对劲。

为什么版面一下高、一下低，跳来跳去，不在同一个位置呢？

为什么文字一下浓、一下淡，会变来变去呢？

小青找几位编辑开会之后，决定请装订厂和印刷厂的老板来谈谈。

“哎呀！这本书装坏了嘛！折纸就没折准，订又订歪了！”印刷厂老板拿起书就叹气，接着把毛病指给大家看，“太糟了！你们可以扣他钱！”

印刷厂老板才走，装订厂老板也气喘吁吁地赶来。小青马上把毛病指给他看。

老板直抓头，把校刊翻了又翻，还拿起几页，对着灯光看，突然大声叫道：“你们看！你们看！我虽然装得有毛病，实在也因为印得不好，不信你们透光看看。”举起一页，“前一页和后一页的数字页码，都不在同一个位置。”

装订厂老板一边鞠躬，一边神秘兮兮地笑道：“我们下一次要改进。但是我也要偷偷跟你们说哟，我看这本书不是那家厂印的，油墨一下深、一下淡，八成是太忙，外包给别家小厂印的，你们可以扣他钱。”又把手指放在唇边，“千万别说是我讲的！”

小青立即又打电话给印刷厂。

老板在那头怔了半天，没说话。最后终于开了口：

“老实告诉你，最近我们实在太忙，你们又要赶在青年节，实在印不出来。可是外包的那家厂也不错啊！版位虽然没印准，油墨不匀全是因为纸不好。你们订的是什么纸啊？又粗又掉纸毛！”

“是最好的道林纸[①]！”小青说。

印刷厂老板笑了起来，炸得小青耳朵直疼：

“不要笑死人好不好？连模造纸[②]都不够格！”

学期结束，校刊社开了个检讨会，把这次学到的经验一一写下来，以便交给下一年编校刊的同学。大家相信，明年的校刊不但会比今年印得更好、更厚，而且可以印得更讲究。

为什么？

因为今年足足扣了厂商三分之一的纸张费、印刷费和装订费，省下不少钱，可以明年用。

想一想

这个故事谈的是另一种对立。

在小青分别约谈印刷厂、装订厂和纸厂老板之后，由于他们彼此的推卸责任和批评，不但发现了事实的真相，学到不少专业知识，而且省下许多钱。

相反地，如果小青不是分别交给三家厂，而是由“一家包到底”，她就很难

---

① 正名为胶版印刷纸，因最初由美国道林公司制造而得名，是专供胶版印刷的纸。

② 模仿道林纸之称，纸张表面经上胶处理，用于书写或一般普通印刷品，而其纸浆原料为旧纸、破布等。

听到真话了。

想想，如果是你一人承揽这笔生意，无论纸张、印刷或装订出问题，都是扣你的钱，你会不掩饰吗？

此外，如果三个老板同时出现，效果也可能大打折扣。大家都是同业，谁好当面说对方的不是呢？要说，也是偷偷说啊！

无可否认地，这运用了人性，但是如果这样得到的是真相，这样能不被欺骗，又有什么错？我们只是将对方各个击破罢了！

在我们的生活中，应该处处利用这种智慧，让外行的自己退到另一个角度，冷眼旁观地听那些对立的人说话，然后加以组合、分析，成为我们的结论。

记住！不要意气用事，不要冲动地去争吵，要冷眼看人生，在那许多人际利害的矛盾中，累积自己的知识。

大家一起来

“不好了！不好了！”业务部经理跑进王厂长办公室，“听说有一家要跟我们打对台。我们的‘痴痴’是非降价不可了！”

“为什么？”

“听说他们做的东西，分量更大，价钱还比我们的‘痴痴’便宜，又说是新口味。”

“新口味又怎么样？”王厂长说，“我们不能降价！否则人家会说以前是暴利，损伤了我们的信誉。而且，新口味他们会做，我们就不会做吗？把广告代理找来！”

“我们除了以前的产品不变，现在要再出两种新口味，你给我去设计广告，说是革命性的产品，包装新、分量大、口味独特、价钱便宜，”厂长对广告代理说，“而且下个月就要上市。”

“下个月？”在旁边的业务经理吓了一跳，“我们赶得及吗？”

“当然赶得及。”王厂长笑道，“我就不信那家新厂，能争得过！”

突然，市面上出现了三种新零食，每天摊开报纸，打开电视，看到的全是：

“不可说！不可说！吃不可说时，不可说话。吃了不可说，不可说不可说的好吃！”

“吵大仙！吵大仙！一口咬下去，吵死大神仙。神仙吃一口，不要做神仙！”

“咪咪喵喵，眯着眼睛说妙。咪咪喵喵，连猫咪都说迷迷妙妙！”

小孩子们看得眼花缭乱，吵着要吃新口味。

原来垄断市场的“痴痴”，销量一下子跌了三分之二。那三分之二全被三种新产品包了。

市场调查报告出来：

新兴工厂的“吵大仙”，抢了原来全部市场的百分之二十二。

原制造“痴痴”工厂的“不可说”占百分之二十四，“咪咪喵喵”占百分之二十一。

但是“吵大仙”没多久就不见了。

“我就知道他撑不了多久！”王厂长在庆功宴上呵呵大笑，“我用现成的设备、现成的厂房、现成的员工、现成的管道，只是加点新佐料，放进新包装，换个新名字，就把他打垮了！听说小孩子都吃上瘾了，对不对？”他把业务经理叫来，小声说：“下个月，可以研究，小小涨一点价。”接着对大家举杯：

“来！来！来！大家一起来！谁不会做新产品？大家一起来！”

想一想

以上这个故事，也是“卡位”，就是当你的对手，找到一个新的据点，准备吸引市场注意，对你攻击的时候，你可以安排自己人，也占住新据点。表面看，那是你的对手，实际上，却均分了市场的注意力，削弱了你对手原先的“新品牌”的优势。

这种“卡位”技巧，可用的地方非常多。在竞选时，当你发现对手极强的情况下，也可以用“卡位”，暗中安排一个可能吸收对方票源的对手出来，使对方发现自己的墙脚被挖、选民流失，而自动退出。或在对方仍坚持到底的情况下，让自己安排的这个人，在选前突然宣布退出，并在退出时强力推荐自己，使原来“中间的选票”可以大部分流向自己。

债多人不愁

“喂！”一听是魏老板的声音，康老板心里就笑了。果然吧！他要添货，而且急如星火。少不得要调侃他两句：

“早告诉你，一次多进点，保证好卖，你不听，现在我就算给你赶工做出来，也得两个礼拜。”康老板停了一下，豪爽地笑笑，“好好好！看在老交情，我先调一批现成的，立刻给你……上一批的钱？还怕你跑了吗？跟这次一块儿算吧！”

东西立刻运了过去。没两个礼拜，魏老板又要货了。

“前账没清！”兼管账的康太太提醒先生，“我们不能给他，先叫他把前两笔钱汇来才……”

没等太太说完，康老板就挥挥手：“他要是敢赖，以后还要不要跟我们做生意？先给他吧！谅他跑不掉。”

一大批又运了过去。听说魏老板亲自去机场接货，他抓到这种新产品，可真是赚了。

过了一个月，又接到魏老板的订单。

“他前三笔货款清了没有？”康老板看看自己的老婆。

老婆摇头。康老板立刻拨了电话。

“康老！您来电话，正好，我正要向您报告，最近为了您这新产品，我们公司连会计小姐都出动了。整夜打包、邮寄，结果什么都误了。能不能等这阵子忙完，立刻给您奉上？”魏老板显然正在忙，直喘粗气。

“好吧！”康老板笑嘻嘻地挂上电话，又对太太摊摊手，“他说他为我们的东西，快忙死了。就先给他吧！”

东西又运了过去。

只是，一天、两天、一个月、两个月，都再没消息。倒是听说因为别处出了类似的东西，便宜得多，把市场全搞乱了。

康老板也打过好几次电话去催，魏老板先还自己接，说说生意难做、下回款子一收齐就汇过来的话。后来，则连人都找不到了。

“难道魏老板跑路了？”康老板托朋友去打听。

“他没跑路啊！虽然生意没前些时好，可还在卖你的东西。”朋友回电。

“卖我的东西？”康老板抓抓头，“他好久没跟我进货了啊！”

“听说他跟别人买你的货。”

“跟别人？”康老板更糊涂了，“我是制造兼批发，难道他多花钱，绕个圈，跟别人买我的东西？”

想一想

康老板还没想通的事情，或许你已经想通了。

为什么魏老板宁愿绕圈子？

因为他欠康老板的货款太多了，当他打电话叫新货的时候，也正是他必须面对旧债的时刻。这就好比朋友向你借钱，他借一次小钱，你不催他还；他再借，你还不催讨。当他愈借愈多，不再有脸向你借。

他开始避着你。

结果，你不但失去了钱，也失去了朋友。

想想，如果你在朋友欠你小钱的时候，就趁他领年节奖金，暗示他还，甚至故意做个低姿态，说自己出了点事，急需，钱的数目少，拿出来轻松愉快，他当然会还。

如此，有借有还，朋友之间既有“通财之义”，也有“还钱之信”，永远是好朋友，怎会沦落到避不见面的地步呢？

俗话说得好——债多人不愁。

债多而不愁的人，不是有能力还债，而是“一翻两瞪眼”——要钱没有，要命一条。他由拉下脸来借钱，到拉下门来躲债，最后则是拉下自尊赖皮。

失败到绝望的时候，就自暴自弃，这是人的天性。不论做生意、带部属、交朋友，希望能有君子之交，就要时时注意“怎么维护对方的自尊”。

对的！对方的自尊要你来维护，如同一个女人应该知道在男人稍露轻佻时就暗示：“不可！”而不能等到对方裤子都脱下来的时候，才喊：“NO！”

当你发现部属财务上有小毛病的时候，无论是公司的财务，或他与同事间的财务，你都应该想办法“了解”，甚至帮他拟出计划解决。

否则，你就可能失去一位部属，搅乱一个大办公室，或被卷款潜逃。

当你跟合伙人正“发”得昏天黑地的时候，要趁这春风得意时，把账弄清楚。

否则，当市场冷下来，心冷下来，面孔也可能冷下来。许多“能共安逸，不能共患难”的结局，都是这样造成的。

回头想想，难道魏老板从一开始就想赖账吗？

当他卖得正好，供不应求的时候，为了货源供应，他会不乖乖付清货款吗？

当他生意兴隆、财源广进的时候，他又可能付不出钱吗？

相反地，赚的钱不立刻付清货款，有钱的时候“大手大脚”；钱愈来愈少，又碰上生意开始“慢下来”，而欠债愈积愈多，如果是你，只怕也会产生“魏老板效应”吧！

这世上无论进化或腐化，都是慢慢发生的。唯有建立制度、情理分明的人，能够像设有红绿灯和安全岛的道路，不但走得快，而且少出事。

记住！农业时代，那种“一诺千金”的时代过去了，要做长久的朋友、长久的生意，你要有维护对方尊严的技巧，与绝不妥协的原则。

半个也跑不掉

“托您的福！过年前嘛，当然比较忙。”庄老板一边接电话，一边鞠躬。什么人一看就知道，必定是周老板打来的。

“不！不！不！不！”庄老板突然叫了起来，“您放心，您的东西，我拼老命也会赶出来。您放心，东西一定好，您可以随时来抽查。”

放下电话，厂里几十双眼睛都瞪过来。

“他要多少啊？”庄老板的大儿子板着脸问。

“一千箱！”

“一千箱？”大家都叫了出来。

“爸爸！你疯啦？”二儿子冲过来，“我们已经做不完了！”

“急什么！”庄老板沉声吼道，“你老子有办法。”又一伸手，“拿工作单来！那两个新客户的九百箱，发给小孙的工厂去做！”

“哪个小孙？”老三也走了过来，瞪大眼睛说，“太烂了吧！”

“叫他做好一点！关着门做，别让那两个客户知道。”

过年前，果然所有客户的东西都准时交件了。

周老板直拍庄老板肩膀：“不简单！够意思！临时要这么多，我原来以为非找别人不可了，没想到你居然硬是做了出来。”

“您要的东西，有什么话说？”

周老板开了即期支票，高高兴兴地上了奔驰车。

另外两家可就没这么简单了。

艾小姐最先吼了过来:“我看过你给别人做的，都很好，为什么给我做的，毛病这么多? ”

庄老板立刻赶去道歉，鞠了九十度的躬，自愿打七折。

艾小姐总算脸色又恢复了血色，指着庄老板说:“下次再这样，我会退货! ”

刘老板可没等下次，二话不说:“退货! ”

庄老板又去哀求，不但提了大包小包的礼物，而且一路鞠躬，差点撞上了门框。

“我不管你怎么解释，就算过年赶工，也得做好。那么多毛病，你要我怎么卖? ”

“这个，这个……全怪我，我们今年不发红利，给您打七折……”

“打七折也不行! 不是我说好就好。”刘老板指着庄老板的鼻子吼，“别人会退我货啊! ”

“退多少，我就重做多少。年初四就动工，专为您补做，另外免费为您多做五十箱。求求您，看在过年……”

刘老板沉吟了一阵子，挥挥手。

果然年初四，庄老板就开了工，专为刘老板做。因为是“本厂”制作，又做得特别小心，刘老板验收时，居然笑了。

又隔些时，庄老板请喝春酒，周老板、艾小姐和刘老板都到了。席间艾小姐和刘老板虽然揶揄了主人几句，却也显示他们对庄老板“勇于认错、负责到底”态度的欣赏。

至于老主顾周老板，听在耳里，就更是“甜在心头”了。频频举杯敬庄老板:

“尽在不言中! ”

想一想

庄老板棒不棒？

棒！而且正是“尽在不言中”。

他赔了吗？

没赔！因为交给二流的小厂“代做”，已经省不少钱。二流货当一流货卖，就算打七折，都有赚。就算重做五十箱，也可以打平。

结果，不但没丢掉两个新客户的生意，还莫名其妙地“建立了信用”。

更重要的是——

他留住了那老主顾周老板。

如果当时他不接，周老板找了别人，别人看到“求之不得”的大主顾光临，一定刻意讨好。不但东西做得精，而且价钱压得低，希望把以后的生意抢过去。

周老板这一“试”，不就可能从此“换码头”吗？

留住老主顾，不给周老板接触别人的机会，才是庄老板的“最高考虑”啊！

由以上两个例子，你必须知道——

当你不会用人的时候，不但是用错了人，而且会失去人。失去的那人，更可能成为你的敌人。

当你让下面人抢位子的时候，他不但抢到自己的位子，而且可能抢到你身边的位子。

进一步，他可以抢你的位子；退一步，他可能挡住你的视线，使你看不清周遭的情况。

看不清周遭是最危险的。当你总是跟某人合作，而不随时出去了解市场和比价时，你很可能有一天发现，这老朋友算你的价钱，比别人都贵。

不是他涨了，是别人跌了。他却因为你总是“照以前的方式”，而没有主动通知你降价。

更糟的是，当你不去要求他，他也会在迁就你的时候，因为缺乏跟外界的接触，少了比较的机会，“你们”很可能一起老化、一起落伍。

此外，商人多半知道庄老板那种“吃不下，含在嘴里也好”的道理。当你不够灵活，不去监督的时候，他们就吃定你，绑定你，甚至在必要时——牺牲你！

而且使你明明被牺牲了，还觉得他够朋友。

谈到“够朋友”，让我们看看“更够朋友”的故事。

全靠老同学

“这种约，我不能签！”小庆把约推了回去，“一年半完工，根本不可能嘛！单单打地基，就得多少时间？”

“喂！喂！”老李往椅子上一靠、手一摊，“你这是怎么回事啊？老朋友好不容易帮你揽个大买卖，你还……”

“你要是够朋友，就应该把时间定长一点，你明明知道我不可能做得完嘛！”

“哈哈哈！”老李笑了起来，绕过桌子，坐在桌沿上，指了指约，“要是照你说，定他个两年半，还轮得到你吗？早不知道有多少人来抢了。”他突然凑到小庆耳边，“告诉你，这叫‘立法从严，执法从宽’，你想想！这事由谁管？当然我管！到时候你做不完，我打个报告上去，谁都看得出来，不可能完工，上面还会有异议吗？你呀，放心好了！全包在老同学身上。”

小庆想了想，又抬头瞧瞧老同学，看到十分诚恳的目光。深深吸口气，把约拿过来，签了。

签约第二天，小庆的公司就动了起来。虽然有老同学护航，能快还是得快。只是地基才打一半，就下起倾盆大雨。

今年的梅雨来得特别早，又特别长。连着两个月，没见几天太阳。

这当中，老李也来看过两次，一面跟小庆苦笑，一面点头：“你放心，只要尽力，包在我身上。”

转眼就是一年零三个月了，由于日夜赶工，把梅雨延误的进度全赶回来了。

“你真不简单，做得真快。”每次老李来看，都要夸小庆几句，“照这样，可以准时验收了。”

“准时验收？”小庆跳了起来，“不要开玩笑哟！你明明知道不可能嘛！”

“那当然！那当然！多困难，我都会压着。”老李低头踱着步子，“你知道，我已经开始帮你说好话了吗？”

“谢谢！谢谢！”

只是才隔两天，就接到老李公司的电话，问哪一天可以验收。

“这个我已经向李科长报告过了！”小庆婉转地说，“进度都在掌握当中。”

“要我问李科长？”对方不太高兴，“我正在问你，照约，是哪一天完工？”

“这个，这个……”

“不要这个、这个的。现在是讲法的时代，我们什么都照约来，好吧？反正约上也写得清清楚楚，逾期未完工要怎么罚。”

小庆立刻打电话给老李，找不到。晚上又拨去老李家，对面传来一片麻将声。

“你打来，正好！”老李小声说，“长官正在我这儿，你等等，我换个电话，拨给你。”

跟着打过来，还是神秘兮兮的：“我这阵子，正在给你四处打点呢！你要知道，现在情况不一样了，什么都讲法，不讲情。拿着白纸黑字，非照章办事不可。”

小庆急了：“这怎么办呢？我当初就说嘛！不能签，那约根本不合理，现在如果真照约来，我就完了。”发觉自己语气不对，赶快改个调子，“拜托！拜托！你可别见死不救啊！如果有什么该意思意思的，你尽管交代……”

从这天开始，小庆白天往工地跑，晚上往老李家跑，中间还得往银行跑。

幸亏老李，真够朋友。据说他为了小庆，上上下下全磕了头。总算拖到完工，一分钱也没罚。

想一想

跟前面几个故事一样，这也是“抢位子”。由老李建议小庆，先把生意拿下来，约签好之后，再谈别的。好比那修屋顶的大汉，先把瓦拆掉，再说下面木板朽了。

但是，当你细看，就会发现，小庆抢的位子，是大不同的。前面许多故事的承包商，是抢下位子，吃定别人；小庆则是因为抢下位子，而被对方吃定。

想想！

小庆真没被罚吗？

只怕还是被罚了吧！没明着罚，也暗着罚。

这中间的关键是什么？

是“情与法”！

情与法的关系非常微妙。法看来是硬的，情看来是软的。但法是人定的，也由人去执行。执行的人有情，这法就有了弹性。

更进一步说，当法愈严苛，愈不合人情的时候，那执行的人，就可能变得愈重要。

古时候，堂上老爷说：“给我打！一百大板！”

话固然从老爷嘴里说出来，这处罚也很可能根据了“法”，但那“打的人”，毕竟不是老爷。

于是，一百大板可以“打死”，也可以“打活”。

据说那高明的衙役，能高高举起、快快落下，却只打得表皮受伤，完全不伤内脏。

当然，他也能看来一样打，不用五十大板，就叫你见阎王。

这衙役的权力有多大啊！你能得罪他吗？

不知你有没有听说，日据时期，抓到惯窃，是会剁手的。

但也正因为这过重的处罚，有些人明明被偷，又知道是谁偷的，却不去告发，因为他有一念之仁，不愿见“那人”一辈子残障。

当然，惯窃的家人，也可能私下解决——用钱买下一只手。

老李到后来能呼风唤雨的道理不也一样吗？

法，一定要合理。不合理的法要修，而不能用“人情的执法从宽”来补偿。

因为在这执法从宽中，不但不能真正地“执法”，而且造成许多弊端。

同样的道理，如果你发现别人要你签不合理或你办不到的约，你必须知道，从签约的那一刻起，除非你够大、够硬，否则每一个搅局的小鬼，都可能修理你。

情与法的不够分明，是我们社会的通病。

许多人在这当中得了好处，许多人被这样吃死。

记住！

你可以要求修法，不可以故意违法。只有当“法”能公正、合理的时候，执法才可能严明，弊端才可能减少。

合作大封杀

“自从冒出个奇奇公司，我就睡不好，因为他们的产品跟我们很相似。”董事长低着头说。停了两秒，又猛一抬头，“不过，看他们现在生产的东西，其实跟我们的相容。对抗不如合作，说不定可以把两家的产品结合在一起，一起出去打天下，还更有利。”说完，指了指业务部的王经理：

“你比较会说话，就由你去奇奇看看，你那产品说明书不是印得很漂亮吗？带去，探探他们的口风，如果不错，改天再由我出马。”

得到董事长这个圣旨，王经理真是神了，好像全公司未来的希望都看他一个人了。

奇奇倒也真够意思，明知道是竞争的对手，才一个电话，居然就约到张总经理。凭对方这个“善意的回应”，就成功了一大半。

更想不到的是，王经理才跨进奇奇的大门，他们的张总已经出来迎接，而且重重地握手，这不更是个好的开始，让王经理信心大增了吗？

“看！张总多么细心地翻阅我们的产品说明书，这说明书可不是盖的，全是我请专家设计，保证国际水准的东西。”王经理得意地想。

果然吧！张总把说明书举起来，笑着问：

“你们这说明书做得不错，介绍得也很清楚，我们确实可以合作，改天跟你们老板见个面，细谈吧！”

天哪！居然一下子就成功了。王经理几乎兴奋得跳起来，赶快起身致谢。

“噢！对了。”张总笑着趋前，拍了拍王经理的胳臂，又指了指产品说明书：“你们这说明书是哪儿印的啊？”

“是请个有名的厂印的。”王经理高兴地说。

“印这么厚一份，不少钱吧？”

“当然，当然。”王经理更得意了，“一份算下来要五百多块！”

“五百多？”张总睁大了眼睛，“一共印多少份？”

“一万份。”

“太贵了！太贵了！我告诉你，你们被坑了！”张总居然翻着说明书，大声地笑道，“我公司刚印了一批，跟你们的差不多，一份才三百，改天我给你介绍，为你们公司省一笔。”

“太好了！太好了！谢谢张总。”王经理赶紧鞠了个深深的躬，“我马上回去向董事长报告。”

王经理回到公司，从进门，就成为大家目光的焦点，没进办公室，秘书已经跑出来，说董事长在等了。

“一切都顺利吧？”董事长见面笑吟吟地问。

王经理先没说话，低着头想了一阵，缓缓抬起头：

“报告董事长，我觉得他们不是合作的对象，那个总经理很自大，从我进门，就批评我们公司，好像我们一无是处。”

想一想

看了这个“急转直下”的故事，你有什么感想？

王经理原来不是已经认为可以合作了吗？为什么又一下子改变态度，说奇奇的坏话？

只因为对方的张总经理批评他经手的产品说明书，就翻脸了吗？王经理的心胸未免太狭窄了吧！

还是由于其他原因，使王经理心有顾忌，怕两家老板走得太近，会让“某件事”曝光？

想想：

如果张总经理跟王经理的长官碰了面，又心直口快地说：

“你们这产品说明书印得太贵了，瞧瞧我们的，几乎一样，只要你们的半价，可以省下两百多万。”

董事长听在耳里，要不要查？查下来谁倒霉？搞不好，真查出来几百万回扣，还得有人吃官司，不是吗？

多可惜呀！两家明明可以合作而“共谋其利”的公司，居然因为那两句话便“擦身而过”了。搞不好，后来彼此恶性竞争，还共受其害。

如果张总经理不“心直口快”地管人家家务事，问印制产品说明书的价钱，又如果王经理不“得意忘形”地透漏自己的成本，也不致造成这种结果啊！

检讨一下，他们双方确实都犯了商家大忌。

那商家大忌，何尝不是一般人的大忌？

别人送你礼，他特别小心地把价目标签撕掉，让你猜“那是比较贵的东西”。你“没心没肺”地说：“我上礼拜也在大减价时买了个一样的，八十块钱，对不对？不对的话，你就买贵了。”

你以为你是好心，岂知会伤人的自尊心？

更可怕的情况是，当你发现室友的男朋友送她一个礼物时，你又自以为“万事通”地说：

“啊！这项链我才见过，正在 ×× 百货公司大减价。”

无论你的室友，或她的男朋友知道，都会恨你的。

至于到朋友家，你就更要小心了。

那家丈夫刚抬回来一个按摩器，那家太太才买回一个仿古花瓶。如果他们的另一半得意地说：

“我丈夫花了八千多块买的。”“我太太花了两万七。”

你可千万别开口，说他们买贵了，而且贵得离谱。

你岂知他们有没有把多报的拿去当私房钱?

如果你实在憋不住，怕朋友吃亏，非要“义愤填膺”地说出来。

可以，你可以私下把那买东西的人拉到一边说：

“我不会跟别人讲，只是要告诉你，照你太太说的价钱，你买贵了。”

他若真买贵了，可能立刻跳起来说：“快告诉我，在哪里可以买到便宜的，多少钱？我好找卖东西的人算账。”

他也可能对你挤挤眼、小声说：

“为了让她高兴，我是多讲了些，其实没那么贵。”

于是你们分享了一个秘密，他会感激你，欣赏你。

总之，你要记住，“心直口快”常常足以坏事，因为人与人之间不是直的。在“弯曲”的人际，太“直”常容易造成伤害。

你也要记住，向别人打听的价钱，常不可信，信了会吃亏。

请看下一个故事。

沙发上的战场

“哇！你不但重新装潢，连沙发也换了。”小莉一进门就叫了起来，说着跑过去，坐上沙发，“真不错，不软不硬，我先生有坐骨神经痛，就该坐这种。”

“是啊！我也是考虑到我老公，他的腰也不好。”阿莲把咖啡端出来，笑着说，“不错吧？德国原装，真皮压花，因为表面经过处理，所以冬天坐起来不会凉。”

“一定很贵！”小莉摸着沙发的表面。

阿莲没立刻答，缩缩脖子，扮个鬼脸：“当然贵，不过我买得很便宜，因为是我设计师介绍的，他熟，结果市面上卖二十八万，我拿批发价，才二十三万。”

“差这么多？”小莉叫了起来。

“当然，你想想那些零售商的房租要多少，人事开支有多少，当然全得加在买主身上。”

小莉转过身，又摸摸沙发的椅背，还探头过去嗅了一下：“嗯！蛮香的，一点没有牛皮的臭味。”再抬头盯着阿莲，“你能不能帮我介绍一下？我的沙发也该换了，最近正好有笔奖金，二十多万。”

“一句话！”阿莲立刻站起身，跑去翻名片本，拨电话：“我马上打电话，就怕他们卖完了。”说着，电话拨通：“喂！我是李太太，就是陈金莲啦，我才买的那种德国皮沙发，你们还有吗？要算跟我一样价钱哟，我不拿你介绍费，只能更便宜，不能贵。二十三万是吧？不能再便宜了吗？”捂着听筒问小莉：“你确定要买？”

小莉赶紧不断地点头。阿莲就继续跟对方说：

“好！你帮我朋友留着，她叫小莉，我叫她拿你的名片去，说我介绍的。”临挂电话，又想起一件事，“喂！你也要跟对我一样，不能算运费哟！”

放下电话，两个人都高兴地跳了起来，抱在一起大声喊：“以后坐在你家，就像坐在我家了！”

一回家，小莉就把好消息告诉大勇，因为大勇正好隔天有个要拜访的客户，离那家具店不远，两人就约好六点在家具店碰面。

大概太兴奋了吧，小莉连椅子都坐不住了，才下班就冲出办公大楼，五点半便到了家具店。

先没吭气，偷偷找，找到那套沙发，翻了翻上面的标签，心脏差点跳出来，果然是二十八万，真是太走运、太赚了，一下子省了五万呢！

老板笑嘻嘻地过来。小莉赶快把名片递过去：

“我是李太太介绍来的，昨天晚上她打过电话。”

“啊！”老板把嘴巴张得好大，“对！对！对！李太太介绍，您是小莉小姐，要买这套沙发。”

“算我二十三万对不对？”小莉搓着双手，“而且免费送货。”

“哇！你们这些太太真厉害，好啦！好啦！最后一套，照本钱卖给你了。”说着请小莉过去填单子。

刚填两行，小莉笑笑，把笔放下：

“还是让我丈夫填吧！我约了他来，让他付钱，他还会比较高兴。”便起身到店门口张望，大概跟客户没谈完，已经六点五分了，大勇还没到。

“您可以顺便参观一下啊！看看有什么其他满意的东西。我们的店很大，有三层呢！”老板得意地带小莉上楼参观。

小莉才上楼，大勇就到了。

知道自己老婆有迟到的毛病，他没问，一个人在楼下逛，走走走，看到一套不错的皮沙发。

“会不会就是小莉看上的？”大勇心想，正好有位店员走过来。就问：“请问这套沙发怎么卖？”

店员眼睛一亮，递上名片，握着大勇的手说：

“您眼光真好，这是德国原装进口，真皮压花纹，不软不硬，冬天又不会凉，我们最近连卖三套，刚刚一位小姐，才又订一套，这是最后一套了。”靠近大勇，小声问：“您刷卡还是付现？”

“付现。”

店员掏出小计算器，飞速地敲了几下，伸到大勇面前：“年关到了，我不赚您的钱，打七折，十九万六！”

想一想

这个故事我不往下写了，因为下面的情节真要命。

可不是嘛，当小莉下楼，知道大勇问的价钱，会有一番怎样的场面？

她会不会先把老板骂一顿，用十九万六买下那套沙发，再去找老朋友阿莲？

她会告诉阿莲上当了，还是责问阿莲：“你是不是跟老板串通了，拿回扣？”

她会不会猜，前一天，她才离开阿莲家，阿莲就打电话给家具店说：“我给你们介绍，那多报的，算我的佣金。”

又或者，她能很冷静地跟阿莲一起推敲，终于想通——其实是阿莲的设计师拿了回扣。

只是，设计师固然拿了阿莲买沙发的回扣，如果小莉不察，家具店就多赚了一笔“设计师不知道的钱”。

这种因为一人上当，造成一群人上当的事真是太多了。

当办公室里最精明的人好像买了个好东西的时候，大家都盲目地跟着买。精明的那个人一味自夸有本事、有门路，更增加大家的信心，于是拖了一大堆笨蛋下水。

人们上当，常因为懒，那懒又常由于对自己没信心。

于是买东西，要问买过的人，或请那人介绍；装修房子，也要找朋友介绍，心想那朋友既然装了，而且满意，一定不会差到哪里去。

这就好比打仗时躲在别人后面冲锋，以为有前面的人挡着，比较安全。岂知敌军正好瞄准前面的人，一枪打穿“一串”。

记住！

人性是：当他买贵了东西，他只希望你一样买贵，因为如果你也买贵了，表示糊涂的不止他一个人。

更进一步，如果大家都买贵了，他就不觉得贵了。最起码，大家同样遭遇，一起做“冤大头”，也有个伴，可以联合抗争。

其次，一个人跟你炫耀他买的东西时，只会夸大，不会缩小，你照他夸大的价钱去买，只可能上当。

所以无论多么“有办法”的朋友介绍你买东西，你最好都能多打听几家，或是“隐姓埋名”，以一个陌生顾客的身份去谈谈。就算你谈的价钱比较贵，不是只能证明那朋友确实棒，对你自己毫无损失吗？

最重要的是：

你要独立思考，不可凡事依赖。

你到底该用自己的眼睛，还是用别人的眼睛，甚至别人朋友的眼睛，看这个人生的战场呢？

多甜美的黄小姐

“我找游老板说话。”老丁气急败坏地说。

接电话的是位声音甜美的小姐：“对不起，游老板不在，他出国了。”

“那么，我找他的副手，那个……那个赵……”

“噢，您说赵协理是吧？他也出国了，我们全公司都出去度假旅行了。”

“这怎么得了？”老丁跳了起来，“你们代理的东西有毛病，好几个客户都来找我……”

“我知道了，您是丁老板，对不对？”

“你怎么知道我姓丁？”

“我当然知道了，您是我们最大的主顾，也就是我们的衣食父母啊！丁老板好！”

甜甜的声音传过来，让老丁一下子舒服多了，放缓语气问：

“你是谁？你说你们公司的人都出国了，你为什么还上班？”

“我可怜啊！我姓黄，刚来两个多月，小角色，您丁大老板当然不知道我啦。现在办公室就我一个人留守，您的事我能帮得上忙吗？”

“你怎么帮？”丁老板想了想，“你有他们国外的旅馆电话吗？我打过去。”

“有是有，不过他们去欧洲，才上飞机，还在飞机上呢！您等一下，我找来给您，您可以明后天再打过去。”

“好，你去给我找出来。”老丁握着电话等，一边翻桌上乱成一堆的文件，想起前两个礼拜好像收到游老板的信，说是公司度假，只怪自己没注意，这下麻烦了。

“找到了！找到了！”那头传来黄小姐清脆的声音，“您有笔吗？很长的号码。”

老丁细细地记下来，还夸奖了黄小姐两句：

“你真不错，也真可怜，一个人留在办公室看家，我下次要跟老游说，就算是新人，也该带着一块儿去。”

黄小姐兴奋极了，声音也更嗲了：

“谢谢丁老板的爱护，全靠您照顾了。真对不起，没能帮上您的忙。”

“这不怪你。谢谢啊！”

正要挂电话，黄小姐突然叫：“您等等，您等等，您何不打个电话给大卫呢？”

“大卫是谁？”

“就是在新加坡制造我们这种机器的人哪！”

“你有他的电话吗？”

“当然有，我们老板一天到晚打电话给他。”

才挂下黄小姐的电话，老丁就拨去了新加坡，果然找到了大卫。

“对不起，打扰了！”老丁自我介绍，“我姓丁，从台湾打电话，因为找不到总代理的游老板，机器又出了问题，只好直接找您。”

“不会是开关的问题吧？”大卫劈头就问。

老丁一惊，又一火：“是开关的问题。”

“我不是早就运了一批新开关过去，叫游老板为客户换吗？”

“我不知道这事，只晓得我的一大堆客人这两天都来跟我抱怨。”

“其实出问题的比例并不高，你有多少客户抱怨？”

“我最近卖出去一千一百台，大概有二十多个说开关有问题。”

“你一家就卖出一千一百台？”

“是啊！”老丁好奇地说，“算卖得多还是卖得少的？”

“游老板这次总共才进一千五百台。”大卫的语气突然由冷淡变得热情，“请问，他卖你一台多少？”

“四千五。”

“四千五？”大卫叫了起来。

“贵了还是太便宜了？”老丁追问。

“丁先生。”大卫的声音一个字、一个字地传来，“我觉得游老板的售后服务太差，他没有好好做，我们跟他的约再过两个月到期，如果您感兴趣，就换您做总代理吧！我保证您划算得多。”

想一想

请问，大卫为什么凭老丁一通电话，就决定换码头？

是因为他发现游老板没有做好售后服务，有伤总公司的信誉？还是因为他发现游老板卖得太贵、赚得太多？又或是因为他发现游老板根本没有好好推销，主要的客户竟然只有一家，也就是老丁？

答案应该是：都算原因。

我们要知道，许多制造商，在全球各地都有当地的“独家总代理”。制造商只忙于制造，不一定清楚那些代理在搞些什么名堂。

岂知许多代理商的大客户不过几家，他靠那几家就够吃了。他不会让那“几家”知道实情。那“几家”也总以为自己只是个小买主，凡事都规规矩矩地找“总代理”。

原则上，制造商为了避免一大堆困扰，他们常不喜欢小客户直接越过代理找上门。当你私下去找制造商买东西的时候，常常反而比向“代理商”买得还贵。

这是因为他们要分层负责。

但是，当老丁和大卫的情况发生时，就不同了。

记住！

人性是当你卖房子时，一方面希望减少麻烦，增加“买主”，而找中介商；一方面又总想着，如果有个私下自己来看房的人，在“托售”的时间结束之后，再来买，可以省下佣金，多赚不少。

所以房屋中介最痛恨那种找他们带看房子，却又私下对屋主说“等时间过了，我们再私下谈”的客户。因此，他们不会愿意把屋主的电话给你。

同样的道理，你问杂货店：“你们的牛肉干是向哪里买的？给我联络电话。”

他会给你吗？他会让你知道，走路五分钟，就可以找到中盘商，买到七折的东西吗？

如我前面所说的道理——

当你找到中盘商，甚至找到牛肉干工厂，说“我要买四两牛肉干”时，工厂的人忙得要死，一定会说：“请你去零售店买。”

只是，当你说“我要买四百斤”的时候，情况就不同了。

现在让我们回头看老丁的故事。

游老板在带着同人欢乐旅游时，岂知道“天已经变了”？

谁让他变天？

黄小姐！

黄小姐又岂知道自己多嘴一句，就使她全公司，甚至她自己的饭碗都砸了呢？

黄小姐岂知她犯了商家的大忌——

把上游工厂的资料给了下游的客户；而且，给了大客户。

“不知道什么能说，什么不能说。”这是社会新鲜人常犯的大忌。它害人害己，而且破坏了商业伦理。偏偏有些老狐狸，专找这种新鲜人下手。

为了让大家更深一层了解，我不得不请您看下一个故事。

小心留下脚印

“奇怪！已经过二十分钟了，为什么陈老板还没到？他一向很守时啊。”李老板心想，接着拿起电话，拨过去：

“喂！我是李老板，跟你们陈老板有约，他出来了吗？”

“他早走了，急着到工厂去了。”

“急着到工厂？”李老板放下电话，有点纳闷。中午吃饭的时候，跑去工厂干吗？难道最近这批货出了问题？于是立刻从电脑上看库存。可不是吗？前天就该进来的货，为什么今天还没到？

李老板把脚放到桌子上，一边竖着耳朵听陈老板进来没有，一边推敲这件事，突然飞快地把脚放下来，拨电话给工厂。

接电话的是康厂长。

“康厂长！老陈走了吗？”

“走了二十多分钟了。”

“事情解决了吗？”

康厂长好像一怔，隔了两秒才答：“解……解决啦。”

“喂！老康！”李老板把声音沉下来，“我可不跟你开玩笑，有毛病的东西，我一定退件。”

“能改啦！能改啦！我们正在想办法改。”

“改？怎么改？”

“外壳拆下来，把多的那一分磨掉，再装回去。”康厂长的声音居然有点发抖，“您放心啦！一定看不出来。”

“看不出来？我今天下午就过去看。”李老板吼了回去。

才挂电话，就见陈老板笑嘻嘻地走进来，还一边拿手帕擦手，敢情刚上完洗手间。

“对不起！对不起！”陈老板一边挥手，一面不断摇头，“无巧不巧，临时来了个美国客户，把时间耽误了。今天罚我请客。”

陈老板也真够意思，本来说到旁边随便吃点，现在特别由他请，到泰国鱼翅餐厅。

先上排翅，再上鲍鱼，接着上“咖喱瑶柱”和“翠玉丝瓜”，新鲜水果之后，还有高级甜品。

“害你破费了，真不好意思。”李老板一边品尝燕窝雪蛤，一边笑着对陈老板说，“不过你也真该补补，你最近太忙了。”

“是啊！是啊！”陈老板直点头，“忙死了！”

“那多一分的问题解决了吗？”

“什么多一分？”陈老板的汤匙叮的一声撞到碗边。

“哎呀！”李老板伸手过去，拍拍陈老板，“咱们是老朋友了，对不对？我今天找你，原来打算再跟你多订一批货。可是，可是做生意讲诚信。你老兄就算知道我没时间亲自验收，也不能把出了毛病的东西，浑水摸鱼往我这儿塞啊。”

陈老板的脸一下子白了，又红了。

李老板摊摊手：“你把多出的那一分磨掉，装回去怎么说都不是十全十美的，对不对？”

“是的！是的！”

“这么办吧！这批货我先去检验，看老朋友的面，如果还过得去，我照七折收。”李老板又拍拍陈老板的手，“至于下面这笔大订单，就等这批货处理完再谈吧！”

想一想

请问，陈老板会不会让步，乖乖打个七折？

那批出问题的货，只要磨一磨，装回去，不“非常小心地比对”，谁也看不出来。李老板要不是听说，绝不可能发现。

陈老板为什么会甘愿照七折卖呢？他很可能赔钱哪！

因为正如李老板所说——

做生意，讲诚信。出了问题，就是出了问题，不能浑水摸鱼、混过关。

更有一个原因——生意不是一天的，今天这件事搞砸，以后的大订单可能全砸了。

原来不会出问题的事，怎么会落得这个下场？陈老板该怪谁？

怪康厂长做错了东西，又被李老板套出了实情？

还是只怪某人多说了半句话：

“他早走了，急着赶到工厂去了。”

老板不在办公室，你有必要跟外人说他到哪里去了吗？

问题是，这社会上有多少人，就不懂得少说这么“半句话”。

只要说“对不起！他现在不在位子上”的情况，有必要讲“对不起，他去上厕所了”吗？

只要说“对不起，他二十分钟就会回来”的情况，有必要讲“对不起！他去银行结汇了”吗？

要知道，人是非常敏感的。他能抓住每个蛛丝马迹，分析、对比，然后猜测、查证。而许多事情被“搞砸”，或被拆穿，都因为旁边人一句“无心之言”——

爸爸的朋友打电话找爸爸，小孩说：“爸爸刚出门，去银行存钱。”

偏偏那朋友是要找爸爸借钱。

“对不起，我最近手头也很紧。”爸爸这样回那朋友时，对方冷冷撂过来一句：“你不是才去银行存钱吗？”

公司的客户打电话找老板。秘书说：“老板出去打球了。”

接着那客户用大哥大找到老板，老板推说：“对不起，我这阵子都忙。”

那人便冷笑一声说：“是啊！正忙着打球吧！”

我有个朋友，找与他往来的下游厂商，对方公司的人说：“他不在，去号子[①]了。”

我这朋友居然不愿意跟那人增加生意往来的额度，理由是——

他上班去炒股票，一定炒不少，有一天倒了，一定跳票。

有个商场上的朋友，听到承包工厂业务员去向他收款时的一句话——“最近公司多添三部机器，偏偏景气又不好，所以以前不接的生意，现在也得接了。”

这朋友跟着打电话给那工厂的业务经理说：“听说你最近给新客户的价钱都降了，为什么不主动通知我？你是欺侮老客户吗？请你重新估价。”

那公司的业务经理被抓住小辫子，搞不清是哪家走漏的消息，又得罪不起大主顾，只好重新估价，居然一下子降了一成。

让我们回头看看这些故事。

请问，那许多公司的人，能知道问题出在哪里吗？

也让我们检讨一下，是不是我们常有个毛病，就是在回答“我不在”或“他不在”的时候，多加一句“到哪里去了”？

岂知仅仅这么一句多说的话，就造成了变天。

---

① 意为监狱。

在一个治安败坏的社会，每个小朋友都应该学会说“爸爸妈妈现在不方便接听，请您留下电话”，而不是毫不隐瞒地说“爸爸出去打球，妈妈出去买菜”。

在这个移动电话和呼叫器普遍的时代，每个主管都应该知道除非必要，否则只消说“我出去，下午四点回来，有急事给我打电话”，而不必说“我先去某处吃饭，再去某处拜访客户”。

在这个商场如战场的时代，每个人在学说话之前，先要学会“哪些秘密不能说”“哪些事情不能问”“哪些价钱不能讲”“哪些电话不能给”“哪些行踪不能透露”。

记住：

你要是不说话，别人不会当你是哑巴。

你要是多说话，别人一定知道你是个好骗的傻子。

小丁的穿帮秀

“林小姐！麻烦你替我赶一套婚纱，明天上午就要。”

“什么？一套？”电话那头叫了起来，“你要我死啊？我再快也做不出来啊！”

“哎呀！哎呀！你等我说完哪！”小丁急着解释说，“我不是要你真做一整套，只要你找两件内衣，缝上几圈蕾丝……”

“什么？内衣？你说内衣？”

“是啊！你不是总说你要创新吗？现在就交给你自由发挥了，愈新潮、愈暴露愈好，中间要露肚脐，上面要露乳沟，下面三角裤，只要围一圈透明的薄纱就成了。花不了你两个钟头的啦！”

“可是我还得去买内衣啊！你要哪种？调整型还是无缝胸罩？有肩带没肩带？扣子在前还是在后……”

“随便啦！不必特别去买，就拿你自己的就成了！尺寸？也没关系啦，就你那样就可以了啦！拜托！拜托！我明天开幕要用！”

“可以是可以！可是谁敢穿，我可不保险。”林小姐在那头笑，“告诉你，你可不能要我穿哟！”临挂电话，又叫了起来，“还有，你们欠我多少钱了啊？给你们做那么多，才拿到你几块钱，我都要破产了！”

“放心！放心！我们明天一开幕，钱就来了，不但还你，还多给你利息，成了吧？”

“她说钱给太少了，她要破产了。”小丁放下电话，对小美摊摊手。

小美哼了一声：“我们要破产，才是真的。”

可不是嘛！自从顶下这家婚纱店，小丁和小美已经把所有的积蓄丢进去。

小丁的岳母，一边把钱塞给小美，一边咕哝：

“你那个小丁行不行啊？那婚纱店，又小又不起眼，以前的人开不起来，你们凭什么赚钱？”

“凭我有新观念！”小丁从来有自信，就算刚听说不到两条街外，才新开一家特大的，小丁还是有自信：

“怕什么？他登广告，会宣传，我更会宣传。”

“你凭什么宣传啊？”小美一边为橱窗模特儿整理裙角，一边冷冷地说，“没钱啦！”

“没钱有没钱的办法。”小丁还是一副信心十足的样子，“我可以找记者啊！”

“找记者？”小美又好笑又好气，“谁理你啊！”

“记者当然理我，我明天开幕，办婚纱秀，请记者来采访！”

“婚纱秀！什么？你要办婚纱秀？”小美霍地站了起来，跑到店中间，伸出双手，“就凭咱们这个三十平米不到的小店，转都转不过身，你秀什么？”

“哎呀！”小丁过去抱抱小美，“你放心！我连模特儿都找好了。是训练班的学生，还不用花钱，只是答应她们将来结婚，我们免费提供婚纱。”

“完了！完了！”小美摸摸自己额头，又摸摸小丁的额头，转身，一边跑，一边喊，“你不要乱整了好不好？我们就放放鞭炮，简简单单开张就成了，好不好？”

“不好！”小丁居然斩钉截铁地说，“我就要大搞，而且已经通知了记者，还告诉了警察。”

“告诉了警察？”

“对！明天下午两点，准时婚纱表演，请警察来维持交通。”

“你请大人物来看哪？”

“我请大家来看！”

小丁说的居然应验了。不到两点，已经有三家电视台的记者，扛着机器到店里张望。

他们只能张望，因为小丁的婚纱店，挂着布帘子，里面什么也看不到。

只有小丁听见敲门，出去拉开一条门缝，对记者说抱歉：“准时开始，模特儿正在换衣服。”

模特儿确实在换衣服，地方小，五个模特儿已经挤死了。而且那些小女生还挑三拣四，说不拿钱，就是要漂亮，非挑自己最喜欢的不可。

于是麻烦了——

林小姐赶出来的那套性感内衣没人穿。

不是没人穿，是没人敢穿。

“现在不是常有内衣秀吗？你们连透明内衣都能秀，为什么不敢穿这一件？”小丁不高兴地问。

“喂！丁老板。”有个小姐用鼻子顶着小丁的额头说，“内衣秀是在大百货公司或是五星级大饭店，你是在哪里啊？你怎么不叫你太太穿哪？”

“我们这个婚纱秀的舞台是最大的，观众是最多的，你们看不上吗？这是创举啊！”小丁也叫了起来。

果然是创举，也果然轰动。

准两点，鞭炮声响，一片硝烟间，美美婚纱礼服店的门打开了，走出一串美丽的新娘，被临时抓差的林小姐，将停在路边的车窗拉下来，把结婚进行曲放得好响。

那些白纱曳地的模特儿，也就在这音乐中穿过街头。

两边的车子全停了，大家伸着脖子看，还有人鼓掌。

记者们站在街边拍不够，还有人爬高了，站在车顶上拍。拍什么？拍人群！

天哪！来了多少人哪？在这个南部保守的小城，几曾见过这等场面？有人说是集团结婚，有人说是豪门嫁女儿，大家交头接耳：“哇！这是怎么回事啊？”

更精彩的是，当那五位模特儿，由马路这边走到那边，再走回来的时候，美美婚纱店的门打开了，又走出一位妖娆性感的女子。

白色的胸罩，粉色的蕾丝边，长长的轻纱拖在背后，轻纱间伸出长长的玉腿，四周的镁光灯齐闪，电视记者跑前跑后地追镜头。

既露肚脐露乳沟又露大腿，只可惜头纱遮面，看不清小姐的脸。

还有一点可惜，就是这位大胆的模特儿实在稍嫌丰满了一些。挤在那件婚纱里，让人觉得有点危险。

正说呢！咔！

四周观众全叫了起来。

接着，咔咔咔咔咔，照相机快门的声音接二连三。

又接着，咔！后面的车子，撞了前面的车。

闹剧结束了。

小美坐在店里哭得死去活来，任小丁怎么赔不是，都没用。

“我瞎了眼，嫁给你这个疯子。”

小丁的岳母也从台北打电话下来，叫小美快点回娘家。

可是小美怎么回去呢?

第二天没开门，店里的电话就响个不停。才开门，就挤进三对新人，指明要穿前一天晚间新闻看到的婚纱。

有线、无线电视台，全播了这条“街头婚纱秀”的消息，而且播得特长，并说由于轰动，造成了交通堵塞。

播出画面最长的，是那套性感的“二十三世纪婚纱”，记者还特别说展示的模特儿，在冬天穿得那么少，却带给大家无穷的热力。只是发生小小的意外，一个是开车的人急着看，造成小小的擦撞，一个是出现了穿帮镜头。

但是穿帮镜头加了马赛克，没人看得出那丰满的小姐，正是美美婚纱店的老板娘，而且这个新闻的效果可真强，即使两年后，美美婚纱开第三分店的时候，都有顾客问:

“你们是不是那个以前在街头做婚纱秀的?我好佩服你们，真有创意！怪不得现在这么有名。对了！我请问一下，你们的穿帮秀，是不是事先安排的?”

想一想

小丁为什么要在街头办婚纱秀?街头多脏多乱哪?如果把曳地的纱裙弄脏

了，怎么办？

小丁当然知道这一点。问题是，他要宣传，又没钱登广告，有什么宣传能比电视新闻的效果好呢？用什么办法又能把记者引来呢？

当然他得出“奇点子”，创造“新闻性”“话题性”。

而且他知道只是告诉记者将在街头秀婚纱，记者还不一定感兴趣，于是他想到“内衣婚纱秀”——

只要敢穿内衣走上街头，就是“新闻”，就是“话题”。

所以记者都准时到了，所以小丁没花多少钱就收到了几百万都弄不到的宣传效果。

记者都是嗜血的

以前我做电视公司记者，每次有火警，消防大队都会打电话通知：“有地方失火了。”

“火大吗？”

“大！”

“控制住了吗？”

“已经控制了，但是还在烧。”

“到我们赶过去的时候，火势还会很大吗？”

“不敢说。”

“那我们就不去了。发个干稿（只有文字，没画面的消息）好了。”

“可是死了一家人呢！”

“噢！那太好了，我们马上到。”

和尚自焚事件

听这对话，你有没有气？你说新闻记者嗜不嗜血？

问题是，一天有那么多火警，记者只有那几位，新闻时间就那几十分钟，记者能不选择吗？他当然选择惊人的、耸动的。

你看过越南和尚自焚的新闻照片吗？

那是一张得奖的作品，一个和尚端坐在火里。

你有没有想过，如果当时记者不摄影，而能过去拿件厚衣服包住那和尚，和尚可能就死不了？

但是记者选择了“冷静地站好角度、对焦、按快门”。他为什么这样选择？

他是为你啊！为广大的观众啊！

人都是好奇的，喜欢看没看过的东西，喜欢谈耸人听闻的消息，喜欢色情、暴力。

打开电视，你会发现汽车展，汽车旁边站的比基尼泳装小姐，得到的画面比汽车还多。内衣秀更甭说了，前一天下午的内衣秀，不但晚间新闻播、夜间新闻播，只怕到第二天中午还要再播一次。

为什么？

因为大家爱看哪！

议会摔角大赛

也就因此，无论政界人物、商界人物、影剧界人物，甚至文化界人物，为了出头，都不得不“秀”——

问政问得好好的议员，只要见到电视摄影机上的红灯一亮，就突然拉高分贝、夸张动作。

一个很简单的问题，为了吸引注意，他不但准备了海报，贴在讲台上，还要拿出道具，当场表演。

前一天晚上还一起饮酒作乐的朋友，看电视记者到齐了，很可能为一点小问题，就伸长了胳臂，又抓又打又扔东西。

那打的技术真高，活像“摔角大赛”，出手重而落手轻，不伤要害、点到为止。

你也很可能见到——

卖火警逃生器材的人，选择近百层的摩天大楼，然后准备几百米的绳索，再请个蜘蛛人，由顶楼悬吊而下。

要是换成你，就算有那器材，你又有那胆子和技巧，照样逃生吗？

就好比看世界时装发表会，那些名设计师的作品，透明得几乎看到三点，短得不足遮臀，你心里能不想“这种衣服谁敢穿”吗？

银幕情侣大战

你还可能听说某银幕情侣闹翻了，原因是女孩子参加某部戏的演出，跟导演在工作中摩擦出了爱的火花。

那男明星气炸了，拒绝导演下部戏的邀约，而且听说夜夜买醉，十分沉沦。

接着男朋友举行了记者会，说有重要的决定，而且非要选择在女朋友的试片会上宣布不可。

想必有火爆的场面，当天媒体全到了。

果然，试片会进行到一半，男明星出现，大家全屏息以待，却见他走上台，与那女孩子拥吻，宣布一切都是误会，接着与导演亲热地握手，说决定在下部戏里挑大梁。

马戏团泡汤事件

再不然，你看到某马戏班来台湾演出，场地出了问题，检疫出了麻烦，看样子演出要泡汤了。

可是，几百吨的道具都来了，容纳千人的帐篷都支起来了，怎么办？

你正为他操心呢！突然间，一切都解决了。而且在演出前一天，大象、老虎、小丑、艳女和俊男，还做了全市街头游行，音乐播得震天价响。

拳王热身赛

你也可能看到拳击名将终于决定同台较量。

半年前就发布了新闻，说正在讨价还价，一个月前又透露每人可以有多少进账（那数字吓死人）。几天前量体重，两个人不但对骂，而且冲过人墙，这个狠狠给了那个一拳。

另一个正要回手，却被人拉开了，于是高声吼道：“小心哪天我把你撕成碎片！”

作家遭迫害

你还可能见到作家举行记者会，控诉他的书被有关单位查禁，只因为泄露了不能泄露的秘密。

接着说他在创作过程当中，不知有多少人表示“关切”，又打算用多少银子摆平，连他妈妈都叫他别出了。

最后则义正词严地，在新书发表会上，举起他的书，面对闪动的镁光灯，斩钉截铁地说：

“我绝不向恶势力屈服！”

至于有关单位则说：

“没有啊！我们根本不知道他要出书。”

脱党竞选

在选举之前，你更可能见到这样的画面——

你选，我也要选。我绝不退让，我已经为这次选举铺路三年了。上面疏通？没用！我是吃了秤砣铁了心，即使脱党也要选下去。

于是“高层”出面了，两人磋商了，磋商破裂了，都去登记了，接着，开记者会，说他为了大局，声泪俱下地宣布退出了。

人生就像一场戏

对不起！随手拈来，一下子就写了这么多。

请问，你是不是已经都知道那些“怪现象”的原因了？

社会是个大舞台，人生就像一场戏，你会发现“鹤立鸡群”不难，难在你要是“鹤”，而且你要比鸡高。你也应当知道“一鸣惊人”不难，只要你能拼老命发出那惊人的“一鸣”。

这个世界太大了，你要得到人们的注意，就先得获取媒体的青睐；你要媒体青睐，就得先表现得特殊，使他不能不采访你，否则他就是漏新闻。

“国会”殿堂上打架，只要你敢打，他能不拍吗？他敢漏这新闻吗？观众看这新闻能不骂那些打架的人吗？可是骂归骂，人们却爱看哪！

甚至这种新闻不但当地播，什么电视台都抢，放到他们的世界新闻上。

为什么？

因为全世界的观众都爱看哪！

发新闻的秘法

好！这些“闹剧”演到这儿，最后让我告诉你，你除了制造新闻之外，如果有一天要发新闻，应该怎么“发”。

首先，记住！

你今天发了这家，而且人家用了，你就别想明天要别家新闻媒体再发你这条新闻，除非你又提供新资料。

要同步

所以，你要发新闻就要同步发出，而且算好对方截稿的时间，如果你想上七点的晚间新闻，千万别六点半发稿。如果你想上次日的早报，千万别夜里十一点发稿——你要给记者时间。

除了同步发出，你应该让每个媒体都知道你发给了“别家”，于是他原来想拖，只怕别人发出了，而不得不当天发。

要专一

如果是不大不小的新闻，对同一家媒体，你最好别给每位记者一个新闻稿，否则给他的感觉已经是人人皆知的旧闻，你最好盯准“专跑那一线”的一两个人，如果时间允许，你最好跟他先打个招呼。

要保密

但是记住！如果是前两天，他可能立即套你的话。问是什么事，于是隔天发个短稿，弄个“独家”，造成等你开记者会的时候，别的媒体不但不来，还怪你先走漏了消息，下次找机会修理你。

要方便

对付一些“露个面就跑”的记者，你一定要事先准备好新闻稿，连当天到场的贵宾名字都及时填上去，“人地事时物”一样不少。于是他来了不必采访，拿了稿子就能走，走了就能发。尤其对电视记者，因为他们只不过拍那几十秒钟，很少从头蹲到尾，你一定要帮他准备资料。

要独家

此外，那些极认真的记者，可能非要单独跟你谈几句，弄点别人没有的内幕不可，所以除了你准备的资料，也最好“留一手”，给这些人“独吃”。

要挑时辰、挑地方

你还要注意记者会的时间。事先打听好，负责那一线的记者何时休假，当天是否有别的记者会可能撞档，甚至你选的地点好不好，停车方便不方便，堵车不堵车。否则很可能他因为上一个新闻拖长了，或要赶下一个记者会，心想堵车赶不到，而放弃了你。

人生的埋伏

最后，我建议你回头想想前面那许多“案例”，想想那导演如何制造新闻，不但使他的“试片会”十分轰动，而且炒作了下一部戏。

也请想想同党的“竞选”对手，经过长时间制造的冲突，而成为新闻焦点。退出的人显示了风范，获得人们的同情，下次“竞选”极可能当选，“上去”的人也被衬托得更有分量。

人生既然像一场戏，就有许多高低起伏的剧情，你要一步一步铺陈故事，一点一点“埋下伏笔”。

人生也像一局棋，你绝对不能只看一步，而要看几步、几十步，你不但自己要算，还得算对方怎么算，才赢得了。

请看下面这件妙事、这局好棋……

口水变炸弹

朱厂长是个很谨慎的人，所以他生产的机器不但品质好，而且从来没出过安全上的问题。

自从朱厂长的大儿子到美国就读研究所之后，他的产品质量就更进步了，只要是他新开发的产品，一定会送到美国公司做安全鉴定。

那种安全鉴定公司有意思极了，他们会把电开关“不断开了关、关了开”，他们也会从各个角度做撞车实验；他们还会从不同高度坠下钢珠，测试下面玻璃的强度；他们甚至会接受运动鞋公司的委托，用机器不断拉扯摩擦运动鞋，以了解那鞋子是否耐穿。

朱厂长的机器送去，当然也少不得受一番折磨，明明标示每分钟不得超过两千转，到那厂里却要开到三千转、四千转，开到不能再快为止。

朱厂长花了大把银子和十架机器，最后终于换来一纸报告。

“什么？开到三千五百转的时候会震动，旁边的钢板会弹开？”朱厂长拿到报告吓一跳，打电话给美国的儿子。

“哎呀！您紧张什么嘛！人家是告诉你最大的能量，有谁会开三千五百转呢？而且我们的产品说明写得清清楚楚，最高只能开到两千转。”儿子在那头喊，“那是耐力试验，我们机器能开到三千五百转才坏，已经了不得了。您别瞎紧张好不好？”

但是朱厂长从来就是个爱紧张的人，他什么事都不往好处想，就好比他每次出家门，都会检查煤气炉，甚至把电器插头都拔下来，他唯恐失火，心里总有一种不安的感觉。

这鉴定报告出来，朱厂长的毛病就更严重了。他明明知道，也亲眼看到鉴定报告里证明他的机器十分安全，可是不知为什么，他就总看到有工人被弹开的钢板切断手脚的血淋淋的画面。

这一天，跟老朋友宋老板一起吃饭。

“怎么样？新机器还好吧？”朱厂长问。

“太好了！太好了！”宋老板对朱厂长拱拱手，“十分感谢，幸亏你的机器好，能开得快，要是换成我以前用的那种，一分钟才一千三百转，绝对应付不了现在接的单子。”

朱厂长一惊，连脸色都变了：

“你开几转？”

“两千转啊！”宋老板有点诧异地问，“你不是说可以开到两千转吗？”

“噢！”朱厂长松了口气，“那就好！那就好！”又瞪着宋老板叮嘱，“只能开到两千转哟，绝对不能开太快。”

宋老板一怔：“不能开太快？开太快会怎么样？”

“唉！”朱厂长挥了挥手，“两千转不算快，你用不着操心啦！反正，我告诉你，不要开到两千转以上。”

“我不会的。”宋老板笑了，又伸着脖子问，“怎么样？是不是有人不按规定，开太快，出了毛病？”

“没有！”朱厂长举起酒杯，“喝酒！喝酒！”

可是那宋老板居然紧追不放。一顿饭吃完了，下电梯的时候还问：“告诉我嘛！是不是有人出了毛病？”

“告诉你没有嘛！”

“那你干吗问我？一定有毛病。”宋老板直打酒嗝，嘿嘿地笑着，“你瞒我……”

“没有啦！”朱厂长有点不耐烦了，“告诉你，是美国的安检鉴定公司，说开到三千五百转的时候，旁边钢板会弹开，你才开两千转，操个屁心！”

三个月过去，朱厂长发现，订单好像减少了。正纳闷，接到一个厂商的电话，语气不太好，劈头就问：“朱厂长，你的机器是不是会爆炸？”

“谁说的？”朱厂长心头一震，“谁说我的机器会爆炸？”

“大家说的。”那头吼过来，“业界全知道了，你还不知道，你装糊涂对不对？我厂里的工人，今天都拒绝操作那架机器了，你要我怎么办？”

朱厂长火了：“笑话！你开两千转，按规定，怎么可能爆炸？”

“你承认了是吧？朱厂长，你的东西会爆炸，你还瞒着，你是欺骗顾客，我要告你！告诉你，很多人要告你！”

想一想

好！故事讲完了。

你说，朱厂长是不是无妄之灾、晴天打大雷？

他的机器比谁的都安全，甚至吹毛求疵地送去美国的专门公司鉴定，规定两千转的，一直要开到三千五百转才出问题，怎么会好心没好报，无中生有地惹来这么大的麻烦呢？

一定是那宋老板多嘴，把朱厂长的话传了出去，又传得不正确，搞不好还加油添醋，当然，也可能在传的过程中，愈来愈失真——

“孙老板，我今天跟朱厂长吃饭，他说机器不能开太快，超过三千五百转会裂开。”

“李经理，我今天碰到宋老板，他说他得到可靠的消息，朱厂长生产的新机器开太快会炸。”

“陈老板，你有没有听说，朱厂长的机器不安全，会爆炸！我是听李经理说的。”

只怕再传下去，就出现已经有人被炸断手脚，甚至被炸得血肉模糊的消息了。

问题是，这以讹传讹，搞得天下大乱，是因为谁？

空穴不来风，无风不起浪。

要不是朱厂长自己漏出那么“半句话”，会惹出那么多事吗？

是谁露出要害？

这世界上最了解你的人是谁？

是你自己。

这世上最知道你弱点的人是谁？

当然也是你自己。

譬如你是个副教授，要升职等，送论文去系里审查，你有必要告诉同事，你的论文主要参考了哪本国外的著作吗？

术业有专攻，你精通的东西，别人不一定懂；你不说，他们不会知道你的主要参考书；就算你在参考书目里列出来，他也不一定会去对照。

但是今天你主动透露内幕，那听到的人能不去外面说吗？

是谁提供新闻

人都有传话的毛病，遇到他的“独家新闻”，他更是要传，表示他神通广大。问题出在，他传的时候可能不传全部，而加油添醋。

在审查会议上，主持人问大家对你论文的看法，大家都说好，偏偏有个人不说话。

谁？

就是得到“独家消息”的那个人。

“这论文我细细看了，足足花了两个礼拜的时间（其实只花了两小时）。”那人眉头深锁，“你们知道，我跟他私交不错，但就事论事，我不能不说，我发现他大部分都是参考某本国外著作。”

大家眼睛全亮了，佩服这位教授的认真，他居然能挖底，挖到那么专业的书。

接着原文书拿出来，上面画了红线，比一比，果然有不少雷同。虽然你也有独到的见解，但是审论文的人能不说、能不传吗？传来传去，到后来变成你是“抄的”。

无说己之短

人都有个毛病，中国人尤其有这毛病，就是用“自暴己短”的方式，表示自己谦虚。

古人不是说了吗——无道人之短，无说己之长。

换句话，就成了“应道人之长，应说己之短。”

问题是，当你说出自己的短处之后，当面听到的人，可以感觉你是谦虚，但是当他把话传出去，那话就难听了。

你自己说出你的短处，当然是真的，也当然正中你的要害，当有人拿你那短处质问你、攻击你，你能不承认，又能不受伤吗?

而且因为是你的要害，你很可能被一拳击倒、一箭毙命。

这要害，就是“阿喀琉斯之踵”啊!

藏一手

古人明训“无道人之短，无说己之长”固然没错，但是你要知道，今天你上了战场，或上了“如同战场的商场”，那句明训就当改为“无道人之长，无说己之短”，免得你助长了敌人的势力、减少了自己人的信心。也免得别人“以子之矛，攻子之盾”，或抓住你的阿喀琉斯之踵，一箭毙了你的命。

如果你是个设计家，你必须知道在取得专利前，你的资料不可走漏，即使要试制“原型”，那图也要一部分一部分拿出来，或分开许多不同厂制作。

如果你是大牌作家，你千万别把一本书的稿子，一次交给一家报社或杂志先连载，再出书。即使要交去连载，那稿子也要分批给，免得你没出书，别人早由报社偷去整本稿子出了书。

如果你是记者，你千万别在两军交战时，勤快又准确地立即现场报道:“某处落了弹，某处失了火，某弹未命中，某弹未爆炸……”

否则你在报，敌人在听，他们就根据你的报道“修正方向”，结果你以为你聪明、努力、尽职，却不知害死了多少自己的人。

每个人、每个家庭、每个公司、每个国家，都有“阿喀琉斯之踵”，你再聪明、再谦虚、再能干，都不必说、不能说，而且要做到——打死也不吐半个字。

小陶的花花之旅

才降落，小陶就吓一跳。

天哪！这机场可不比咱们的机场差呢！

进入市区，小陶更是瞪大了眼睛，只见一栋栋摩天大楼矗立在希代大街的两侧，每栋楼都各有特色。更惊人的是那规模之大、横面之宽，真显示了这城市的架势。

“地方不错吧？这几年进步是不少。”尤总经理回头，“就是污染严重了点，有时候连对街的东西都看不清楚。”又笑笑，“不过，陶先生，您放心，旅馆是五星级的，有空调，还有过滤，舒服得不得了。”

那旅馆何止舒服，真称得上金碧辉煌，而且服务亲切，连旅客登记都免了。由旅馆副理带路，直上顶层的商务楼层，立刻有小姐接过小陶的证件去登记。

“您早上可以在这层楼用早餐。”另一位小姐带小陶参观商务楼层的办公室，“平常也可以来这儿看书报、喝咖啡或吃水果点心。当然……”小姐又递过一份旅馆简介，“您也可以到各餐厅用餐，我们这儿有印式、中式、法式、日式料理，意大利比萨屋、德国啤酒屋、烧烤屋、咖啡厅、酒廊、夜总会，还有顶楼的摘星居。”小姐指指楼上，“您只要上一层，就成了。可以看全城的夜景……”

正说呢，尤总把小陶的证件送回来，神秘地笑笑，“还有哦……这儿还有地下室的桑拿按摩。”拍拍小陶的肩膀，“您喜欢去哪儿，就去哪儿，我们，全包！”

这尤总真是个大方豪爽的人，虽然小陶那么年轻，又是第一次来，尤总的招待可真没话说。除了参观尤总的工厂，讨论未来合作的项目，更想尽办法让小陶玩得愉快。

“怎么样？要不要我带您去最高级的法国馆子？外宾都去那个地方。”才把小陶安顿好，尤总就问晚餐。

“法国菜？”小陶腼腆地笑笑，“我不感兴趣啊！我倒是想吃吃手抓饭。”

“手抓饭？”尤总怔了一下，又大笑起来，“这简单！这简单！不过您不觉得太土了吗？”

“不！不！不！”小陶直摇手，“我最爱吃手抓饭。”

小陶果然吃了不少手抓饭。

斯里兰卡绵羊肉配上印度特有的咖喱，小陶一辈子也没吃得这么撑。

可是尤总和他的属下洪副总、姜主任却吃得不多。几个人坐在旁边抽烟、倒茶，好像他们全是“陪吃”的，害得小陶直不好意思。

第二天，去工厂，正听简报呢，尤总又伸过头来问：

“怎么样？今天晚上去哪儿啊？”

小陶指了指肚子，小声说：“我看哪儿也别去了，我昨天大概吃太多了，闹肚子。”

小陶的肚子确实疼，硬撑着参观完，就赶回旅馆了。

“大概水土不服。”尤总送小陶进房间，“要不要我给您请个医生来？”

“不用了！”小陶笑笑，“我带的有肠胃药，只是一点不舒服。”

“但是晚上到哪儿吃？要不要我带您吃点清爽的东西？”

“不用啦！”小陶说，“我晚上不吃了，空一空肠胃。”

虽然说不吃了，小陶醒过来，却觉得有点饿。

看看表，才晚上八点半，旅馆的餐厅还开，小陶就穿好衣服到二楼的中餐厅，叫了碗面，一个人躲在非吸烟区的角落吃。

九点了，餐厅里的桌子多半都空了，只有里面包厢还传来一片喧哗。想必是有钱人在宴客，单看那端上端下的鲍鱼、石斑和 XO 就知道。

还听见有人在劝酒，声音多像尤总啊！

果然，才回房间就又接到尤总的电话，说他正在附近，问小陶明天晚上怎么安排。

“要不要去听三大男高音演唱会？”尤总的音调很高亢，“我有路子，还买得到票。”

“三大男高音？”

“是啊！帕瓦罗蒂、多明戈和卡雷拉斯啊，我请客，去吧！”

小陶想了想，觉得害尤总花太多钱不好，说：

“我想还是不去了，倒听说印度舞不错，想去见识见识。”

印度舞最讲究手指的变化，小陶早听说，今儿可见识到了。还有蛇舞，真有意思。对了！还有倒茶，用那长长的壶，远远地把滚烫的水，准准地注入客人的茶碗，真比得上北京的老舍茶馆，更是令小陶叫绝。

尤总和姜主任想必是老客人了，就算低着头一路嗑瓜子，都能知道台上演的是什么。

“怎么样？”尤总又揪揪小陶袖子，“看完，咱们要不要再找个好地方乐乐？”

“好地方？”

“是啊！好地方！”

小陶想了想，对尤总作了个揖：“不去了！我还没完全好，而且明天要上泰姬陵，想早点睡。”

泰姬陵，真是壮观！

虽然上面风大极了，尤总和洪副总，又比小陶年岁长得多，可还一路陪着，走完全程，令小陶十分感动。

“不要谢我们。”晚餐时，尤总举杯，“我们得谢谢您，还得请您回去多美言几句。”

“那当然！那当然！”小陶回敬，“合作一定能成功。”

回旅馆的路上，尤总又问要不要上夜总会。

“不去了！”小陶说，“您已经破费太多了。”

小陶哪儿都没去，倒是受不了一头沙土，到宾馆地下室洗了个头。

美发部就在桑拿旁边，几个妖娆的女孩子直对小陶招手。小陶指指头，笑道：“我去理发！”

“理完再来，好吗？”小姐笑得媚极了。

当地师傅的手艺真不错，尤其洗头的功夫，把小陶都洗睡着了，就那么迷迷糊糊的几分钟，小陶还做个梦，梦见尤总和洪副总，听见尤总那豪爽的笑声，还有刚才见到的那几个漂亮女孩。

回房间，小陶打了个电话给太太，很得意地说桑拿部的女孩叫他，他都没去。

“你去啊！你去啊！”太太居然在那头喊，“你去，明天就不要回来！”

可不是吗？明天就要回家了，晚上睡不着，想太太！也回想这四天，感觉像过了四年，住这么豪华的宾馆，受那么好的招待，真可惜，公务不能带太太一起来。

突然想到刚才那通电话，那是私人电话，还有理发钱，不该也要尤总付钱。小陶在美国念书的时候，就知道，到人家里做客，打长途电话应该记下来给主人电话费。

第二天一早，小陶就去柜台问前一天的电话费是多少。

“您不用操心，尤总全包了。”柜台小姐说。

“不！电话费和理发钱一定要我自己出。”小陶坚持。

小姐只好从电脑里把账单输出来，又摊在柜台上指着给小陶看：“真的没多少！”

小陶看过去，只见上面黑压压一片，电话费是没多少，理发钱也不多，可是就在旁边，居然有那么一大笔……

“您去桑拿啊！”柜台小姐笑得好神秘，“还带了朋友？”

小陶没答话，继续往前翻，发现吃面的那一天，有两笔：“这……这是什么？”

“您用餐哪！”小姐歪着头找签单，“对！一张是您签的，一张是尤总签的……”

想一想

明明是小陶住旅馆，尤总怎么能把账签到小陶的房账上呢？

可能尤总跟饭店的人都熟，人家睁一眼闭一眼，让他签。也可能尤总帮小陶登记入住的那一天，拿了两张房卡。

小陶只有一个人，而房间最少可以住两位，又由尤总付账，尤总当然可以多拿一张房卡，然后在用餐和洗桑拿之后出示房卡，把账签到小陶房间的账下。

反正羊毛出在羊身上，到头来，所有的开销都由尤总的单位付钱，只是开支的名目不会写尤总带员工吃鲍鱼大餐、洗桑拿、上夜总会，而是写招待某厂商代表陶某某。

本来嘛！有客户来，公司请客旅游、餐饮，由公司的人员陪同，报账的时候都是“招待客户”。难道还有为客户买好票，或带客户到餐馆，把人一放，叫客人自己进去看、进去吃的道理吗？

哪儿有这样做主人的呢？

背黑锅，说不说？

只是，如果客人不去夜总会、不去洗桑拿、不去吃大餐，主人自己呼朋引类地跑去消费，却把账挂在客人的名下，回公司以公费报销，就有点说不过去了。

好，现在我请问，如果你是小陶，发现自己被人利用了，甚至有一天查起来，你还背了黑锅，明明没去找女孩，也成了去找女孩。

你怎么办？

你立刻跟柜台小姐说：“这几笔不是我消费的，不可以挂在我的名下。”还是找尤总来理论：“这些账，虽然不由我付，可也不能说是我开销的，请您把它分开来。”

如果今天我写的是《超越自己》或《攀上心中的巅峰》，我会说，名不正则言不顺，遇到不正当的事，不可以姑息，而应该举发。

但是，今天我写的是《我不是教你诈》，它不是“励志书”，是“处世书”，我要谈的就不是“是与非”的问题，而是“在这种情况下，你怎样做最恰当”。

所以我会建议小陶两种做法：

一、他装作不知道，把账单还给柜台，说：“那么一点，确实不用算了，也不用对尤总说我看过了。”

二、他可以把自己打长途电话和理发的账挑出来付掉，却又对尤总装作没事的样子。于是尤总知道小陶看过账单了，他知道尤总搞了什么鬼，但他是“明白人”，“心知肚明”，不点破。

于是尤总会暗自佩服小陶懂得做人，尤总心里有亏，觉得欠小陶三分，只怕小陶临上飞机，还会去买个古董花瓶送给小陶做纪念。

君子要成人之美

现在，我又要请问，你觉得小陶是懂得处世的人吗？

恐怕不是。

为什么？

你想想，如果小陶接受了尤总的邀请，去吃法国大餐，去看了三大男高音的演唱会，去了好玩的地方，尤总和他的属下，不是名正言顺地陪小陶应酬，他们又有必要自己跑去吃喝洗桑拿吗？

举个例子。

你是要人、贵宾，到法国去，法国当地的官员要请你看红磨坊歌舞表演，你说不想看，只想去看电影。

你做得对吗？

不错！你是为他省了钱，如果那是当地朋友自己掏腰包，你做得确实好。

但你怎不想想，不但是他要你看，其实也是他自己想看，公家出钱，与君同乐，何乐不为？你不去，岂非剥夺了他（甚至包括他属下）的机会？

同样的道理，小陶要尤总请吃手抓饭，而不去吃法国大餐，不是也剥夺了尤总和他属下吃大餐的机会了吗？

他们多想看三大男高音的演唱会呀！他们对印度舞的节目早已经会背了，他们也见到手抓饭就没了胃口，你小陶为什么这样“不通气”、不“与人为善”、不“成人之美”呢？

客随主便

我们常说“客随主便”，问题是，许多人以为为主人省钱省事就是客随主便，却没想到主人可能反而希望借机会“花钱费事”。

所以，你真要客随主便，就应该把一切都交到主人手里，你依“他的方便”或“他的盼望”行事，他当然会高兴。相反地，你想想，如果照小陶这样处世，甚至临走还把不属于自己开支的账指认出来，他再去，别人会欢迎吗？

有一天，他自己出来创业，要找尤总合作，事情又容易谈得成吗？

假考察，真旅游

处世不难，你只要从对方的角度想想，就可以知道应该走的方向。

他平常难得出国，今天他居然获得上面批准，用公费出国考察，由你安排行程。

你心想，他既然是出来考察，就把各公司、工厂、市场、研究单位、政府机关，都安排下去，让他把“该考察的”都考察到。他和他那一批团员是不是会非常高兴、十分感激你的细心？

抑或，他们嘴上虽然不得不说你安排得好，私下却恨你恨得牙痒痒？

你应该怎样安排，他们才会高兴？

很简单！你想想如果你是他，换作那是三十年前的你，你会希望怎样考察？

于是你只安排几个重点的单位参观，而且事先为他们准备好各种资料，他们只要大概看一看，回去就能写出不错的考察报告。

至于其他的时间呢？

当然是观光、购物、旅游……

你要想想，他们出国前已经接受了多少亲友的托付，买化妆品、照相机、名牌时装……他们对自己心爱的子女做了多少允诺：“爸爸（或妈妈）一定为你买×××……”

他们的行李箱里也可能装了几十卷底片，打算留下历史的镜头回去秀，你怎能不一一满足他呢？

你甚至应该把他没想到，或只敢偷偷想，却不敢说出口的东西主动提供给他。

哪个“年会”不夹带？

都是人哪！即使最讲究公私分明的美国人，也懂得“夹带”。

他们若是不搞夹带，何必总是在拉斯维加斯或奥兰多开各种“年会”？

何必要一大票人坐飞机去那沙漠中间的小城和佛罗里达州半岛的那一头开会？他们为什么不在芝加哥、华盛顿，多方便？

道理很简单——

他们要顺便去赌城，顺便去迪士尼、海洋世界和环球影城。

他们说得好听，可以携眷，顺便在会后游览。但是那“顺便”不是一种夹带吗？只怕原来不想去开会的人，只为了想可以顺便玩而去。在他心里，“顺便游览”比“开年会谈公事”还重要。你说，对不对？

刚直的人先死

孔子说：“邦有道，危言危行；邦无道，危行言孙。”

孔子不是腐儒，而是识时务的智者。智慧的人知道什么是“直”，但他也知道有时候“刚直”远不如“柔韧”，你几曾见过被大风吹倒的竹子？

竹子不是很直吗？它直而且韧，韧到利刃都不一定能砍断它，多么强的勇士，用多么利的刀剑，都不可能一次削平整片竹林。

在这个世界，每个地区、国家与民族，都有他们特有的状况，你不能用同一个准则去对待。那些自以为“理想主义”“完美主义”，一点没有弹性的人，不但不能改变那些环境，而且早早就会在那环境中消失。

《我不是教你诈》教你的不是邪，是直，但不是“暴虎冯河”的刚直，而是“在远处坚持你的原则，在近处迂回前进的方法”。

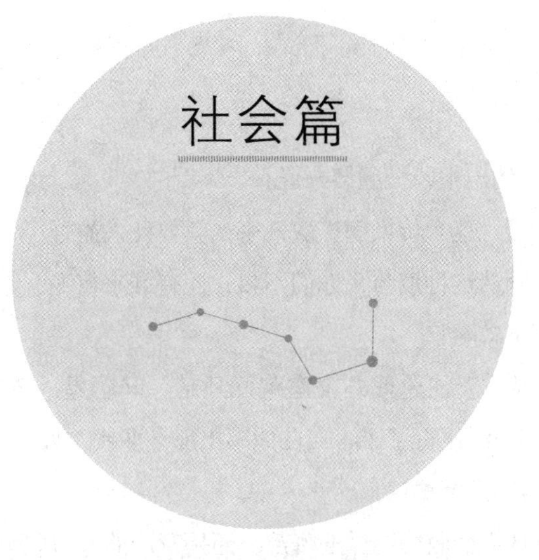

社会篇

不软弱、不屈服、不耍诈，而是要有人生的大智慧

疫苗丑闻

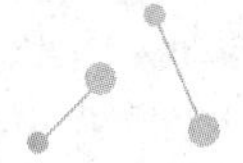

海外慈善机构的电报，一通接一通：

“你们再不支援，这个传染病扩散开来，就要死人盈野了！”

“只有你们能制造这种疫苗，你们不救，还有谁来救呢？”

“你们是见死不救啊！”

卫生部长急得一天往总理办公室跑好几趟。问题是，政府有政府的预算，这几年的财政赤字已经不得了了，实在拨不出那么多钱，去买疫苗支援海外啊！

倒是制造疫苗的厂商提议：

“我们有一批从市面收回的过期疫苗，还是管用的，可以免费提供。”

“真管用？”卫生部长问。

“当然管用！只是过了药瓶上印的有效日期。你想想，谁能说十二月份还有效的疫苗，一月份就坏了呢？”

大批疫苗空运到那个贫穷国家。甚至有十几位医生随机前往，为民众注射。

疫苗马上见效，没多久传染病就被消灭了。原来已经死寂的乡村，又处处见到活泼的孩子嬉戏。他们尤其喜欢去医疗站，跟里面的外国医生要糖吃。

除了糖，有个医生还拿了一把空药瓶，给孩子当玩具。

大新闻突然爆发了，这次爆发的不是疫病，是“丑闻”。

“那个有钱国家，真是为富不仁，居然拿过期疫苗给我们注射。”

药瓶的照片被登在报纸的第一版，药品有效期印得清清楚楚。算算注射的时间，可不是嘛！连小孩都算得出是“过期疫苗”。

“他们是拿我们做试验啊！”

“我们成了小白鼠！”

“打倒为富不仁、暗中害人的帝国主义！”

人民的怒火像野火燎原般蔓延开来，连国际舆论都发出了谴责。

罔顾友邦人民生命安全，有损国家形象，而做出错误决定的卫生部长，黯然下台了……

想一想

看完这个故事，你觉得卫生部长做错了吗？

他没错！若不是他送出疫苗，可能有许多人丧生。他确实是救了千千万万宝贵的生命。

那么，人民的反应错了吗？也没错！因为药瓶上写得明明白白，有效期已经过了。

没有人能说“那不是过期疫苗”。而拿过期疫苗给人注射当然不对！为什么不拿给他自己的人民注射呢？

他的人是人，我们的人就不是人？

以上所有的想法都没错，错的是可悲的人性，而且这人性非常难捉摸。

一个人可能穷凶极恶地冲进餐馆，大喊：“我要饿死了！不论什么东西，快点拿出来给我吃。”

然后，当他吃饱了，可能又骂：“东西难吃死了！”

一个人可能每天到外面绕来绕去，捡些别人扔出来的东西，拿回家用。

但是当他的有钱亲戚，送他几件旧家具的时候，他却断然拒绝，甚至当场翻脸。

妙的是，一些非常富有的人，却又可能跟朋友要小孩的旧衣服，你送他旧的书籍、玩具、录像带，他都欣然接受，一点也不觉得丢面子。

中华民族是节俭的民族，东西自己用不了，又舍不得扔，觉得暴殄天物是罪过，于是拿去送人。送什么人？常送不如自己的人。岂知这样做，稍稍不注意，就伤了情。

记得我有一年去大陆登山的时候，旅行团里的老人家，除了各买一支登山杖，还各雇一位“地陪”护送。

当几天的旅程结束，大家回到山脚。老人家心想，那昂贵的登山杖扔了可惜，带着又麻烦，就一起送给地陪。

惊人的画面出现了，地陪们大声吼着，冲到路边，把手杖狠狠扔进树林。

也曾有个学生对我说，当他参加完喜宴，把剩下的食物包回寝室，送给室友当消夜的时候，虽然一看就知道，都是宾客碰都没碰的好东西，他的室友却当场翻脸，把食物摔在地上。

举了这许多例子，真是吓得人不知该怎么送礼了。

其实说穿了，也不难。

送礼，有个原则，就是看对象。生活上短缺的朋友，你最好送他有实值的礼物；生活优裕的人，你可以送个有情趣的东西。送礼给前者，你的“姿态”要低，才不伤人；送礼给后者，你的“姿态”要平，才不显得谄媚。

我曾亲耳听到，一位富有的朋友，明明把自己的房子借给亲戚住，却十分客气地说：“谢谢你帮我照顾这房子。房子要是没人住，容易坏。”

我也亲眼见到，一位邻居在换窗子的时候，把还能用的旧空调送给了工人，却一面帮工人抬上车，一面说：“谢谢你帮我把东西处理掉，否则我真不知道怎么办。”

或许有人会说，这姿态未免太低。那么我也要告诉你：

送礼，就是表示敬意、表示礼貌、表示尊重。

对方是怎样的身份，你就要送怎样的礼。怎样的礼，也正可以表示受礼者在送礼者心中的分量。

相对地，有多少能力，送多少礼。如果你没有那个分量、那个心胸，就不要勉强自己。因为，如果送礼显示了你的“优越感”，或让对方感到“自卑”，也就失去了送礼的意义。

想想！

如果当初那送疫苗的国家，能在送之前，先很谦和地说："我们的预算不足，但有一批稍稍过期，还能用的疫苗可以救急，行不行？"

对方一定高兴还来不及。

如果那些登山的老人家，能换个方式对地陪说："我这登山杖，不用了，不知该放在哪儿，能不能请你帮个忙？"

对方一定会高兴地收下。

至于我那个学生，如果他先跟室友说："今天晚宴，东西实在太多了，端上来，又照样端下去，我包了一包回来吃，你也帮个忙，好不好？"

那室友八成欣然就食。

送者心安，受者心欢，不是两全其美的事吗？

记住：送礼是大学问，不但要送得"对"，而且要送得"巧"。

"实用"不等于"情意"，"价值"不等于"重量"。

你即使送东西帮助人，也一定要把对方的面子做足。

谁叫你不早说

从乡下的老房，搬进台北的高楼，小李真是兴奋极了。楼高十八层，小李住十七楼，站在阳台上，正好远眺市中心的十里红尘。唯一美中不足的，是小李那十几盆花。阳台朝北，不适合种。适合种的东侧，却只有窗，没阳台。

“何不钉个花架呢？什么都解决了！”有朋友建议，并介绍了专做花架的张老板给小李。

只是，自从订了花架，虽然还没钉上去，小李却一直做噩梦。梦见花架钉得不牢，花盆又重，突然垮了下去，直落十七层楼，正好掉到路人的头上，当场脑浆四溅……

小李满身冷汗地惊醒，走到窗前，把头伸出去往下看。深夜两点了，居然还人来人往，热闹非常。想想！这时候花架掉下去，都得砸死人。要是大白天出了事，还能不死一堆？

想到这儿，小李打了个寒噤。可是，花架已经订了，花盆又没处放，看样子，是非钉不可了。

钉花架的那天，小李特别请假，在家监工。

张老板果然是老手，十七层的高楼，他一脚就伸出窗外，四平八稳地骑在窗口。再叫徒弟把花架伸出去，从嘴里吐出钢钉往墙上钉。

张老板活像个变魔术的，不知道事先在嘴里含了多少钉子，只见他一伸手就是一支，也不晓得钉了多少。突然跳进窗内：

“成了，你可以放花盆了。”

“这么快！够结实吗？花盆很重的！”小李不放心地问。

“笑话！我们三个大人站上去跳，都撑得住，保证二十年不成问题，出了问题找我。”张老板豪爽地拍拍胸口。

“这可是你说的。”小李马上找了张纸，又递了支笔给张老板，“麻烦你写下来，签个名。”

“什么？还要……”张老板好像不相信自己的耳朵。可是，看小李满脸严肃的样子，又不好不写，正犹豫，小李说话了：

“如果你不敢写，就表示不结实。这要掉下去，可是人命关天，不结实的东西，我是不敢收的。”

“好！我写我写。”张老板勉强写了保证书，搁下笔，对徒弟一瞪眼：“把家伙拿出来，出去！再多钉几根长钉子，出了事，咱可就吃不完兜着走了。”

说完，师徒二人又足足忙了半个多钟头，检查再检查，才气喘吁吁地离去。

想一想

这是个发生在台北的真实故事，只是后来，故事的主角小李对我说，他还是放心不下，而一直想，会不会张老板起先只是马马虎虎地钉，直到发现他要签保证书，才出去补救。

“我怕他先钉的钉子根本不够长，可是能钉的地方已经钉满了，后来虽然要补大钉子，却没什么地方能补下去，因此，用了那么多时间。”小李对我说，“如果我在他钉之前，先讲明要他写保证书，事情恐怕就好得多了！”

他的这句话，可以说“正中要害”，也是我这篇文章要讨论的重心。

记得我有一次叫工人送印好的新书来，书很多，堆了一摞又一摞。因为堆得不很整齐，我特别请工人别堆太高，免得地震时倒下来伤人。

几千本书总算堆完了，我看工人忙得汗流浃背，除了运费，还额外给了他不少小费。

看到小费，他怔了一下，很不好意思地说：

“哎呀！早知道你要给我小费，应该特别给你堆整齐一点。”

说着，居然就跑到书堆前，东推一下，西推一下。问题是，已经堆完了，再推也没用。

这件事，让我得到个教训——

在中国，一般没有给小费的习惯，所以给小费或任何好处，最好先讲明。有处罚和原则，也应该事先说好。前者是“好话说在先”，后者是“丑话说在先”。

人性是很妙的，基本上，对于负面的事我们会假设：即使我做得不够好，对方也可能看不见；就算看见了，也可能放一马。

对于正面的事，我们也会假设：即使我做得好，对方也可能看不见；就算看见了，也八成不会给额外的奖赏，而认为这是当然。

在这个基础上，一般人做事，是不会太好，也不会太坏的。如果你希望非常好，或不至于“有一点点坏”，最好的办法，就是事先“摆明了”。

举两个最普通的例子来说：

如果你带了不少怕摔又笨重的行李到旅馆。明明小费是要最后给的，但是，你可以在到旅馆，才下车的时候，就对运行李的人说：

“麻烦你小心一点运，等下我会好好谢你。”

我曾经参加一个旅行团，团里有对老夫妇，每次住旅馆，都被分配到“窗外景观最好”的房间。当十几天的旅行结束时，我开玩笑地问：“你们一定是事先就告诉领队会给他很多小费吧！所以运气总能那么好。”

岂知老先生一笑：

“我们没说，否则是‘期约行贿’。但是，我们让他感觉到了！”

“感觉到？”

“对！”老先生神秘地说，“教你一招，你可以在旅行才开始，就当着领队和导游的面，给餐馆服务生或司机小费。那些人明明是不必给小费的，你却给，而且给得大方，他们看在心里，就受用了！”

可不是嘛，当一个人预期，甚至确定你会给予额外的奖励时，当然会努力地表现。这对老夫妇的暗示法，诚然是极高的艺术。

说到这儿，我也要举个相反的例子，就是当对方根本不预期你的奖赏，甚至报酬时，所产生的问题。

最常见的例子是，我们往往发现，请亲戚帮忙做的事，不但不见得最好，还可能最差。同样地，我们帮亲戚做事，也常并不把事情摆在最优先。

原因很简单：

第一，是亲戚，就算做坏了，也还是亲戚。

第二，是亲戚，不好拿报酬，就算给，也不好意思收。

问题是，人性基本上是相互的，当你有了以上的两点假设，怎么可能产生最好的效果？能及时交件，表现平平，已经不错了。

于是，我们经常会看见这样的事：

某人请亲戚帮忙做事，拖拖拉拉、马马虎虎完成之后，某人很客气地照样付钱，亲戚先推，某人硬给，说："哪儿能白做？一定要收。"

最后，亲戚收下了，某人则在背后大骂：

"什么亲戚嘛！又贵又差。"

他岂知，说不定那亲戚也正后悔呢：

"早知道会硬给我钱，而且一文不少，当初应该好好帮他做！"

这种情况，中国人的社会最常发生。我们要好好检讨：原则、酬劳、赏罚，是不是应该跟人情分开来？所谓"情归情，理归理"，好话丑话都说在前面。

该讲明的事，如果都能早早讲明，事情会完满得多！

一猜就是你

“不错吧？”小陈打开车窗，让穿过相思林的清风吹进来。

车子爬得更高了，山下的景色从树梢浮现。晚霞逐渐变暗，点点的灯火开始闪烁。

“你怎么知道这里的？”小静突然转过脸。

小陈的心一震，幸亏有准备，从口袋里掏出一张饭店的简介递过去。

这简介还是一年前顺手拿的，原本打算介绍给朋友，没想到现在派上了用场。

那时小陈是这里的常客，总在暮色中带着前女友，来到这山头的旅馆。

旅馆顶楼是餐厅，有钢琴和小提琴的演奏。更棒的是那落地大玻璃窗，正对着远处台北的十里红尘和一湾如带的淡水河。

为了谈情，他们总选在距钢琴最远的一个窗边的座位，看天上与地下的星海一起闪烁。

只是相爱容易相处难，约会愈多，问题也愈多，原来都打算订婚了，却为一点小事闹翻。

闹翻也好，不跟那个吹，也没机会追今天的小静。

旅馆在眼前了，小陈故意东张西望，找到那个熟得不能再熟的停车场。停妥车，跳下来为小静开门。

这种动作，他以前是不会做的。但是，今天不同了，面对小静这样的公主，他必须好好表现。他决定把她追到手，娶她进家门，也“娶下”自己工作的这个公司。

他在前面跑，左看看、右看看地找出口。再把电梯门按着，让小静走进去。

“应该是顶楼。”他按了最高的一个钮。

“是透明电梯！”当电梯升出地面，小静兴奋地叫了出来，“你看，我们好像飞过树林。我从来不知道，台北的夜景这么美。”

“是啊！是啊！”他也兴奋地喊着，想到以前的那位，起初也是这么兴奋。他暗暗告诉自己：要好好把握这个成功的开始。

走出电梯。一年没来，还是老样子。柔柔的壁灯照着深红的地毯，伸展到餐厅的入口。

乐声依旧，钢琴和小提琴正奏出他最爱的那首曲子。

经理迎过来，也是熟人。他心想：糟了！赶快使个眼色。

眉头一扬、一笑。经理客气地招呼：

“小姐、先生请进！有没有订位？”

他摇摇头。经理又一笑，带他走到窗边的“老位子”。

“好棒啊！这个位子。”他笑着说，看看小静，“对不对？景色又美，音乐又不会太大声。”

“是啊！”小静望着窗外。看得出，这可爱的女生已经陶醉。

“这是我们敬二位的。”经理居然亲自端来两杯香槟。

他笑着接过，知道这是对“老顾客”的优待：“谢谢！谢谢！还麻烦您推荐个拿手菜。东西好，我们以后会常来。”

他心想，以后每个礼拜，又要来这儿报到了。说不定有一天，还会在这儿开订婚派对呢！

汤端上来了。先给小静，再放在他面前。

“这，这不是陈副理吗？”端汤的小姐突然叫了起来。小陈抬头，迎上个熟面孔。

“老位子、吃老东西，一猜就是你。”那小姐高兴地喊，又一转头，惊讶地说，“咦！赵小姐呢？”

想一想

写完这个故事，让我想起多年前做记者时的一段趣事：

有一阵子台湾的性病十分泛滥，某大医院特别为此举行了一个记者会。

主持会议的是著名的泌尿科主任，他细细分析了当时性病泛滥的原因，也对社会发出防治的呼吁。

记者会后，一群跟他熟识的记者一起拥进他的办公室聊天。

“跟您认识真不错，哪天，要是我们中了标，就可以偷偷找您解决了！”有记者开玩笑说。

“那当然！那当然！”主任豪爽地答应。

“不过您可得为我们保密哟！”一位记者又说。

“哎呀！这个你放心！”主任手一挥，“连××署的×署长都找我看。”

记得当时大家都笑弯了腰。只是而今想起来，真为那位主任捏把冷汗。他岂知如果换在美国，他很可能因此被告，搞不好还被吊销行医的执照。

我在前面说这两个故事的目的，是为讨论“工作伦理”中的“职业道德”。

医师有医师的职业道德，他不能把病人的隐私泄露出去；律师有律师的职业道德，即使他的委托人告诉他犯罪的事实，他也要守密。

同样，银行职员不能随便透露顾客的财务状况；餐旅业的员工不该“问”或“说”与他工作不相干的问题；计程车的司机，不能因为下一位乘客好奇地问：“刚才那位下车的小姐，是从什么地方上车的？”就很豪爽地说：“哦！从××路的××宾馆上车。”

或有人要讲，这有什么不可以？他们说的都是实情，讲的都是真话。

但也要知道，那些真话说出来，却违反了职业道德。而这些职业道德，都是人类社会经过长久摸索，才找出的伦理、原则、行规，当你违反了它，常会造成进步的阻碍。

举个例子：

美国联邦政府曾经下令，不准学校把非法移民子女的资料提供给移民局。原因是，移民局虽然可以因此而轻松地抓到非法移民，并递解出境，却也因此造成非法移民不敢把孩子送进学校。

于是，孩子失去受教育的机会，造成对孩子的伤害，也造成社会问题。

同样的道理，让我们想想——

如果人们不信任医生能为他守密，自然讳疾忌医，病情加重，甚至因而造成泛滥。

如果人们不信任国税局，怕税务人员把自己高所得的资料公布，而被黑道勒索，就可能逃税。

如果教友不信任神父能保守秘密，有谁敢去“告解”？

如果人们不信任银行，不敢把钱存进去，银行又怎么经营？

如果人们不信任律师，连自己涉案的实情都不对律师说，这案子又怎么处理？

难道回复到以前“拉下去！打五十大板，看他招不招？”的时代吗？

什么叫民主？

民主的第一原则，是每个人要自守分际，在自己有“说话的自由”时，也知道不可因自己的自由，影响到别人的自由和权益。

进一步，管束自己属下遵守职业道德，也是做主管的职责。

护士不可泄露病人的秘密，法律助理不可泄露客户的秘密，商业秘书不可透漏老板往来的秘密，都是当然的事。

泄露了怎么办？

主管负责！只怪你教导不周、用人不善，连这点基本的职业道德都不能教属下遵守，又怎么成大事？

所以，前面故事中的女侍固然多嘴，但她的经理也难辞其咎。

谈到用人，让我们看下一个故事。

免费咖啡厅

“不得了！不得了！一楼要开店了！”

“太不像话了！明明讲好是纯住宅大楼，怎么能做生意呢？”

“快点召开管理委员会，叫那商店不准开张。”

管理委员立刻举行了紧急会议，连平常不太露面的几个人物也到了。这是黄金地段的名宅，岂容得乱搞？

一楼商家的尤老板乖乖到场，卑躬屈膝地频频向委员们致歉。

“道歉管什么用？你违反规定，就立刻关门！而且把你自己开的那个门重新封起来。你难道不知道，这是擅自变造外观，是违法的吗？”主任委员义正词严地说。

“是的！是的！都是我不对。”尤老板猛哈腰，“怪我没先看清住户公约，就买了一楼。但是，各位，你们许多都是大老板，相信也一定能谅解生意人的苦处。我虽然开了个门，但是各位必然看得出，那门是非常讲究的，绝对不会破坏大楼的颜面，看起来跟住家一样。”

“笑话！你挂了招牌，怎么会像住家？”有委员骂。

“哦！招牌，招牌我立刻拆，我们只是个办公室嘛！也不堆货，也不停机车，朝九晚五准时上下班，连访客都不多。拜托！拜托！”对大家拱拱手，“各位给我一个月，大家看看，我们像不像个住家？”他狠狠拍了一下自己脑袋，“都怪我挂了招牌，不然只怕半年下来，各位都不会觉得我们是办公室。”

委员们开始议论纷纷——

“那门确实做得不错！”

“要是真能不挂招牌，就让他试试。”

尤老板又堆上笑脸：“对了！我们有三台影印机，如果各位有什么要印，请随时下楼，就像自己家一样，全部免费。”

不久，就见大楼里的太太、小姐、孩子，一个个往那“办公室”里钻，孩子们还总笑嘻嘻地拿着糖果和铅笔跑出来。

尤老板也有时坐在管理员旁边，跟每位进出的住户打招呼：“欢迎到我们公司影印。不要钱，自己人嘛！”

夏天，“办公室”旁边伸出了一个大大的通风管，有人抗议，那管子立刻缩小了些，大家也渐渐看顺眼。

“也难怪他，原来的窗型冷气机太小，我上次去影印，都快热死了。”连主任委员的太太都这么说。

尤老板的公关是更进步了，不但免费影印，还有免费咖啡，甚至特别买了一组欧式沙发，请大家聊天喝咖啡。有时候，“来访”的住户多，还不得不站着等，等前一组人喝完了，再入座。

为此，尤老板又进了两套沙发。煮咖啡的机器，也换了更新式的。居然还会做 Cappuccino（一种意大利咖啡），香极了。

“这是我朋友，听说你的咖啡香，特别慕名而来。所以他的咖啡，你不能请，我们一定要付钱！”有住户坚持。

“哪儿的话？您朋友的钱，我不能收。外面不认识的，还差不多。”尤老板硬把钱推回去。

尤老板对“外面人”确实不客气。非但收钱，而且不便宜。想想也是当然，寸土寸金的大楼里，移走好多办公桌，又买那么高级的桌椅，当然得卖贵点儿。

偏偏人还愈来愈多，害得尤老板不得不把地下室拿来招待客人。

“总不能不上班嘛！对不对？”尤老板对大楼里的熟朋友摊摊手、耸耸肩，“来来来！我新弄到一瓶三十年的好酒，请大家品品。”

好酒配好菜，太过瘾了！

好菜是小厨房里新炒的。

转眼距尤老板办公室开张已经三年了。

三年，交了不少朋友，也多了不少客户。

夜深人静的时候，常见些高贵人士，匆匆赶来，又成双成对地跳上车。

住户换了不少，据说许多人是赔钱卖的。那些新来的住户，常彼此探询："到底怎么回事？这么高级的大楼，怎会容许楼下有这种营业？"

想一想

确实，这么高级的大楼，又有那么多当初强力反对的管理委员，怎会弄到这步田地？

道理很简单：

因为碰到一个更高明的尤老板。他既懂得蚕食、分化，又懂得腐化。

他知道如果一下子露出尾巴，挂起酒廊的招牌，一定立刻被封杀。他甚至知道不能突然装个冷气的通风管。

他也知道人们是贪小利的。那些乍看不顺眼的东西，看久了，就能变得熟视无睹。

于是，他设计好，一步一步来。即使有一天，他不想做了，把一楼和地下室当做可营业的店面脱手，也会比原来买"一楼住户"的价钱高得多。

设计好，一步步来，这是每个国家、个人，甚至生物都懂的道理。

在公有林地旁边种水果的人，知道怎么偷偷把公家的树皮剥掉，让树慢慢枯死，不再遮住他果园的阳光。

在小巷里盖违建的人，知道怎么先放张桌椅，挡块布。再把布换成塑料，塑料换成夹板。然后，从一面墙变成两面墙，从遮雨篷变成石棉瓦。

电影商明知道规定不准“露三点”，他偏用露出胸部的镜头送审。一次不过，两次不过，只要有一天，居然审查机关放了一马，从此，就表示这尺度被放宽。

孩子们明知道，父母规定晚上十点钟以前一定要回家，偏偏就拖过十点，一次骂、两次骂，只要有一天，父母不再骂，就表示这规定放宽了。

所有的禁忌、规定、尺度、原则都可以用“慢慢偷渡”的方式来打破。

只要你不干涉，就是默许；只要你没察觉，他就得到既有的利益；只要他稳住这一步，就开始下一步。

于是蚕食的最后，成了鲸吞。

正因此，你会发现两国之间，常为了一个不起眼的小岛或一个小小的政治动作，而大张旗鼓地讨伐，这讨伐的目的，是用“小题大做”来避免“小事变大”。

你也会发现，球员在篮球场上，常为是否“走步违例”或是否“带球撞人”之类的事，跟裁判争。

谁都知道，裁判既然判了，就很少会改。但是，如果你仔细观察，常发现，在球员抗议之后，裁判多少会比较小心，甚至突然变得对“相对的”那方判得较严，好像有意表示自己公正，或“还你一个公道”。

做生意也是如此。记得我某日去拜访一位商界的朋友。

我们正聊天，他的职员突然进来报告，说：“明天是月结日，可是有一位厂商，今天急着要跟我们进货，希望算下个月的账。行不行？”

“不行！”我的朋友斩钉截铁地说，“告诉他，如果你答应他，你今天就走路了！”（“走路”也就是会被开革的意思。）

“只差一天，何必说得那么绝？”我笑道。

“只差一天，他何不等明天叫货，而非要今天送？”我的朋友答，“今天他要求你让一天，明天要求你让两天。到后来，这生意还怎么做？”

我非常欣赏他的这几句话，尤其是他说：

“防微杜渐，既为我好，也为他好。”

万里寻画记

“杨教授！我现在在美国乡下，告诉您个消息，我无意中发现，有个美国老太婆，家里挂了两幅张大千的画，都是四尺全开，老太婆不知道张大千是谁，我也不敢打草惊蛇……”小廖在长途电话那头喊。

“四尺全开？”

“是啊！而且是青绿泼墨！”

“怎么会落在那洋老太婆手上？”

“我也不晓得，听说张大千五十多岁的时候，在这儿待过一阵子，老太婆说是她先生留下的，没您过目，我也不敢买……”

放下电话，又拿起电话，向学校请假。

杨教授第二天就上了飞机。

小廖的话没错，放眼当今画坛，除了杨教授，没人有百分之百的把握鉴定张大千画作的真伪。他甚至凭感觉，就能分出真假。

靠这本事，杨教授真还赚了不少钱，好些别人没把握的画，他瞄一眼，扔下银子，隔天一转手，就是两倍。

“四尺全开？”杨教授闭着眼，笑了。虽然坐头等舱，椅子能躺下，十七个小时，他却一直没睡着。想到那一张画值二十万美金，两张四十万，杨教授心就怦怦跳。

从纽约转华盛顿，又换小飞机，到那弗吉尼亚的小城，已经是二十八个小时之后了。

“不用休息！”杨教授对小廖挥挥手，“我台北的事忙，马上就得赶回去。”

小廖也便不敢迟疑，匆匆跳上车。

车子往乡下开。暮冬了，一大片、一大片的白和灰灰黄黄的枯树与芦草。

进入树林，又通过一段滑溜溜的路面，停在一个老旧的大房子前。

房檐都歪了，积雪凝成一条条冰柱。石阶上的雪没清，两个人小心地扶着栏杆往上爬。

按铃半天，才见个枯枯干干的老太婆来开门。也没说话，转身往里走。又举起颤巍巍的手："你们自己看，全不要了，都能卖，桌子最值钱，灯也不错……"

"她要搬到老人院去了。"小廖在杨教授耳边说。

两人也就摸摸桌子、看看台灯，杨教授还故意摘下眼镜，扒到前面，用手指弹了弹灯座："纯铜的！"一面偷偷端详墙上的那两张画。

张大千要是知道，这么好的画，挂成这样子，八成会气死。连裱褙都没有，皱巴巴的，放在两个不起眼的黑框子里。

杨教授小心地绕过沙发，从火炉上的小摆设开始看，再"不小心"地看到那两张"巨作"。转过身，歪着头问：

"这画是谁的？中国画！"

"对！中国画，不知谁画的，挂好久了。"老太婆说。

"嗯！"杨教授又转去屋角看墙上的镜子，"这镜子卖不卖？"

"卖！八十块！"

"哦！"没回头，随意指指张大千的画，"那两张画呢？"

"一张三万，一共六万。"

"什么？这么贵？"杨教授叫了起来，"又不是什么名家。"

"可是是我先生留下来的。他说是好画。你愿意就买，不然我自己留着。"老太太抖着手，往火炉里扔旧报纸，火焰一下跳动起来，飞出好多黑灰。

"不便宜！"杨教授低声对小廖说。

"我也没想到。会不会她知道谁是张大千了？"

"倒是真的大千。"

"您没细看，怎么确定？我可没把握哟！"小廖紧张兮兮地说。

“我说的，没问题！”

“那当然！那当然！但是我最近手头紧，您要，您就拿吧！”

杨教授突然转身，面无表情地对老太婆竖起两根手指：

“一张一万，一共两万。”

老太婆也面无表情：“六万，少一块钱也不卖。”

杨教授掏出了支票。小廖则去摘下画，又把画从框子里拿出来。“您要不要再看看？”小廖还不放心地问。

“不用了！”把画接过，塞进随身准备好的长塑料筒里。

外面又飘起霏霏的雪花。

杨教授却觉得十分温暖，且在上飞机前，塞了一万块钱给小廖：

“谢谢你了！等我卖了，还会谢你。”

“只要您看得准，这好画应该由您得。”

“没问题！”

杨教授又一路没能好睡，想到一转手，就是四十万，足赚三十多万，才不过四天时间！

只是才回家，杨教授就病倒，住进了医院。

神志昏迷中，他还不断喃喃地说：

“明明是新造的假画，我怎么没看出来呢？”

想一想

是谁骗了杨教授？

是小廖和那老太婆吗？由小廖先去找高手，伪造两幅张大千的画，再找个乡下的老太婆，“扮猪吃老虎”地让这位“权威”阴沟里翻船。对不对？

可是，小廖不是再三提醒杨教授，说自己没把握，要他多看看，连上飞机前，都说“只要您看得准……”，而杨教授不也回答“没问题”吗？至于那老太婆，更是从头到尾，也没说那是张大千的作品哪！

所以，我们真正能说的是——

杨教授把他自己骗了。

他先以为一个乡下的老太婆，不识货，也不可能搞鬼，而放松了戒备。又因为经过二十八小时的旅途，而精神不济。加上屋内的灯光昏暗，伪制的功夫不差，且皱皱地装在框子里，自然容易看走眼。

更重要的原因，是他要装作不在意的样子，免得引起老太婆的疑心。所以，从头到尾，他根本没好好把那两张画瞄上几眼。

你怎么不说，是杨教授想骗老太婆呢？

如果老太婆卖的真是价值四十万美金的“大千真迹”，而杨教授只付了六万，岂不是在小廖和杨教授的联手下，使可怜的老太婆吃了大亏吗？

杨教授简直是跨海行骗的“国际大骗子”啊！

如此说来，杨教授是“偷鸡不着蚀把米”，他又有什么好怨的？

在香港流传一个故事：

某人逛鸟店，发现一个破旧的鸟笼，里面的鸟虽然普通，那鸟喝的“水皿”却是值钱的古董，于是假装要买那只鸟。

鸟价开出来，某人吓一跳，心想：一只小鸟怎会值这么多钱？明明是敲竹杠。可是他也暗自兴奋，心想单单这水皿，就值几万港币，于是掏钱买了下来。

只是店主接过钱，立刻拿了个新的水皿，换下那个“宝贝”。

“没关系！没关系！旧一点没关系！”某人赶快阻止。

“您没关系，我可有关系啊！”鸟店老板笑道，“这是明代官窑，值好几万。我的生意，全靠这家传的好东西啊！”

见猎心喜，却又因为心喜过度，而丧失了原有的判断力。这是每个人都有的毛病。

我们总是希望别人没自己聪明，而在下棋时，希望对方不要看出我们的弱点。如果对方真没看出来，而走了另一步时，我们则暗自心喜。

岂知，如果对方是高手，他也可能正设下这个陷阱，让我们把注意力放在上面，而忽略自己另一个更大的弱点。

常听买房子的人说："最好找没有掮客的屋主，可以省下一笔佣金。"也常听卖房子的人说："最好自己卖，于是买主省下的佣金，可以加在房价上。"

这两方面的说法，已经十足表现了其中的矛盾。

他们都以为对方是傻子。实际上，愈是这种不找掮客"带看"，而宁愿自己出马的人，愈是精明的人物。相反地，如果你找了掮客，他能带你看很多房子，使你有个比较；又能拿许多别人卖房的资料给买主看，让他知道"天高地厚"，常常反而能有较合理的交易。

谈到交易，请看下一个经常发生的实例。

五折大采购

经过威尼斯、比萨、佛罗伦萨和许多叫不出名字的小城，一团人终于到了罗马。

看到高速公路上出现“罗马”的大字，几位太太都兴奋地叫了起来。

她们倒不是想看闻名世界的竞技场、万神殿和梵蒂冈。一路上已经不知看了多少竞技场、神殿和教堂。一位太太说得好:“都是大同小异嘛！”

她们的兴奋，是因为终于可以买东西了。

“大城市最便宜，这是当然的！”几个太太私下交头接耳说，“竞争大嘛！运输又方便，而且仿冒抓得严，很少有假货。”

男人们也都早授权自己的老婆，可以下手采购了。他们的道理很简单:“免得早早买了，害我们提行李。不如等到最后一站，隔天上飞机，多方便！”

刚进旅馆办理入住手续，几个太太就在大厅集合。导游正坐着抽烟，笑吟吟地问:“到哪儿去啊？”

“买东西！”

“哦！对面百货公司就有，价钱公道。”导游指指门外。

“别听他的！没安好心。在这热闹的大马路上，怎么可能便宜？八成有他好处。”有位太太小声说。

“是啊！想想那店面租金就得多少，全算在了顾客身上。”“咱们还是找那巷子里的，一定便宜。”另外两位附和着。

躲过导游的眼神，几个太太像做贼似的溜出旅馆。

匆匆穿过马路，视若无睹地冲过那家百货公司，又经过几家挂着 GUCCI（古驰）、BALLY（巴利）金字招牌的专卖店，终于看到一个小巷子，里面传来叮叮当当的音乐声。

巷子里还真有不少商店，不但在橱窗上挂着 SALE（大减价）的大牌子，还写着日文。

“这家有中文！”一位太太叫了起来。可不是吗？还写着折扣、免税的字样。

一票人全冲了进去。

店主是意大利人，却鞠着九十度的躬，说了一大串日文。

“我们是中国人！”

“哦！中国人。欢迎！欢迎！很好！很好！便宜！免税。”店主开始跑前跑后地重复这几句中国话，一碰到有人指着东西问，就举起五个手指：“五折！五折！”

“咱们真来对地方了！”几个太太大包小包地走出门，彼此庆贺地说。

“是啊！真没想到，不到一个钟头，全搞定了。”

“你买了什么？”

“我先生的皮夹克、我的两双鞋，还给女儿买了两条长裙，漂亮极了！”

“我买了五个皮包。”伸伸舌头，拉开手提袋的一角，“看看！还买了一堆小钱包，不贵！一个才合二十块美金。”

又经过那家百货公司。

“嘿！那不是你买的小钱包吗？”有位太太指着橱窗问，“只怕要四十块一个吧！”

“恐怕都不止，看他怎么写？”

有人凑上去看上面的英文，一个字、一个字地翻译：“凡购物超过……元……赠送真皮……小钱包……”

“什么？”大家都冲了过去。

橱窗里全是名牌的东西，跟她们买的一模一样。

“价钱？”

“好像不对！怎么比那家便宜得多？”

想一想

我家门前有两排杜鹃花。

到了夏天，常有蜘蛛“横跨过”中间的走道，织起特大的网，稍不小心，走过去，就弄得一脸蜘蛛丝。

我常观察那些蜘蛛。发现同一种蜘蛛，有些喜欢在开阔的地方，织大网；有些专挑小角落，织个简简单单的小网。

织大网的蜘蛛，捕获猎物的机会也多，网上常挂满各种昆虫，不过大概也因为吃得太饱，它常放着猎物，不去理睬。

相反地，那小网虽难得有收获，但是只要小虫一入网，那蜘蛛就像饿虎扑羊似的冲过去。

人也一样，有人喜欢大场面，有人偏爱小格局。卖牛肉面的，不一定比卖鱼翅的赚得少；摆小摊子的，不见得比开大店的寒酸。

无可否认，在小街小巷的店面，房租要比大马路上便宜许多，东西也可能较廉价。但也无可否认，那些小巷里门可罗雀的餐馆，东西八成不如宾客如云的大餐馆来得新鲜。

同样的道理，如果一个大公司，顾客非常多，他可以用较便宜的价钱，向厂商大批进货。由于他是大买主，制造商也一定会特别买账。缺货时，大买家先得；货多时，大买家可以“切货”。

所以，当这种大商店减价时，常能低到小店“瞪眼”的地步。

我们更要了解一件事，就是人性。

既然有“以为小角落就比较安全的蚊子”，也就有“专在小角落下网的蜘蛛”。凭什么只能你聪明，别人就不能对准你心理的弱点呢？

如果他是“三年不开张，开张吃三年”，好不容易有你这条肥虫上网，就更会好好“吃”你了。

所以，你可以放心自己家门边的小店，认定他比较便宜（因为他今天骗了你，明天你再也不上门，甚至可以到四邻去告他），却绝不可相信旅游区，尤其是异国的商家，免得被他们“连肉带骨”地吃掉。

记得十八年前，刚到美国的时候，有一天我由纽约的皇后区，要去邻州的纽瓦克机场，特别翻中文报纸，打电话，找了一家中国人办的“机场接送”。

坐在车上，我高兴地问司机：

“那些洋人的计程车，跑这么一趟，一定贵得多吧？”

他一笑：“不！他们比较便宜。”

我不敢相信自己的耳朵，请他再说一遍。

他又轻松地笑笑：“满街都是他们的计程车，当然比较便宜。满街车子你不叫，偏叫我们的车，通常都是因为不会讲英语，这是特别服务，当然比较贵。”

虽然现在因为华人增多，情况有了改变，但我还常想起这一幕，佩服那位司机的诚实，也咀嚼其中的道理。

现在把这道理告诉您，也请您咀嚼！

好个豪爽的大汉

“醒醒！醒醒！”太太把小郭摇醒，“外面好像有动静。”

“什么动静？”小郭坐起来听，“没什么啊！下雨的声音嘛！”

“不对！我觉得外面有人。”太太居然先溜下了床。

小郭赶快也跳下来，轻手轻脚地走到门边，把耳朵贴在门上。

“是水声，你忘了关水龙头？”说着拉开门，才把脚探出去，就吓得缩了回来。

满地都是水，还一股股地由书房往客厅流。

冲进书房，就更惨了。两条水柱从日式的天花板上往下淌，书桌、书架全泡水了。

第二天一早，小郭就急着拨“屋漏专家”的电话，但不是没人接，就是没空。尤其听说是瓦顶，更没几家有兴趣，一路照着电话簿上的号码拨，拨了二十几家，只有三家说来看看。

最先来的是个白脸的年轻人，慢腾腾地从车里拉出梯子，搭在房檐上，嘴里叼着烟，爬上去。伸出两根手指，翻起边上一块瓦，往里瞧两眼，就下来了。

靠着梯子继续吸烟，吸完，把烟屁股一甩，手挥了挥：“全烂了！这一大片，连瓦带木头，都得换。”又歪头想了想，“十万块，我包！”

郭太太倒抽一口气：“什么？一点漏，要十万块？”敷衍了两句，跟着打电话给丈夫：“一个不学无术的年轻人，胡乱开价，我把他打发了。”

接着来了一位老阿公，腰都弯了，爬梯子的样儿像只老猴子。

老猴子居然上去了，走过来、走过去，又东敲敲、西敲敲，郭太太直捏冷汗，怕老猴子摔下来。

一边喘气、一边摇头，老阿公从车里拿出个本子，填了些数字，又在旁边算了半天，说：

“我自己给你做，最少要九万，因为瓦下面的木板和油毛毡都烂了，不换不行。”又把那张估价单交给郭太太，“要做就早告诉我，还得去买材料。”

老阿公走了，郭太太拿着估价单，左看、右看，看不懂，除了扭来扭去的数字，还有一堆日文符号。

“这老家伙，要的大概是日本价钱。奇贵。”小郭下班回来说。

“是啊！而且那么老了，自己都该被修理了。”太太笑笑。

正笑着，门铃响了，是个大汉，从屋里就见个光亮亮的脑袋，由门缝透出来。

幸亏夏天黑得晚，大汉又高，趁着灰灰的暮色，只爬到梯子一半，往屋顶上摸了摸。又跳下来，到房子另一侧，站在地上张望一下。

“别人说得也不错！”大汉倒爽直，“不过，他们有点夸张，虽然有些烂掉的地方，补补就成了。对吧？”大汉咧嘴一笑，“大家都改建了，相信你们也不打算再住三十年，所以能维持个七八年，也够本了，对不对？”

“对！对！对！”小郭两口子，异口同声地附和。

“给这个数吧！算结个缘！”大汉伸出大大的巴掌。

小郭立刻下了订金，还拍了拍大汉：“你这个朋友，交定了！”

性情中人，果然不同。第二天，两口子还在睡觉，突然被外面啪啦啪啦的声音吵醒。原来大汉已经爬上去拆瓦了。

“给他买份早点，中午再买个便当。”小郭出门，还叮嘱老婆，“照他这么快，大概一天就弄完了。”

只是下班到家，半边瓦都拆了，却是太太和大汉俩人，正站在院子里发呆。

“我们正等您呢！”大汉热情地迎上前，又把梯子扶好，请小郭爬上去，在下面喊：

“郭先生，您看看！有白蚁！这下头木板全烂了。”

“我也看过了！”太太在下面说。

把小郭扶下梯子，大汉叹了口气：“不换，也能勉强对付，只是我怕瓦重，哪天垮了，伤到人。”

小郭沉吟一阵，抬起脸：“如果换，要多少钱呢？”

“交个朋友，我不打算赚您一文，就给个材料费，加上我找助手的工钱。”大汉又伸出他的巨灵掌，翻了那么一下，“您再加个……”

“五万？”

“您这是跟我开玩笑了！”大汉哈哈笑了起来，“就加个十万，一共十五万，算结个缘吧！”

想一想

你猜小郭做了没有？

他能不做吗？屋瓦已经掀了，下面烂掉的木板也摊在那儿。大汉没说假话，有眼睛的人，都见得到啊！谁敢冒被压死的危险，而不去修呢？

你猜大汉是不是起初确实没有看出来？还是他先装傻，或者“轻报病情”，等你让他“开刀”，把肚子剖开来，才大叹一口气，说“小手术要变大手术了”？

答案，请你自己想。但我必须强调，这世界上有些人是开“合理标”，有些人是开“最低标”。

开“合理标”的人，先算好大约应该需要的工本费和利润，来投标的人要价过高，他固然不取。如果报价太低，他也不取。道理是——那么低的价钱，不可能做得好。

至于开“最低标”的，则是只要东西看起来差不多，谁算得便宜，就买谁的。岂知生意人往往看准这一点，先以最低价抢下这笔生意，再一步步要你追加预算。

“对不起！物价上涨了。”

“对不起！碰到流沙层了！”

“对不起！我这样做，一定自己先倒，我做不下去了。”

碰到这种状况，你是要拿“约”修理他，还是跟他妥协？何况许多民间的交易，像小郭的屋顶，根本没有什么“约”。

当法律放假的时候

“那个女人没戴胸罩！”珍妮在保罗耳边大声喊着。

“有什么稀奇？你看看里面的那个。”保罗指着一个大凤梨样子的花车，喊了出来，“三点全露！”

“奇怪！警察为什么不取缔呢？”

“警察也参加了游行，只怕里面有些打扮成海盗的，就是警察。”

起初，新闻报道说今天的游行队伍有三英里长。可是一路看下来，只怕六英里也不止。因为每辆花车后面都挤进一批狂欢客，一个个再不然打扮得花枝招展、奇形怪状，再不然头上挂一大堆东西，身上穿得却少之又少。

还有一批批的人妖，戴着气球做的假奶，或脚镣手铐，缠着透明塑料做的衣服，外面还罩个铁笼子。

总之，这个嘉年华会的游行，不但吸引了从世界各地赶来的许多观光客，而且每个观光客，都成了被观光的“游行者”。

“这是法律假期，无法无天。”珍妮又喊。

“应该说是自由日，大家快快乐乐地狂欢！”保罗拉着珍妮，“来！我们也参加。”

珍妮戴了一副缀满亮片和羽毛的眼罩，保罗脱去上衣，又去别人身上“揩”来一些油彩，涂在胸口。

在这个狂欢节上，从别人身上揩油，不但可以，还是一种亲热的表现。那被揩油的男生，居然还抱着保罗狠狠地吻了两下。

游行队伍到达终点之后，就各自散开了。一辆辆花车停在小巷外，车里跳下一群群疯狂的人，冲进小酒吧买酒，再跑到街上，继续唱歌跳舞。

珍妮和保罗手拉着手，再拉着旁边一群不相识的人，一起叫、跳。

对面来了一对像日本人的观光客，男的打着领带，女的穿着洋装。

“太煞风景了！”队伍里有人过去，掏出小刀，一刀就割断了男人的领带。

日本人吓得脸色发白地大叫。

大家则又跳又喊地笑成一团。还有个肉弹女人，过去抱着那日本男人猛亲，亲得他一脸口红印。

大家笑得更放肆了。

突然保罗觉得身上有点怪，低头看，一只手正伸进自己的裤子口袋。赶紧拍了那手一下，一双泛着血丝的眼睛，尖声笑着跳开来。

珍妮那边也出了状况，身旁一个人妖，一面搂珍妮，另一只手则偷偷开珍妮的皮包。保罗正要过去拦，后面突然又扑上几个人，包括刚才一刀割下日本人领带的那个。

“买酒啊！”有人高声叫着，指了指后面。保罗回头看，不远处有个酒吧。除此之外，前前后后居然没一家商店了。

黑黢黢的，已经到了小城的边缘。

“买酒！买酒！”保罗拉着珍妮，也拉着旁边的人，一起转身往酒吧冲。

又有人掏出保罗的皮夹子，拿走了钱，再把皮夹塞回保罗的口袋，发出尖声怪笑。

珍妮的皮包也被扯走了。

“不要跟他争，让他拿。”保罗对珍妮喊。

皮包又被扔了回来。

一群人冲进酒吧。

保罗和珍妮飞快地冲向外面的大街，看见路边躺着一个满脸鲜血的男人，旁边，一个女人在哭——是那对日本观光客。

想一想

看完这个故事，你觉得保罗笨不笨？

你可以说他笨，因为他笨到跟着一群不相识的人，进入一个偏僻的小巷。

你也可以说他不笨，因为他知道在“那种情况”下，喊抓贼是没用的。如果硬要抵抗，只可能吃亏，甚至送命。

所以，他很识相地顺着大家，让那些家伙“拿”走钱，留下皮夹和皮包，也留下保罗和珍妮的生命。

许多人，在人生地不熟的情况下，只因缺少这份机智，为保住“身外之物”而抵抗，结果造成悲剧。

不错！东西是你的，他凭什么抢？你当然可以反抗。

但你也要知道，当东西是你的，群众是他的，而你势单力孤的时候，东西也可以变成他的。

孔子说“危邦不入，乱邦不居”“邦无道，危行言孙”，就是这个道理。

当你不小心进入“危邦”或“乱邦”，就必须认清情势，明哲保身地想办法“全身而退”。再在全身而退之后，想办法“平反”。

据说东晋大画家顾恺之，曾经把一大箱最好的作品，寄放在当时专擅朝政的桓玄家里，为了保险，还在上面贴了封条。

没想到，过不久，当顾恺之拿回那箱画的时候，封条没破，画却全不见了。

你知道顾恺之怎么着？

他没有唉声叹气，更没有责怪桓玄，反而装作十分高兴地说：

“我知道了，因为画得太好，如同人能够羽化登仙，这些画也通灵不见了。”

相似的事情，居然也发生在近代大画家黄君璧先生的身上。

黄大师曾在抗战时期，把一大箱最珍贵的收藏，交给一位军政大员保管，但是当他取回的时候，里面的古董字画，全变成了英文杂志。

黄大师亲口对我说：

“我没多说话，自认倒霉。那位大员倒也有点不安，后来送了我好些印章，还为我安排了几个画展，倒也让我赚了几十条黄金。”

请问，顾恺之和黄君璧先生的画，真是“通灵飞去”了吗？还是“被吃”了？

他们难道不知道？

但是，在那个时期，在人家的枪杆子下，知道，又有什么用？

记住！不要在必输的情况下逞英雄，也不必在无理的环境中讲理。

否则，你就永远没有讲理的机会了。

请看下一个故事。

扒手请上钩

“有扒手！”小菁摸着胸前空空的口袋叫了起来，“我的皮夹子又不见了。”

前两个月才被扒走两千多块，挨了妈妈一顿骂，幸亏爸爸挡着，还送了个新的皮夹子，偷偷塞进一千块，不然小菁连吃午饭的钱都没了。

更糟糕的是，那些证件——身份证、学生证全掉了。

听说有人专偷女学生的证件，换个照片拿去给“那种女人”用，骗说自己是学生。

想到这点，小菁就打个寒噤。要是有一天，那“女人”被抓了，搜出证件，报上登出自己的名字，怎么办？就算警察来调查，也丢人哪！

小菁哭了一夜，又气了一天，决定好好整整这个浑蛋扒手。

她又买了一个皮夹子，还放进满满的东西。

“我就让你认为里面有钱，有证件。”小菁狠狠地想，“我就让你偷！你不是得手两次了吗？看你这次还能不能扒到！”

小菁的战略是在皮夹子上打个洞，又穿进一根不算细的绳子，再在口袋里别个别针，把绳子绑在上面。

一个月、两个月过去，全都平安无事。倒是每次同学看她掏出皮夹子，上面连根绳子，觉得很有意思。

“一只皮夹狗，牵在胸口。”有同学说。小菁则接下去：“只要扒手来，一定上钩。”

这一天，下着倾盆大雨，车子里人挤人，都快冒烟了。

突然到站紧急刹车，小菁觉得胸前一紧，又一松。低头看，皮夹子不见了，一根绳子伸出去，正抓在一个男人的手里。

“干！”那男人咬着牙，瞪着小菁，突然狠狠一扯，哧的一声，小菁的上衣就裂开了。

小菁掩着胸部惊叫了起来，接着砰的一声，那扒手跳下车。大家的眼睛全盯在小菁身上，居然没人看清扒手的样子。

想一想

小菁聪不聪明？

当然聪明，不然她怎么能钓到那扒手？

当然也不聪明，想想，今天在车上，扒手不敢对她怎么样，只是扯破了她的衣服。如果换个地方，人少，扒手恼羞成怒，是不是可能伤害小菁？

我们要知道，贼也是人，也有自尊。他可以失手被捕，只怪自己“手艺”差。但是，当他发现上了你的钩时，是他斗智输给你，他的面子就挂不住了。

你愈是弱小，赢了他，他愈觉得丢人，也愈可能对你不利。

所以，聪明人，除非有万全的准备，否则即使发现了贼，也要按兵不动，甚至故意咳嗽两声，留一条路给贼出去，再看准了他，以后动手。

孙子兵法上说“围师必阙”就是这个道理。当你把敌人围住的时候，与其让他作“困兽之斗”，跟你正面拼命，不如留个缺口，让他由那里逃跑，在他落荒而逃的时候，从后面追击。

想想！是正面与你拼命的敌人容易对付，还是正在逃跑的“背面露出来”的敌人容易对付？

当然是后者！

于是，你忍一时，仿佛为他留条生路，反而能自己不伤一卒，把他歼灭。

相反地，你也要知道——

如果有一天，你与别人争斗，人家故意闪开，可能正是等你把弱点露得更大些，好将你彻底摧毁。

那看来像“一念之仁”的，其实是“百谋之毒”。

所以，即使你在逃的时候，也应该有组织、有戒备地，以面对敌人的姿势离开。

请看下一个故事。

通神的小尤

刚进会议中心的大厅，局长就狠狠拍了一下大腿：

“糟了！那份报表没带，都怪我昨天把它拿回家看，忘在桌上了。”抬头看看身边一群部属，小尤最不重要，就指指小尤，“你帮个忙，坐老陈的车子，到我家，我太太知道是哪份东西，赶快把它拿到，溜进来开会，再把东西传给我。”

老陈连红绿灯都不管了，十分钟之后，就把小尤送到局长公馆。

天哪！小尤真是开了眼，客厅大得可以打羽毛球了。正看得发呆，就听局长夫人在里面喊：

“你进来看看，是不是这一份？”

跟着声音进去，是个特大的书房，桌上摊满了文件，局长夫人指着其中一份：

“你看看！对不对？”

小尤翻了两页，又看看旁边另一份：“这份才对！”

“好！我给你找个信封，别散了！”夫人蹲身到下面的柜子找了个信封，交给小尤。小尤就冲出门去。

会议已经开始了，幸亏小尤的职位最低，坐在最后面。他偷偷坐下，把信封交给组长、科长，一路传到局长手里。

多险哪！就在这一秒钟，轮到局长上去做报告。

会议结束，局长居然绕到小尤身边，拍了拍小尤肩膀：

“不错！不错！”

这个“不错”，马上传遍了公司。

局长居然特别拍拍小尤肩膀，话传来传去，后来竟成为“局长搂了小尤”，“真没想到，小尤居然偷偷成为局长的红人了”。

甚至有人猜“小尤根本就是局长的眼线”。

消息还真确实，因为小尤证明了这一点。

“听说您最近要有好消息！”有一天，小尤对谢副主任说。

隔天，谢副主任就升了官。

这还不打紧，有同事结婚，小尤在喜筵上到赵副处长桌上敬酒，特别对赵副处长挤了挤眼：“恭喜！恭喜！”

“恭喜？”赵副处长一怔，“又不是我结婚。”

“反正恭喜就是了！”小尤又挤了挤眼。

当时立刻有人反应过来，举杯敬赵副处长：“小尤说的不会错，对不对？”

“是啊！是啊！想想小尤是什么人嘛！”孟小姐笑着起哄。

果然，第三天赵副处长也升了官。

小尤“关爱的眼神”，真是太重要了。以前没人把小尤当回事，现在电梯里碰上，无不打躬作揖：“拜托老弟了！多提拔、多美言两句。”

小尤果然又关爱了，隔着电梯里一群人，硬是伸手过去，跟梁主任握了握手。

据说梁主任当天晚上就请了客，想也知道，轮到梁主任升官了。

只是，日子一天天过去，明明该是梁主任升上去的位子，居然由别处的丁主任接手。

“看样子，我是白送礼了。”许多人心里暗想，“这小尤也不见得灵光。”

可不是吗？他何止不灵光，连自己的位子都不保。先被局长叫去谈话，跟着就走路了。

据说，局长夫人还为此被局长臭骂了一顿呢！

想一想

这是个相当“吊诡”的故事。

你可以猜小尤因为搭上局长夫人的关系，偷偷拍马屁，走内线，所以能得到那些消息。

你更可以从字里行间去找，发现小尤在局长桌子上，翻了不止一份文件。也可能趁局长夫人弯腰找信封的时候，再偷看一些。于是借这偷得的消息，建立“神通”的形象。

当然，进一步，他得到了好处。

要知道，小至闾巷间的三姑六婆，大到国际上的游说政客，他们所赖以“呼风唤雨”的，常只是像小尤一样，偷偷得到的一点“小道消息”。

就因为这点小道消息，人们会猜他一定有不寻常的关系。消息灵通人士，自然是最接近消息的人；而最接近消息的人，也可能是最能影响消息的人。对于一点也摸不着门路，急得像热锅上蚂蚁的人，这消息灵通人士，自然成为他最要巴结的对象。

于是，消息灵通的这个人，成为受惠者。更糟的是，他受了惠，又不能什么都不做，难免继续制造些假消息，或做出些小动作。结果，可能造成大祸害。

你说，你能走漏一点消息给他吗？

有位法官对我说：

“这年头啊！在外面，连手都不能随便握、招呼都不能随便打了。”

看我不懂，他笑笑：

“你要知道，有些司法黄牛，可能带着被告的家属，等在你常出现的地方。然后，他会过来跟你打个招呼，甚至故作亲热地拍拍肩膀。如果你一时没看明白，又确实跟他有过一面之缘，而寒暄了几句，麻烦就大了！他可能回头就对躲在一边的被告家属说：‘你看吧！这主审法官是我老朋友。我刚才已经暗示过了，最近找个时间，去他家聊聊。’”

你明明见到法官跟他握手寒暄，你能不猜想“他确实有几分通天的本领”吗？

然后，他什么也没做，只是隔两天就紧张兮兮地跑来对你说：“我谈过了，好像不太妙，会判得很重。”

于是你求他。他还装作为难的样子：“让我试试看吧！”

当他要你“打点”，你能不乖乖奉上吗？

结果，他什么都不用做，只是在家睡大头觉。

判下来，若是无期徒刑，他会说原来是死刑，幸亏托了人；判下来，若是十年，他会说原来最少十五年。

请问，你是不是被吃了，还要谢他？

即使判了死刑，他摇头叹气，说已尽了全力。

你又能拿他怎么样？

从头到尾，法官根本没接过他一点好处啊！

因此，如果你是小民，要知道那些自吹“有内线”的人，常是假的。你托他，不但可能吃亏，还可能把事情弄得更糟。

如果你是当权的长官，更要知道，每个在你身边打听消息的人，一转身，就可以把小消息扩大，然后成为“买办”，获得利益，甚至使你背上黑锅。

当然，在这世界上，哪个角落都有真通天的人。愈是“人治”的国家，这种人愈多；愈是“法治”的国家，这种人愈少。但即使在最法治的国家，消息的提早走漏，还是可能造成意想不到的结果。

请“享用”下一个故事。

老赵的镇馆之宝

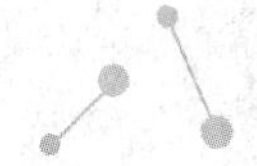

二十年前，老赵做梦也不会想到，他能从一个整天在铜臭堆里打滚的生意人，变成瓷器的大收藏家。非但如此，而今还拥有了海内外闻名的博物馆。

更令人难以相信的，是这一切居然只由个小东西开始——一个不起眼的小瓷碗。

那确实是个不起眼的东西，最起码老赵二十年前，第一次由白大师手上接过来的时候，觉得远不如他家的饭碗漂亮。

只见灰灰青青、雾雾蒙蒙的碗上，爬满小小的裂纹，碗底还有几个脏点子。

“别看它不起眼，它可是宋代五大名窑之首‘汝窑’的神品。”白大师把那碗在老赵面前转了转，老赵伸手要拿，被旁边的孙老板挡了下来。

“小心！小心！这可是咱们白大师的宝贝，砸了就是上百万。”

“上百万？”这句话倒让老赵感动了，生意人嘛！东西不认人，钱可认得人。赶快摘下眼镜，凑前细细端详：“这么个饭碗，要上百万？”

“是啊！多美啊！多润啊！这叫‘香灰胎’，就像烧完的香灰似的。”白大师小心地把瓷碗放回红木柜。柜里有投光灯，照上去，透亮。老赵不知是心理作用，还是真觉得有点意思，喃喃地说：“这……这……卖不卖？”

“哈哈哈！”旁边孙老板突然大笑起来，“太阳从西边出来了！老赵居然风雅起来。”他又过去搂着白大师的肩膀，“老白！这可真难得，老赵居然开了口。看我面子，您就算舍不得，也得破一次例……”

老赵当天晚上居然没再出去喝酒，双手捧着锦缎盒子，像奉祖宗牌位似的，把这汝窑的瓷碗捧回来。

“一百万？”太太先跳了起来，“你发神经啦？”

“这是人家卖面子！白大师是什么人物？出手一定是真东西。你细瞧瞧，这东西多润哪！”

太太看了半天，摇摇头。老赵也摇摇头：

“只怪你没艺术细胞，明天我买个漂亮柜子，放进去，灯一照，你就看得出了。”

第二天，果然买了个七英尺高的“明式”古董柜。

只是柜子里上上下下一共十几层，就放这么一个碗，太孤单了。试着摆两瓶 XO 进去，怎么看都不对劲。

第三天，老赵又花一百多万找白大师买了三件。

牌不打，酒不喝，朋友也不扯淡了。老赵两口子晚上就坐在红木柜前面盯着这四个宝贝看。也妙！愈看愈美，一方面有一种“看钱”的丰足感，一方面觉得自己的气质不凡，连谈吐都不一样了。

从此，老赵成了“故宫博物院”“历史博物馆”和各大古董店的常客，愈看愈内行，愈看愈会买，东西愈来愈多，家里的酒柜都改成了古董柜。

老赵更因此交了不少朋友，常“煮酒论古玩”地品评鉴定。更一块跑香港、纽约的苏富比和克莉丝蒂拍卖场。

老赵不再被称为“老赵”而改成了“赵老”，这是大家对他的尊称。他甚至常举行专题演讲，放幻灯片，为收藏家们解说鉴赏中国瓷器的方法。连他当年做生意的几个老朋友，看他东西进进出出，比做外贸还赚，都常向老赵请教。

今天老赵的“文磁轩博物馆”开幕，真是冠盖云集。

老赵站在台上致谢辞，谈到自己当年怎么与瓷器结缘，也提到白大师，大家一起向刚过世的白大师致敬。

“我要特别给各位看一件东西。”老赵由柜子里捧出一个灰青色的瓷碗，“就是这个汝窑的精品，为我打开了收藏的大门。”

他把碗举起来，接受大家的掌声，又小心翼翼地放回柜子。

一个不识相的商场朋友，腆着啤酒肚，财大气粗地居然过来拍老赵的肩膀：

“喂！那个碗是不错，卖不卖？”

立刻挨了旁边老朋友的骂：“那是赵老的镇馆之宝，你少做白日梦了。”

晚上，老赵把那件“镇馆之宝”带回家，放在灯下，左右摩挲了一个多钟头。拿起电话，打给下午酒会的那个冒失鬼：

“想想以前，这个碗改变了我半生，让我戒了酒、戒了赌，甚至维系了婚姻。今天想想，您什么都不缺，居然喜欢这个宝贝，就让善缘结下去吧！也不赚你钱，五百万，你要不要？”

对方兴奋极了，马上亲自赶来，捧走了老赵的“镇馆之宝”。

何止收藏界，连商场也震惊了，大家都竖起大拇指，赞美赵老的胸怀，有人引古人的话，说这是“得一善，而不专也。能以善感人、以德化人”。

老赵的牺牲真不小，自从那天晚上，瞒着太太丧心病狂地把“镇馆之宝”脱手，赵太太就一个礼拜没跟老赵说话，除了狠狠骂一句：

“改天哪，老糊涂得把我都卖了！”

这一夜，赵太太又背过身，不理老赵。

老赵翻过来、覆过去，睡不着，突然坐起，拍拍老妻：

“开幕那天，我举起那瓷碗，突然有种奇怪的感觉，好多年没拿近看了，带回家，细细看，发觉当年的白大师不老实，他居然拿个几可乱真的赝品骗了我，一骗骗了二十年。”

想一想

老赵诈不诈？

原来花一百万买进的假东西，居然五百万卖出去。人家尊重他是专家，信任他，他居然把自己以前上当“买进来”的假东西，拿去骗外行人。

但是，再想想，难道当年的白大师又不诈吗？以白大师的“法眼”，能不知道这是赝品？他不是跟老赵一样，在唬外行人吗？

我们还可以换个角度——

如果当年老赵没自以为得个稀世珍品，而引发更大的兴趣，也不会有今天的瓷器专家“赵老”。你怎不想，说不定今天花五百万买下赝品的这个人，过十年，也成了专家，又把那假汝窑的瓷碗，当真东西，以两千万卖给别的外行人呢？

在收藏界，这几乎已经成了一种当然的道理——

由于你是新手，你理当缴学费，从“学习”中避免“上当”，也从“上当”之中“学习”。新手吃一次亏，学一次乖，渐渐变成老油条，又用老油条的本事把新手唬得一愣一愣的。

大家为什么都这样诈呢？道理很简单：

你既然废寝忘食地沉迷其中，成为收藏家，成为“痴”，成为“癖”，你当然爱那样东西，爱得要死。

这世上最大的问题，往往出在爱上。

当你看上一块玉、一个瓷器、一张画，举世只有那一件，你爱得要死，还会让给别人吗？

一个人可以非常廉洁，绝不贪非分之财。但是当他爱物成痴的时候，看到那个物，就另当别论了。你绝不能用他“对钱”的态度，来推想他“对收藏”的态度。

因为钱随时可以赚到，那稀世的收藏品，却可遇而不可求。

我曾经拿一块上好的印石，请一位金石家帮我刻印。

东西刻好，拿回来，发现虽然刻得极好，那印石却被换了，换来的跟原先的形状、大小一模一样，只是里面有许多杂质。

我也有一次跟朋友出去郊游，那朋友有坐骨神经痛的毛病，但是当他在溪谷里发现一块奇石之后，坚持要我和他一起抬回家。

几个小时山路走下来，连我的腰都痛了三天。他老兄，更躺在床上一个多星期。

他是大老板，有的是钱，何苦这样呢？

道理很简单，因为他是奇石的收藏家。

想想，当一个人爱成这个样子，爱得连自己的健康都不顾，他又可能把那好东西让给你吗？

如果有一天，你要买上好的宝石、玉器、古玩，自忖不内行，而找这么一位"专家"陪你去，你认为就一定好吗？

至于由他介绍的，就更不可靠了。

如果真是稀世奇珍，他为什么不买？那八成因为太贵，他买不起。或买了之后，不易脱手；脱手也没得赚。

否则，还会轮到你吗？

当然，交情特别的是例外。我们绝不能一篙子打翻一船人。有些人就有牺牲自己、成全他人的美德。

如果你问我收藏东西最稳当的方法，我要建议：

一、你可以请行家介绍，或直接向他购买"虽是上等货色，却非他看得上眼的精品"。既然他看不上眼，就心中"无争"，也就能客观地为你着想。

二、如果你真打算收藏好东西，自己又不内行，你有两条路可走。

去国际知名的拍卖场，买"见诸图录"，也就是知道以前由谁收藏过，而且印在收藏目录的东西。

或先去宝石或古董鉴定班，好好学，学会之后，再自己出去，冷冷静静地买。

记住！这世界上，最难改变的是人性，最可信任的是自己。为什么？请看下一个故事。

导游有礼

小英自从跟着洋人丈夫调回中国，就忙得不可开交。除了每天叮嘱管家小心使用国外带回的电器、教使节团的官太太们学中文，还得领着洋朋友买东西。

那些官太太，甚至买张桌子都得拉着小英做翻译。

这一天，大使夫人突发奇想，要买个古玉佩。

小英特别找了一家出名的古董店，带大使夫人过去。领事馆的众家夫人听说，居然也成群地赶来。

“问问什么价钱。”大使夫人看上一块羊脂玉，对小英说。小英转身用中文问。

“算六千块吧！”店员回答。

小英翻译，大使夫人摇摇头：

“前两天罗素太太买了一块，才花三千。”

“能不能便宜点？洋人不是不懂行情。”小英对店员抱怨，“不要敲人家。”

“您看呢？”店员居然问小英，“多少钱她会买？两千五，怎么样？最低了！”

一群官太太，大包小包地上了车，正要发动，店员来敲车窗，把小英叫了回去。

“这是您的！”一把钞票塞到小英手上，“还有清单，一共五个人买，花了两万九，您看对不对？”

想一想

如果你在观光区，开一家土产店。

一车一车的观光客，跟着导游的“小旗子”走。

“小旗子”停在你的店门前，导游说两句“好听话”，那一团人就都拥进来大采购。

你能不感激那导游吗？你又能不找机会表示一下吗？

如果你开珠宝店。

一位熟客，不但自己来，因为跟你处得好，有时候也带他的朋友来。

这些朋友信任他的眼光，也信任他的“关系”，毫不考虑地花钱，让你财源广进。

就算这位老主顾不做掮客，你能在他一个人来的时候，不算他个特别低的价钱吗？

如果你开电器行。

一个公司的采购，总跟你为公司买冷气、冰箱、饮水机。

虽然他跟你买，不是因为你给回扣，而是因为你物美价廉。

但有一天，他一家人来，自己要添点电器。

你能不给个特别的折扣吗？

许多行规，是从人性中发展出来的。甚至可以说，那是一种礼貌。

只是这礼貌渐渐就可能成为弊端。

你想想，就算那珠宝店的熟客、公司的电器采购，从没拿过一分钱回扣，当他有一天，只花半价就买到别人要付全价的东西时，那另一半的钱，是谁出了？

土产店送两盒土产给导游，可以说是“情”。

电器行算采购半价，可以说是“行贿”。

“小情”可以发展成“小贪”，“小贪”可以成为“大渎”。

我说这许多，是告诉你什么是人性。我也建议你：

如果介绍朋友到熟店去买东西（尤其是贵重的），应该当着朋友面，对店老板说：“这是我的好朋友，我不要任何好处，你把他当成我，尽量算便宜！”

而当你后来居然像前面故事中小英一样，还是拿到回扣的时候，则应该还给朋友。

如果你是老板，要常注意来往厂商与你职员的关系。公是公、私是私，逢年过节厂商送点小礼，是人之常情。你理当让员工分享。

假使“他们”愈走愈近，你就要防止弊端。

如果你是职员。

我盼望你在这个浊世，做一剂清流。当来往的商家要给你“不合理”的优待时，你要知道，那是不当得的好处。

郑重地告诉他，甚至在一开始为公家采购时，就对他说：“我不拿任何好处，即使我自己向你买东西，也不会要求特别的折扣。请你给我公司最便宜的价钱。”

你必因此获得他的尊重，传到你老板的耳里，你更能获得重用。最要紧的是，由于你在道德方面不妥协，使你能不遭受更大的诱惑。

我不是教你诈，是教你认清每个人，包括你自己的“人性”。

拳王与小女生的对决

“这么早打电话给我干吗？”拳王有点不高兴。

“老大！不好了！昨天你带回旅馆的小妞要告你了！”

“告我？”拳王怔了一下，“告什么？”

“告你强暴。”

“哈哈哈，”拳王笑了起来，“让她告好了！是她跟我到旅馆来，可不是我绑架她。”

“但她说是她挣脱、跑掉的。你是不是没送她回家啊？”

“笑话！我干吗送她？又不欠她的。何况，我还塞给她两百块，叫她坐车，是她自己不要的。”

“那表示，你知道她不高兴了？”

“知道又怎样？是我宠幸她！跟我上床，是她的光荣。”说完，咔！把电话挂上，翻过身继续睡。

跟他上床，是光荣！这句话还真不假。

每次在台上，看拳王不出两三个回合，就把对方撂倒，那四周的小妞，简直迷死了，口哨吹得比男人都响。

“女人哪！只要崇拜你，就想跟你上床！”这是拳王常说的一句话。

也就每天见他带不一样的妞，一个比一个漂亮。尤其最近，拳王担任选美会评审，那些小姐，更是争着投怀送抱。

昨天的小女生，就是其中之一。

那女生，个儿真小，怪不得受伤，还弄了验伤报告。

拳王哼了一声:“这是当然嘛！你们想也知道。”

四周助理立刻笑成了一团。

只是跟着记者就来了，挤在旅馆大厅问东问西，据说那小女生已经接受了专访。

“情况不太妙！好汉不吃眼前亏。”经纪人上来说。

拳王霍地站了起来，指指自己鼻子:“她真要告我？”

“是啊！她说如果你不道歉，就跟你没完没了。”

“告好了！老子字典里没有对不起！”拳王吼了回去。

当天下午，广播和电视就播了。

第二天，更上了报。而且那天晚上，正巧有人为“他们”拍了照，被报纸高价买去，上了头版。只见一大、一小，好不配的一个画面。

拳王虽然还嘴硬，经纪人已经紧张了，一边接电话，说:“全是误会！”一边托第三者摆平。而且价码由十万美金，一路加，加到一百万。

那小女生还是不理。

“她家有钱，是不是？”拳王皱着眉问。

“不但没钱，而且很穷。”

“告诉她，《花花公子》不可能出到一百万请她拍裸照的！”拳王望着窗外说，沉吟了一下，他又回头问，“她硬要我道歉？”

“是！她要你承认自己心理有问题，需要治疗……”

“放她的屁！”

开庭了！法庭外挤得水泄不通。远远只见一片人头和四周架着天线的转播车。

拳王请了最好的律师，保证打赢这场官司。

小女生则像只小鸡，把脸转过去，不看拳王射过来的狠狠的目光。

报纸的消息发得更大了，还有漫画家画了“大黑金刚”的手上站着一个小小的美女。

但是每个人都猜，这穷人家的小女生，怎么可能打倒身价上亿的拳王?

“何不拿点钱，和解算了？”

“难道还把拳王判刑? 他不打拳，是全国的损失啊！”

许多读者投书，劝小女生。

“NO！”小女生摇头，“已经没有和解的可能，我要他接受制裁！”

当电视播出这个画面，不知有多少观众，点了头，又摇了头。

大家都怨她傻，也都佩服她的勇敢。漫画出来，画的不再是大金刚和小美女，而是大象和小老鼠。

宣判前，有电视做民意测验。大部分人猜——拳王赢!

因为在这个国家，谁都知道，既然派对之后，跟着单身的男人去“他家”，就表示愿意“跟他上床”。

否则，何必去?

何况不久前，才有个名人相似的案子，“那女人”硬是输了。

陪审员一一就位，有男也有女，有白也有黑，由其中一位代表宣读Verdict（裁决意见）。

那是位灰白头发的女士，她缓缓站起身，看了看拳王，又看了看小女生，说出两个字:

“有罪!”

想一想

上面的故事，是用前几年一个轰动美国的新闻改编。

拳王被关了三年，才假释出狱。

那三年，原该是他的黄金时代啊！一个拳手的巅峰能有几年？他却栽在这么一个小女生的手里。

他有名、有钱、有势，为什么输？

很简单！他就输在有名、有钱、有势。

他因此而自大，先用钱打发小女生，伤了小女生的自尊；又坚持不道歉，不认错。

不要说他没理了，就算有理，如果把两个人放在一起，看看那“以大吃小”的画面，只怕有理也说不清。

同情弱者，是人的天性。在男女争斗的情况下，同情女性，也是人的天性。

人们会想，弱者明知打不过强者，为什么会反扑？当然是被逼急了！被逼迫的人，理当获得同情！

这就好比，当一只小猫扑向大狗时，无论小猫是不是在撒野，总能得到喝彩。

同样的道理，当比你弱小的人决定拼命，即使你的实力强得多，又有一百二十个道理支持你，也最好不要跟他正面冲突。

不错！你很强，你是可以一刀砍下他的头，而他顶多只能砍你一条腿。到头来，你一定赢，他一定死。

问题是，你非但赢得不光荣，而且当你断了一条腿之后，还能称得上英雄吗？

我有一个朋友，在地铁车站被抢。抢匪拿尖刀对着他，要他交出皮夹子，又扯下他的项链，再抢走他的手表，但是当抢匪吼道：

“还有那个戒指！”

我的朋友迟疑了一下，没立刻摘。

“好！你可以留下戒指。”抢匪居然主动说，接着转身跑了。

不久之后，抢匪被捕。我朋友去警局的时候，顺便好奇地问了抢匪一句：

“你为什么没坚持抢走我的戒指？”

“因为我看你犹豫了一下。那戒指明明不值什么钱，你却迟疑，表示对你有特别的意义。”抢匪说，“我知道你会为它拼命。我只要抢你的钱，可不要跟你拼命！”

由此可知，连抢匪都知道，不要跟拼命的人周旋。

当一个人连自己的命都不要了，他还怕什么？

问题是，这世界上就有许多人，会违反人性地跟你拼命，拼他自己的命！亲人的命！或第二生命——名誉！

请看下一个故事。

悲悯的悲哀

“你来我家干什么？不是跟你说了吗？我帮不上忙！”法官说完，就把门关上。

他见过这个女人，不！应该说见过这个女孩子。也不知道这女孩怎么弄到地址，昨天已经站在巷口，拦过他一次。

他匆匆躲开了。只记得那张白皙的面孔，还有两行泪。大概才二十岁吧！像他女儿的年纪。

昨天晚上，女儿也打了越洋电话来，说妈妈在那儿过得很好，又要他多注意身体，天冷，别着凉了。

天是凉了！尤其像今天这样的雨天。走回玄关，又把伞伸出去甩了甩雨水。看见大门下面，露出一双脚。

红色的皮鞋，已经泡在水里，鞋尖还对着他。

在雨声中，依稀听见轻轻的、轻轻的叩门声。

想大声喊，叫她走，又怕吵了邻居。沉吟了一下，叹口气，再撑起伞。

“你怎么还不走？”

“您不听我说，我就不走！”小女生低着头，全身都湿了。

“你没带伞？”

摇摇头。让他想起女儿小时候，冒雨跑回家的样子。

“到法官家里来，是不对的，你知道吗？”他弯下身，看着她的脸。

点点头，又摇摇头，吞吞吐吐地：“我爸爸是冤枉的。”

“这个我不听！”他严肃地说，发现自己的裤脚也淋湿了，又叹口气，“你先进来吧！再这样，会生病的！”

他把伞撑高，让女孩子先走。又为她把里面的玻璃门拉开。

女孩子呆呆地站着，玄关里淌的全是水。

“快去擦擦吧！”他拿条毛巾给女孩，又指了指浴室。

没多久，女孩就出来了，立正站在客厅门口。

“我跟你说了，我一切依法办事，实在帮不上忙。你爸爸要是冤枉，自然会还他个公道。法律嘛！讲的是证据！”

女孩子突然啜泣起来，浑身发抖地哭着。他看得出，这是个孝顺的孩子。

“别哭！别哭！我给你倒杯热水。”他又慌慌张张跑进厨房，所幸壶里还有点半热的水。

喝下水，女孩子好多了，说了一大串有关她家里以及爸爸怎么被坏朋友陷害的事。

他装作听，心里想的却是万里外自己的女儿。这女孩就长得跟他女儿一样清秀、漂亮，可是命运差得多远哪！

他撑着伞，把女孩送出去，还为她拦了一辆计程车。

晚上，他想得很多，连电视都看不下去。他发现，自己有些倦了。

突然电话响，是个中年女人的声音，叫他等一下，又换了一种嗓音，居然是那个女孩子。

“你怎么知道我的电话？”他有点不高兴。

“我在您家看到的。”女孩怯怯地说，又吞吞吐吐地，“我爸爸的事……”

“我跟你说多少次了，我帮不上忙。”他已经不耐烦，“对不起！我要休息了。”说完挂了电话。

只是跟着，电话又响。接起来，又是那个中年女人的声音：

“法官大人！如果你帮忙，我保证我女儿会把你的内裤和刮胡刀还你。还有，也就用不着叫那计程车司机做证了……”

想一想

请问，他是不是位好法官？

他有正义感、恻隐心、同情心和做事的原则，当然是位好法官。

请问，那女孩子是不是坏女生？

我看也不是。就算她偷了法官浴室的东西，又记下计程车的号码，恐怕也是她妈妈教的。

请问，她妈妈是不是坏人？

做这件事，当然是坏人。但每个人都可能狗急跳墙。为了救亲人，一个好人也可能使出“坏点子”。

现在，再请问，如果那女孩拿出证物（刮胡刀及内裤）和证人（证明法官为女孩叫车的司机），你信谁？

于是，又回到了我们的本题。

人性是可爱又可怕的。正因为他们同情弱者，所以当这女孩愈是年轻、清纯、没有前科，大家就愈相信她。

证据？

对不起！不必有证据，因为大家都会“自由心证”，也就用这自由心证判你的罪。而且即使在法律上你没罪，你仍然可能背负这个罪名，一辈子！

想想看：

如果一个女儿跟父亲不高兴，告父亲乱伦。

如果一个年轻女病人，在没有第三者在场的情况下，接受男医生的诊疗之后，告医生性侵犯。

如果一个女学生，单独跑到单身男老师家，出来之后，说老师性骚扰。

如果一个男士在旅馆大厅，遇到一位年轻美丽的女子，那女人借题请男士到她房间，进门之后突然撕破自己的衣服，说：

“我要向你寻欢。你不答应，我就喊‘强暴’！”

请问：

你会信谁？那位男士又该怎么办？

答案，请你自己想。我真正要说的，是你必须认清人性，必须时时提防。因为在某些人性的面前，常不容易讲理。而当弱者拿自己的名誉作为筹码时，你尤其不易对付。

名誉，是第二生命。至于用第一生命作为筹码，就更可怕了——

春秋时代，易牙为齐桓公烹制美食，有一天齐桓公一面赞赏易牙的手艺，一面感慨地说：

“天下美味，我真是尝遍了……当然，除了人肉之外。”

没多久，易牙端上一碗无比鲜美的肉汤，原来是用自己小孩的肉煮成。

看来易牙爱桓公，真是爱到极点。爱到可以杀自己的爱子，只为满足主子的口腹之欲。

但是反过来想，连自己孩子都可以杀，还有什么人他会杀不下手？

果然易牙后来夺权，杀害群臣，造成齐国的内乱。

再举个例子：

一位自命风流的男演员，交了许多女友，个个貌美如花，出入都像一对璧人。

有一天，遇见一位平凡的女子，男演员存着玩玩的心态。岂知事后女孩怀了孕，又拿出可以证明两人关系的东西说：

“活着，我对付不了你；死了，你可受不了我。如果你不娶我，我就自杀，而且公开资料。让大家不齿你这个大牌明星，糟蹋年轻女孩子的行为，保险你身败名裂。”女孩狠狠地说，“今天你的名气，反成为你欺压人的弱点。我的平凡和弱小，则是获得人们同情的优势，你看着办吧！”

男明星居然屈服了。因为跟前面提过的抢匪一样——

别跟不要命的人斗！

说了这许多，其实也就这么一句：

“别跟不要命的人斗！”

当你发现对手，不惜牺牲他自己的生命、亲人的生命，或“第二生命”，而与你周旋到底的时候，就算你有理，也最好避一避。

当你发现一个人爱你超过爱他自己，甚至为你不惜牺牲自己亲人的时候，也要好好想想，他会不会有一天牺牲你。

你愈是成功、强大、有钱、有名，愈要小心这些！

当新人进入洞房

“叫那贱人出来！”

“她没来。”

“我不信。”

“没来就是没来，不信，你进去搜。”小欣往门边一让，手一挥。

“好，我就搜。”志刚居然大步冲进去，每个房间跑了一圈，差点把小欣的女儿珊珊撞倒。

“对不起！对不起！”志刚抱歉地对珊珊说，“叔叔吓到你了。”说完，居然抱着珊珊呜呜地哭了起来。

把珊珊牵开，小欣递了几张面巾纸过去：“怎么啦？不要这么激动嘛！是不是又吵架了？”

“我不是激动！”志刚抬起头，红着眼睛指着小欣，“你不要说我激动哟！我今天非常冷静，我非跟她离婚不可，不离我是狗，我都已经打电话找离婚公司了，她居然跑掉了。”他突然仰着脸大喊，“你这贱人，你有种，你出来啊！你不是敢把我的钱拿出去给人家花吗？”

“她给谁花了啊？”

“天知道给谁！她那么多男人。”

“那么多男人？”

“嘿！”志刚歪着头，对着小欣，“你跟她认识这么久，你会不知道她有多少男人？”

“我……我当然知道。”

“没什么了不起，我告诉你，我的女人更多，我是风流，不是下流。你知道她有多淫，有多贱吗？”他咽了口口水，做出一脸鄙夷的表情，“有一回我去桃园跑业务，骑着那辆烂机车，才到她家，她居然等不及我洗完澡，就说：‘我好需要哟！我好需要哟！’你知道她会急得在浴室外面敲门吗？”

“她爱你嘛！”

“得了吧！那时候谁不知道她跟你们老板好？你不知道？”

“我当然知道，但那是以前的事了。”

“谁知道现在还来不来往？”志刚把脸一板，“好！我问你，她现在是不是还跟那个王八蛋往来？你敢确定没有？”

“我不知道，那是你们的事。”

“好！我们的事，你少管。她八成会到你这儿来，我非把她逮到不可。”

说完就冲出门去。

志刚才走，小欣还扶着门发愣呢，小霞居然就呼的一声，将小欣推进门，把门关上，扑在小欣身上哭了起来：

“他说我拿了他的钱，我根本没拿，我连看都没看过，谁知道他藏了那么多钱……”

“唉！男人嘛，常偷偷存钱，在外面搞鬼。你又不是不懂男人。”

“可是我没拿他的钱哪！”

两个人正说着，电话响。

“八成是他打来的。”小霞挥挥手，“说我不在。”

小欣正要过去接，电话铃停了。跟着珊珊笑嘻嘻地走出来：“我接了，是志刚叔叔，我就把它挂了。”

正说，电话又响。

珊珊又跑过去，把话筒拿起再放下，咯咯咯地笑了起来。

又过不久，门铃响。小欣先把小霞推进卧室，再去应门。

果然是志刚，可是态度全不一样了，满脸泪痕朝屋里喊：“小霞！小霞！是我错了，钱我找到了……”

不超过十五分钟，两个原来已经非离婚不可的人，居然搂着、抱着，走出小欣的公寓。

“好好地过！不要吵了！毕竟是夫妻。”小欣在楼上阳台，伸着头叮嘱。

“好好地过！不要吵了！”志刚学着小欣的声音，关上车门，搂了搂娇妻，“得了吧！我看你这个朋友根本不是朋友。”

“我本来也没这么认为。”

“你知道吗？她居然说你以前有一堆男人，还说你跟老板好。”

“你信吗？”

“我当然不信。”

“她也说你存私房钱，是在外面捣鬼。”

“我那钱是为了在情人节，买个让你惊喜的礼物。”

“我猜也是。”小霞亲了亲志刚，“我才不会信她呢！她啊，是唯恐天下不乱，希望大家跟她一样。”咬了咬牙，“那个珊珊也浑蛋，居然敢挂你电话。”

想一想

天哪！世界上怎么会有这种恩将仇报的人？

看完上面的故事，你会不会这么想？

可不是吗？

当你把故事最后一段盖起来，只看到小欣在阳台上叮嘱两个人“好好过”时，你一定心想“这是多么好的结局”，对不对？你怎么可能料到志刚和小霞一上车，就反咬小欣一口？

处世的学问就在这儿了。

你必须知道，许多时候你当“调解人”，人家和好了，你自以为居功甚伟，后来才发现自己不但没得好报，反而被诬陷。

中国有句俗话——新人送进房，媒人踢过墙。不要以为这是玩笑话，其实里面有大道理。

当两个人（或两个团体、两个国家）有了矛盾、产生了争执，双方又不愿意“当面对话”，他们靠谁？靠中间人！也可以说靠调解人。

“你告诉他我绝对要怎样！”

“你也告诉他我不可能让步！”

两边你一句、我一句，全靠这位调解人传话。

这时候最神气的就是调解人了。因为争执的双方，都得从调解人的一张嘴里，得知对方的反应。

于是“红口白牙”的调解人，可以把一方的“小气”说成“大怒”；也能把一边的“大怒”说成“微愠”。似乎“风云变色”或“雨过天晴”，全看这调解人怎么“调解”。

这调解人可以把事情夸大，把矛盾加深，他知道双方的误解愈久，他这调解人的角色，也就可以维持得愈久。

终于有一天，他调解成功了，两边见了面，把酒言欢，重修旧好。

这不都是调解人的功劳吗？两边不都应该好好向这调解人致谢吗？

当然！你会发现当双方和好的那一刻，第一杯酒往往都是敬那位在中间奔走、“化干戈为玉帛”的调解人，调解人总是居首功。

调解人还在饮酒，和好的双方已经互相敬酒，勾肩搭背地谈笑，甚至告别宾客，步入“洞房”。

他们“和好”或者“合好”了。如果原来是敌人，现在成了不打不相识的战友；如果原来是“怨偶”，现在成为愈打愈亲爱的夫妻。

人家都上床了，你这媒人还在这儿得意什么？人家成了无话不谈的枕边人，还需要等你传话吗？

听听，他们在枕边说些什么？

“其实我根本没这意思，你误会了。”

“我也认为你不会这么绝，怎么搞的？阴错阳差，差一点我们就万劫不复了。”

请问，他们下一句要怎么说？他们要把彼此的误会往谁身上推？

当然往你身上推！

他们不推给你，又推给谁？过去那么长的时间，他们根本不“对话”，全靠你“传话”。“听拧了意思”，除了怪他自己的耳朵，当然只能怪你。

世上有几个人会怪自己呢？何况在这浓情蜜意的时刻，只怕什么错，都推到了你身上。

他们的枕边话，你听不到了，你过去传话中的任何“语病”或“添的油，加的醋”，现在都在当事人的“对质”之下“现形”了。

就如同前面故事里，当志刚问小欣：“你会不知道她有多少男人？”小欣答：“我当然知道。”还有，当志刚问：“那时候谁不知道她跟你们老板好？你不知道？”小欣答：“我当然知道，但那是以前的事了。”当志刚问：“她现在是不是还跟那个王八蛋往来？”小欣说：“我不知道，那是你们的事。”

表面看，小欣都没说假话，也都说得客观。但是落在志刚的耳里，就都有了“实质的意思”，那印证了他长久以来怀疑的事情。

记住！人在生气的时候，会口不择言，把自己不确定的事全说成确定的事，你最好别乱答，更不可附和，甚至说，你最好用话岔开，不要听。

道理很清楚——

被你印证的事，就算在他们言归于好的“蜜月期”不发作，也会埋在心底，有一天再吵架，口不择言地吼出来。

谁说的？

你！

至于他在吵架冲动之下透漏给你的“丑事”，也可能埋在心底：“真糟糕，把这事告诉了小欣，让她知道我以前有更多女人。”

为了保全他的这个秘密，他能不忌讳你吗？于是他会怎样？

他会避免你和他的另一半走得更亲近，他也可能渲染你做调解人时说的话，使他的另一半认为你是个爱造谣的人。

于是，有一天你转述志刚那天的话，“他”可以不认账，“她”也可以不信。

她是他的老婆，她当然比较信他。

什么叫作“猪八戒照镜子，里外不是人”？

这就是！

你或许要问，人性真这么可悲吗？是不是以后再也别帮朋友做调解人了？

我的答案是：“人性确实有可悲的地方，但是只要你知道说话的技巧，就能把坏处变成好处。”

想想！如果当志刚骂小霞有一大堆男人的时候，你立刻坚定地说：“不可能，不要听人乱讲。”

当志刚说小霞淫的时候，你举手制止：“你太冲动了。不要说那么多私事好不好？”

当志刚怀疑小霞现在还跟老板好的时候，你肯定地回答：“不可能，我可以做证。”

志刚会因此更气、更恨你，还是感谢你？

谁会高兴听到老婆的朋友，证实自己老婆淫、荡、通奸？他就算气你“不附和他的话”，也会暗自宽心。

话说回来，这不才是劝解的方法吗？你如果真有心劝人和好，当然应该帮人“润饰”。

于是，你可以猜想，那故事的结局变成——

志刚才关上车门，就对小霞笑着骂道：

“你这个屁朋友啊！也不知道拿了你什么好处，只会帮你说话。把黑的说成白的，她也不怕咬到舌头……”

他是真骂吗？只怕是赞美吧！听在小霞的耳里，对你会有多么感激啊？

于是，你和他们两口子的友谊更好了，你是“与人为善”的真朋友！你是可以“交心”的真君子！

请牢记：

如果你做中间人，要忠实地传达，不可添油加醋。

如果你做调解人，要不听丑话，只说美言。

只有这样，你才能被感激，而不成为“最后的受害者”。

换个角度想：

如果有一天，你“出了问题”，千万小心找调解人。

假使你找了个“舌灿莲花”的人，以为他的口才好，适合当；或找个“三姑六婆”型的人，以为她的门路熟，行得通。

你只可能受害。

而且那“害”会藏在深处，阴魂不散。

“哀”兵必胜的老廖

“这家伙漆得不错。”小林一早就整个屋子检查一遍，比较暗的角落，还用手电筒照了照，兴奋地对太太说，“这种老板带领，又完全是自己班底的人就是不一样，又便宜又快！”

“是啊！上次找的那个姓孙的设计师，工人每天五点半就下班了，多一分钟也不干，哪儿像这个老廖，由早到晚拼命干！”

正说着，门铃响，林太太过去开门，吓一跳。

门口站个又高又胖的女人，肩上扛着一大捆东西。

“让！”胖女人喊。林太太赶快闪开，胖女人就扛着东西往里冲，后面还跟进一个，是老廖。砰的一声巨响，两个人把扛着的东西扔在地上，整个屋子都震了一下。

“我太太昨天受伤了，这是我太太的姐姐。”老廖一边擦汗，一边介绍，“她力气大，铺地毯非她不成。”

那大胖女人便嘿嘿地笑笑，腰上挂的一大圈工具，发出丁零当啷的声音。

“多久可以铺好？”小林探头过去，“不会又搞到三更半夜吧？”

“不会。”老廖气喘吁吁地蹲在地上，把地毯往屋子一头推，抬起头笑笑，“您放心，下班的时候，进门保证把你美死。”

可是才进办公室没多久，小林就接到太太电话：“我看那个女的不太行！个头大，可是没力气。”电话那头传来太太操心的声音，“我看他们扯来扯去，扯半天，都对不准。现在在切了，我真怕他们切不直……”

“你放心啦！人家是专家，铺坏了他负责。”小林急急地挂了电话，还猛摇头。

隔两个钟头，电话又响了。

“我看你还是回来一趟。”林太太在那头喊，“那女的腰上挂一堆东西，又蹲在墙边铺地毯，转来转去，身上的东西就在墙上刮来刮去，把刚漆的墙壁又弄脏了。”

“会吗？刮脏了叫他弄干净，反正是他漆的，你不用操心啦，钱在我们手上。”小林喊过去，“做不好，不给钱。”小林又摇着头挂上电话，还对旁边同事摊摊手：“我太太呀，就是瞎操心。”

可是小林下班，才进家门，就跳了起来，指着墙壁对老廖吼：“你你你，你来看看，这四周全弄得这么脏。”

“是啊！我不是跟你说了吗？”林太太皱着眉出来。

“林先生，您别急。”老廖一边绕着客厅的墙壁看了一圈，一边鞠着躬说，“是有弄脏，我一定把它弄干净。”接着瞪了胖女人一眼：“都是你不小心。”转身过来，笑着问林太太：“对不起！您有没有擦手纸，我要多一点。”

林太太飞似的找来一大卷擦手纸。

便见老廖和那女人先把纸一张张弄湿，再拿到墙边擦。

“这能擦得干净吗？”小林也加入，帮着用湿纸擦。

“应该擦得干净，我用的亚克力漆是上好的，防水。”老廖狠狠地擦着墙壁，搓出一堆纸屑。

刚擦完，湿的时候，看起来确定干净了。可是才一下，水干了，又露出一条条脏痕。

老廖倒是没等小林说话，就主动讲了：“不行，这是金属的刮痕，幸亏昨天还有剩下的漆，麻烦您给我一堆旧报纸。”接着转头对胖女人吼：“还不把你腰上挂的东西摘下来？你看看！全得重漆。”

八点多了，早烧好的菜都凉了，小林也饿得受不了，先去吃了。回头看那二人还趴在地上漆，有点不忍，过去客气了一下：“你们要不要一块儿，随便吃点？”

“不用！不用！”老廖抬起脸，头发上都是油漆，“我们不饿。”

隔一下，又跑来餐厅，嗫嗫嚅嚅地问小林有没有不用的毛笔。

“要毛笔干什么？”小林问。

“因为地毯已经铺好了，靠地毯的地方不能用滚筒漆。”

小林找了半天，只找到一支上次去大陆时朋友送的新笔。

突然电话响，老廖的太太打来的。先听老廖小声地说，渐渐愈来愈大声，居然在电话上吵起来。

“你的笨老姐，跟你一样笨。”老廖正吼呢，就听砰的一声，那胖女人冲出门去。

老廖没追，继续闷着头做。

十点，小林送过去一块蛋糕，小声问：“跟太太吵架了？”

十一点，老廖敲小林卧室的门，两口子出来，跟着看了一圈。没说话，点点头。

老廖递过账单，低着头走开。

林太太把早准备好的钱交给丈夫，小声问：“要不要扣他的？”

“算了！”

小林走出去，把钱放在老廖手里。看老廖连连鞠躬，又弯着腰出门。

“好像还是没弄干净！”林太太站在客厅，对着墙说。

“我知道。”小林说。

“好像地毯上也滴了漆。”

“我知道。”

“好像你的宝贝毛笔毛都掉了。”

“我知道。”

“好像地毯边上切得不平。”

“我知道！”

想一想

请问，明明没做得满意，小林为什么付钱？他在办公室不是说“做不好，不给钱”吗？为什么还是给了呢？

又请问，如果换作你，你给不给？

八成会给，对不对？

人都是有情的。看人家连着累了两天，太太伤了、大姨子跑了，两口子吵架了，而且累到夜里十一点都没吃饭，他没不认错，他也没不尽力，他力气就这么大，你还好意思多说吗？

多少人装好新门，发现门框不正，门锁封不准，每次锁门，都得用力往上提着把手，才锁得上，只好请木匠重修。

多少人铺好新地板，发现有缝，把袜子都剐破了，只好请师傅撬起来重整。

多少人窗子装好了，发现旁边木条没钉准，于是请木匠把钉子拔起来重钉。

没错！门是对正了，但锁孔往下移，上面门框缺了一块。

地板没缝了，但撬起来的地方，有了榔头的痕迹。

木条对准了，但拔起旧钉子的地方，留了一个难看的洞眼。（虽然补了木粉，还是掩不住。）

你愈看愈不顺眼，又有什么办法？

记住！

这世上许多东西，你只能事先防范、做好征询，而难以事后补救，因为怎么补救都不可能完美。就如同小林，他不能总想：“钱在我手里，做不好，不付钱。”而应该在一发现有问题的时候，就喊停。

想想，如果在老廖还没铺好地毯的时候，你发现切歪了，喊停，他能不修正吗?

如果发现墙壁弄脏一点点的时候，就纠正，他会继续犯错，又那么难收拾吗?

偏偏你没叫停，东西完成了——地毯已经粘完，虽然有些地方切得不够直，还勉强过得去。墙壁重漆之后，脏痕也不见了，虽然地毯沾到一点油漆，吃烧饼哪有不掉芝麻的呢?

请问有几个人狠得下心，叫老廖把地毯揭起来换块新的?老廖是会破产的啊!

尤其在中国人的社会，一个人盖房子，多加一层违建，你在他盖的时候就取缔，人人会叫好。但是当他已经完工、搬进去，又怎么看都像个正式的楼层时，你再去拆，就难免有人说“得饶人处且饶人”“不要暴殄天物”之类的话了。

许多人吃亏，都因为他们事先自认为可以很“无情”，到头来却不能不“有情”。

也就有许多人知道，怎么利用对方的“有情”，帮自己脱离困境。

现在再让我们换一个角度来想，如果今天犯错的是你，你该怎么办?

我应该强调:这正是我写作这一章最主要的目的。

因为我处处发现，刚进社会的年轻朋友(甚至包括一些“老”朋友)，犯了错，主管骂下来，总要想办法辩解。

大概是在家里跟父母、兄弟强辩惯了，有理没理都要辩，却没搞清楚，现在你进入了社会，你的上司不像你的老爸老妈那样谅解你。你辩，只可能给自己找麻烦。

当你没理的时候，还文过饰非，等于表现固执、蛮横、是非不分、不负责任。

有哪个长官会喜欢这样的部属?他如果让你过关，他还怎么带别人?

话说回来，当你有理的时候，你强力反击就对吗?老板理屈，应该当面向你道歉?就算他发现错的是他，不是你，你是被冤枉的，他又会欣赏你的态度吗?

记住!“理直气和”，而非“理直气壮”。尤其对长辈，你愈理直气壮，他愈可能老羞成怒。有些聪明人甚至知道在老板气头上的时候，就算自己有理，也先认错；等老板气消了，发现错的是他自己，主动对你说“错怪了你”。或是另外找机会，私下对老板说：“其实，上次那件事，会不会也有可能……”

相信你一定在日本影片里见过，犯了错的部属对着长官和同事，鞠九十度的躬，痛哭流涕地认错，一副要“切腹自杀”以谢国人的样子。

他们多么“知耻近乎勇”啊！

其实，那是因为他们聪明。你可曾听说有哪个公司的小职员因错自杀的？跳楼的往往都是公司的高级主管哪！

所以，当你出了错，与其“推诿过失”，使自己成为“众矢之的”，不如乖乖认错，表现出“痛改前非”“洗心革面”的样子。

事情做坏了，你可以加班设法补救；文件遗失了，你可以翻箱倒箧，整夜留在办公室找。

你可能怎么加班，都无法把事情补救过来；你也很可能找个两天两夜，都找不到。

但是，就跟老廖一样，你可怜的低姿态，会渐渐得到同情。

最后，老板过来，当着一屋子同事的面，拍拍你：

“回去好好休息休息吧！”

是满屋子同事的“同情”，使老板不得不过来拍拍你。他拍拍你，对他也有好处——让大家知道，老板还真是有情啊！

比较一下，你是当面强辩，让老板难堪，把你踢出公司好呢，还是让老板过来拍拍你的肩？

何况，他心里（甚至你同事的心里）正在想：“这个年轻人，知错能改，而且不眠不休，又能服从负责，是个可造之才。”

下次升官，或许正是你呢！

现在让我们再看大一些。

如果你是政治人物，就更要懂以上的道理。

你办运动会，出了大的意外，就算你有一百个理由，不是你的错，你最好别说。因为事情发生了，人人见到血淋淋的场面，大家若非“可怜受伤的人而骂你”，就是“也可怜你，到头来只怪老天”。

所以，你不如引咎辞职。你的辞职表现了你的负责，甚至表现你的气概，你只会得到群众的掌声——“这个人有担当！”

用“积极行动”取代“消极哀叹”;以“勇于改过”取代“善于强辩”;用“低姿态”争取“广大的同情”；用“拖延战术”取代“当面对决”。

大到治理国家，面对一国的人民；小到铺一块地毯，面对一家的客户。

天下的道理都是一样的！

老莫的第二春

“这些颜色也不错……”老莫又气喘吁吁地抱来一摞大理石砖，“虽然比较小块，但是便宜得多。”

琳琳没回头，继续翻桌上的装潢杂志。

“如果您喜欢哪一种，我都能照做。”老莫笑嘻嘻地凑过来看。又拿起一块大理石砖，放在琳琳看的那一页上：“您瞧，他们用的就是这种西班牙的玫瑰石。”

琳琳摸了摸那块石砖，突然一手扶着桌子，一手按着额头。

“陈太太！您怎么啦？”老莫问。

“没什么！有点头晕，我得回去吃药。”

“我送您回去。”老莫急着冲出去开车。

才进家门，小陈就满头大汗地赶回来，焦急地喊：“你怎么啦？生病啦？老莫打电话，说你头晕。”

看丈夫急成那个样子，琳琳扑哧笑了：“病你个头！我是装的。”

“装的？为什么？”

“因为我在老莫店里看到一本装潢杂志，发现别人设计的都比老莫好。”转过身，摊开老莫的设计图，琳琳摇摇头，“我觉得老莫有点老了。他怎么做，就是味道不对……”

“有点土。”小陈做了个无可奈何的表情，“但你不是说老莫可靠吗？”

“他是可靠啊！你自己也看到的。十几年来咱们装灯、换壁纸、修水管、补瓷砖，哪样不是老莫做的？都做得很好啊！而且又快又好。”琳琳瞪着小陈，“找他，也是你决定的啊。”

“那就叫他做吧！而且他前前后后也为这事忙了一个多月了。”小陈把设计图拿过去，又看了看，“还勉强过得去。”

“不！”琳琳的脸色突然变了，“花这么多钱，搞个老土，我不干，我已经记下一个杂志上设计师的电话，要找就找专家。”

第二天、第三天，老莫都来电话问安。

第四天，送来一大盆花，上面写着“祝您早日康复”。

他岂知道，当他送花的时候，小陈已经跟琳琳坐进另一位设计师的事务所了。

一群设计人员，用电脑绘图，没一个礼拜就定案了。高级设计师又有他的高级班底，大家分工合作，不像老莫，一个人包办。

当然，价钱也不一样，足足比老莫多出一倍。

“贵，没关系，最重要的是品位要对。”琳琳签约之后，回家的路上对小陈说，“老莫便宜是便宜，不行还是不行。”

老莫又打了几次电话，甚至亲自上门探望。琳琳都用“身体不好，暂时搁搁”搪塞了过去。

直到有一天，老莫来电话，听见工人敲打的声音，才笑笑，不再说了。

一个多月的“昏天黑地”，总算过去。

一流设计师的手笔，果然不凡，每个看到的朋友都叫好。

只是，真用起来，才发觉这边应该多加盏顶灯，那边少了个插座。叫设计师来改，却怎么也请不动。

“换作老莫，早弄好了。”琳琳叹口气。

“算了吧！换我做老莫，我更不来了。”小陈笑笑，“可不是吗？咱们放鸽子，把老莫骗了，只怕他哪天来兴师问罪呢！”

话才说没两天，周末假日，两口子正看电视，门铃响，小陈从猫眼里看出去，吓一跳：

“是老莫，怎么办？”

“我来应付！”琳琳一把将小陈推开，整整衣服，打开门。

老莫居然满脸笑，大声喊着：

“这门，真漂亮，我绝对做不到。”又往门里张望，把手伸进去跟小陈用力地握了握，“能不能进去参观一下？”

琳琳看看小陈，怯生生地把门拉开，老莫就大跨步进了客厅，喊道：

“瞧！这工做得多精，我真该学学。”猛地转过身来，对着小陈和琳琳一笑，“讲句实在话，我啊，学也学不成了。这设计，还是年轻人行，换作我，我也找他们。”拍拍胸脯，话锋一变，“不过，我的小工程，还是不错的，对不对？”

“当然！当然！”小陈和琳琳都叫了起来。

当天，老莫就动手，装了四盏嵌灯和一个插座，还移了两个挂灯。

老莫又成了小陈家的常客，且因为他们的介绍，结交了更多的客户。

人人都说老莫好——

手艺好！人更好！

想一想

跟上一篇故事里的老王比起来，这老莫的修养真是好太多了，对不对？

对！而且那不只是修养，是智慧！

当你发现大势已去，虽然对方耍了你，你大可以把他臭骂一顿，但是骂一顿，又如何？

你心里爽快了，朋友得罪了，生意永远没了，恶名也传开了。

这爽，爽得聪明吗？

曾经有位年轻朋友来找我，说他刚通过一个大公司的笔试，但是不敢去口试。

“因为我代表上一个公司出去开会的时候，曾经为了公司利益跟另一个公司的主管冲突，他跟我来硬的，我就是不让。”他说，“可是今天，他变成我口试的主考官。”

我对他说：

“去吧！看看他的格局，如果大的话，他会不计前嫌；小的话，也不值得跟他做。”

他去了，你猜结果如何？

那主管先一怔：“我们好像见过。”

“是！”年轻朋友说，“我以前在某公司，曾经顶撞过您。”

主管把脸板了起来：“你知道今天是我吗？”

“我知道。”

他居然被录取了，而且成为那主管的特别助理。主管到哪儿都带着他，逢人便介绍：

“这是我的新助理，以前在某公司时还跟我吵过架。他很厉害哟！”

想想，那主管是不是也有言外之意——

“我也很伟大啊，能不计前嫌。”

我们可以说，他们两个人都因为“不计前嫌”，才能“前嫌尽释”。如果那年轻人先心存芥蒂，能有这样好的结果吗？

再让我举几个例子：

一、假使你是位大作家，某杂志向你约稿，求了许久，你终于给了一篇，他们赶着登出来，却忙中有错，漏了一大段。

杂志社不断致歉，很不好意思地说：“希望您不会因此不再赐稿。”

你是真不赐稿了，还是应该打开僵局，主动再寄一篇去？

作家跟杂志结怨，聪明吗？

二、你托朋友介绍你进他的公司。

拖了好久，没消息，结果你托别的关系，两三下就进去了。

碰到那不够意思的朋友，你应该好好损他两句：

“嘿！你不帮忙对不对？我自己进来了，怎么样？”

还是说：

“谢谢你帮忙，我知道要不是你先为我美言了，我不可能成功。”

没进公司，先结怨，聪明吗？

三、你或许记得这个新闻——

美国众议院议长金瑞契的母亲，接受电视记者宗毓华的访问，居然说她的儿子认为克林顿的老婆是个贱女人（bitch）。

新闻播出，引起轩然大波，金瑞契甚至指控宗毓华骗了他老母。

眼看克林顿总统夫妇跟金瑞契有了严重的矛盾，后来事情怎么收场？

克林顿的太太希拉里居然亲笔写了封信，由克林顿交给金瑞契。

那是一封邀请函，邀请金瑞契和他母亲一起造访白宫。

一场很大的风波，就这样化解了。

这世上每个人的脾气都不一样。有人知过能改，有人死不认错。其实死不认错的人，当他们平静下来，心里都有数，只是天生的个性——嘴硬。

当你发现你的朋友，甚至你的另一半，属于后者，如果你能先道歉，他们不但会在心底偷偷感激你，而且会加倍报答你。

我处处发现懂得先说抱歉的人，到后来占到便宜。这叫“输了面子，赚了里子”。

记住！

愈有面子的人，愈输得起面子。

愈是死要面子的人，愈会输。

两个人打架，被拉开之后，都会偷偷看着对方的手——他举起来打，我也举起来打；他伸出来握，我也伸出来握。

当所有人都认为你有资格“举起来”，你却先“伸出去”的时候。

你不是软弱、不是屈服、不是耍诈，而是有了“人生的大智慧”。

这世上有什么能比“把一个死敌变成朋友”更称得上“赢”的事呢？

教你识货

小周爱石成痴，倒不是爱钻石、翡翠那些宝石，也非醉心端溪、歙县出的那些砚石，而是特别钟情于“田黄”“鸡血”这些用来刻图章的印石。

“田黄里面有呈网状的萝卜纹，鸡血的红色常是一丝一丝的，至于那些牛角冻、角脑冻、荔枝冻，更是美得让人想咬一口，哪像钻石、翡翠那么透明，一眼全看穿了，根本不耐玩嘛！”小周常拿这套理论讽刺自己的老婆。

周太太本来不以为然，但是眼看这几年，田黄、鸡血的身价连翻五六倍，也就不得不佩服自己丈夫的眼光。

“印石涨价的道理很简单！女人戴宝石，男人总不能也东挂一条、西戴一颗闪亮亮的东西吧?！”小周分析，“所以有点阳刚之气，又能拿来刻图章的石头，自然成为男人的‘最爱’。男人比女人更有钱，所以印石价码节节高！”

正因为收藏印石发了财，小周动不动就往大陆跑。而且精明地不去大城市，专到小村小镇去搜罗。

“小地方，常能看到以前官宦人家的后代，把祖传之宝拿出来贱卖。他们不识货，我可识货！一块田黄能赚个几十万。”小周说。

当然，碰上不识货的人也惹气。有些店家连田黄、鸡血什么样儿都没见过，只要有黄色的石头，就硬说是“田黄”；带点红斑，就咬定是“鸡血”。

譬如今天这家，一个年轻漂亮的女店员，就非说她那几块黄石头是真正的田黄。

小周终于气不过了，从贴身小包里掏出自己最爱的上品田黄：

“你拿去瞧瞧，这才叫田黄！多温润！多敦厚！哪儿像你这几块莫名其妙的东西！”

“什么莫名其妙？”里面突然走出个大汉，怒冲冲地说，“你要买就买，不买拉倒！”说着把桌上的印石全收了起来。

“喂！喂！喂！”小周急了，“你怎么把我的田黄也收走了呢？”

“什么你的田黄？这都是我的东西！敢情你想欺诈？”

想一想

小周错在什么地方？

错在他“好为人师”。

我有位开艺品店的朋友说得妙：

“你知道吗？如果你雇个年轻漂亮的小姐，能多做不少男人的生意。我甚至发现，有漂亮的女人走进商店，都会吸引男人跟进来。他们装作要买东西的样子，问问这个、问问那个。这时候，漂亮小姐要是走了，他们八成也会跟着离开。如果小姐一直留在店里，我可就占便宜了。”他眉飞色舞地说：

“那些男人不好意思光看不买，常能让我多做好几笔生意。”又神秘兮兮地笑笑，“其实啊！女人也一样，爱表现嘛！”

人都有“爱表现”的毛病，岂知当你“表现”的时候，也正是你弱点显露的时刻。

“现”，使原来不知你底细的人，立刻知道了你的斤两；“表现”，使你为了面子，不得不“内行装到底”，于是“打蛇随棍上”的商家，正好抓住机会，左一句“您当然知道”，右一句“想必您早见过”。你明明不知道、没见过，也强装内行，最后完全掉入他的陷阱。

曾经有个人从北京带了幅画请我鉴定。画没打开，先吹他自己多内行，从绢色、印色和裱褙，就知道买得不会错。

听他这么说，我先猜到：他八成买了幅假画。

果然，那画才展开不到一尺，就知道是假东西了。

“怎么可能？”他叫了起来，“你看！这绢的颜色因为经过几百年，所以都变黑了，印章的颜色也不是鲜红的；尤其这画法，我在故宫见过，唐寅就这样画，连构图都一样；还有你看这画的裱褙，多老！织锦都破了。”

看绢色、看印泥、看构图、看裱褙。

他说的样样都没错，错在他只懂三分，却要装作十分，错在那种假画是专为他这种人准备的——

您不是要看绢色吗？

他这绢早染过了，用的染料是拿民家烧饭的“百年老灶”上熏黑了的“墙纸和天花板”泡水调制的，不但颜色老，连味道都老。

您不是要看印色吗？

他的印泥是用朱砂加铅粉调色，再用熨斗烫过的。不但像经过几百年的印色，而且老得都脆了。

您不是能看画风吗？

他是由行家照故宫真迹临摹改造的。

您不是会看裱工吗？

他是用不值钱的老画边上拆下来，再粘上去的。

您不是聪明吗？

他比您更聪明，您会看什么，他早料到了。

你可以想象，在古董店里，这一位假“行家”，一边看画、一边点头、一边指着分析的场面。

那旁边的店员，则不断鞠躬：“可不是吗？可不是吗？您真是行家，逃不出您的法眼。”

最后，逃不出他的手心。

淹死的人，多半是会水的。那个“多半”之中，又有“多半”是“半会水”的。

买古董上当的人，多半是内行人，那内行人之中，又有多半是“半吊子”。

古董就那一件，你无法“货比三家”，所以，如果你是外行，最好别碰，碰了准吃亏；如果你是“半内行”，最好别说，说了就露“黔驴之技”。

至于你买一般的东西，记住：

你买的是那东西，不是表现给哪位小姐（先生）或旁边人看的。

请继续看下一个故事。

我家那个傻子

两口子去香港购物，连着一天半跑下来，大包小包堆得像个小山似的。

太太穿高跟鞋，下午走不动了，老乔总算可以自由活动。

“别打什么坏心眼！”太太在后面叮嘱，“少往小巷子钻，当心被抢！”

“我知道！我知道！”老乔直点头。

不过老乔存心往一条小巷子里钻。喜欢收藏玉的他，早听说有那么一条玉街，价廉又物美。

“幸亏太太没跟着。”老乔心想，“这两天真受够了女人讨价还价的毛病，婆婆妈妈，到头来省不了几文。”

嘀，一片玉！老乔眼睛都花了。

每一块都漂亮，而且每一块都有故事、有来历。这块是齐桓公腰上的；那方是朱熹头上的；这根是慈禧鼻子里的；那只是光绪指头上的。

老乔真想统统搬回家，他确实有这个财力。只是想想老婆的脸，老乔又怕了。

“就算不给自己买极品，总可以买点小东西送朋友吧！尤其公司那几位女职员。”老乔心想，走进一家店。

“五千？”老乔问。

“五万！”

老乔眼一亮：“五万？”

“好东西嘛，要不是看您这么豪爽，要跟您结个缘，别人哪，十万我也不卖。”

老乔又前前后后看个仔细，老板还把座子抬起来，让老乔看下头，果然有个十五万的标签。

老乔想了想，掏裤子口袋，拿出支票本。

“这我们不能收。”老板把老乔的手按住，“我们只收现款和信用卡。”

老乔又掏上衣里的皮夹子，糟了！忘记这是新买的衣服，皮夹子没换过来。他尴尬地笑笑：

“你们把这几样留着，别让人家买走了，我去旅馆拿，马上回来。”

老乔没能马上回来，大概因为跑得太快，心脏受不了，回旅馆就胸痛，被老婆压着吃药，不准出门了。

“可是那些东西太好了，我非买不可。”老乔非撑着去不可。

“什么好东西，非买不可？要买，我给你去买吧！”老婆看老乔一副愈着急心脏愈要出毛病的样子，只好照着他说的地方，代夫出征。

一进店门，就见一副玉屏风和一堆玉佩，还有个已经包好的小东西，放在柜台上。

“特价品哪！”乔太太存心损损人家，拿起一块玉佩，“一个多少了？”

“四百五！”小姐说。

“什么？”乔太大叫了起来，装样子，摸着胸口，“天哪！好贵好贵，比别家贵好多，什么傻子会买？”转身要走的样子。

“您是不是真要？”小姐追过来，“算您三百五，最便宜了。”

“还是太贵。”乔太太又拿起包好的那个，“这是什么？”

“哦！是别的客人要的。”小姐指指另一个柜子，“里面很多，一样的，一个算您一百五。”

乔太太又摇摇头，心想：“果然没错，那傻子差点上当。旁边这个玉屏风，一定也是傻子挑的。”想着，伸手过去，弹了弹屏风。

“不成！不成！”老板走了过来，“会坏的，坏了你赔不起。”

“赔不起？”乔太太一瞪眼，“我如果买，你卖给我多少？”

老板一笑，转身走开了。又突然回头，脸一沉，冷冷地说：

“两万！你买不买呀？”

想一想

我听过一个笑话——

眼镜店老板对新来的店员说：

“如果客人拿起一副眼镜问多少钱，你说四千，他满不在乎的样子，你就加一句‘只是镜框、镜片要三千’。他要是还不在乎，你就再加一句‘那是每个镜片，两个要六千’。”

这真是非常传神的笑话，道出了生意人的手段。

老乔不就一样吗？

当店员说三百的时候，他不在乎买下了。

下一个他看到的东西，明明能三百五，就涨价成了五百。

老乔居然脸不红、气不喘，说“全要了”。老板心想：“今天真碰上大肥羊，吃小的没意思，就端出玉屏风，多坑你一倍半的价钱吧！”

人们吃亏上当，常因为他们不在乎。

很忙的生意人做西装，想想是老师傅了，于是价也不讲：“你看着办吧！”

很大牌的老板整修店面，设计师送上什么“型录”，都一挥手：“你办事，我放心，你帮我挑吧。”

于是，他帮你办、帮你挑。哪样贵，帮你办哪样；哪样卖不出去，帮你挑哪样。

你的门把手是最讲究的纯铜镀金，偏偏可能那镀的地方已经有点生锈——那是库存久了，卖不出去的东西。

你买的花瓶，价钱确实比市面便宜，只是可能花纹有点模糊——那是工厂淘汰的瑕疵品。

你的浴缸是真正国外进口的名牌，只是可能有个地方的搪瓷裂开一小块——那是他的老虎钳不小心掉下去，砸坏了被上个客户拒收的东西。

一个卖水果的人，刚打开一箱樱桃卖个价钱；被人挑得差不多的时候，卖个价钱；要发霉、没人要的时候，又是一个价钱。

今天，你不在乎，甚至懒得去，只打个电话叫货，就可能花“刚开箱”的价钱，买那将发霉的剩货。

“我没骗你呀！不信你来看看，我这箱，就标这个价。”

“你应该吃点亏嘛！谁让你自己不用功，你把时间都拿去赚大钱了，就让我赚点小钱吧！”

“你活该多花点钱哪！你钱多嘛！人家吓得掉头就走的东西，你还嫌便宜，我干吗不多敲你几文？”

生意人永远有他的道理。如同他们常说的——

“杀头的生意有人做；赔钱的买卖没人做。”

他们随时看你的表情，从你进门的样子、你的穿着谈吐、你感兴趣的东西。没两下，他已经决定该怎么为你“定个价钱”。

美国人曾经做过一项调查，发现买大东西，主妇比较容易上当；买小东西，男人比较容易吃亏。

道理很简单，你想想，如果你去为人估价，一边是女主人温婉地招呼你，客气地说她什么都不懂；另一边是个男主人，虎视眈眈地盯着你，你写一行，他问一行。

你给谁比较便宜？

换个情况，你卖水果。一位主妇提着菜篮走过，和一位上班经过的男人分别问你价钱。

你可能给谁比较贵？

计较的人，总是会得到好的价钱。他花时间讨价还价，一分耕耘，一分收获嘛！

不在乎的人，当然应该贵点，他匆匆忙忙、急着走，又从不上菜场，当然应该贵些。

现在我请问：

你是会计较，还是不计较的人？

你确实可以不计较，因为你有钱没闲，对不对？

但是，由老乔的例子，你也要知道，当你一副不在乎的样子的时候，很可能由吃小亏，成为吃大亏。

这个故事跟前面那篇《沙发上的战场》很不一样，前面那个是盲从的人偶然被坑，这个则是“呆子出门，样样吃亏”。

千万记住！

无论你多么富有，当你问价钱的时候，总要摆出计较的样子。

无论你听到多么合意的价钱，都不能露出“哦！原来这么便宜”的表情，你甚至得多多少少还个价。

因为不在乎小的，就可能失去大的。

你不在乎一个几百块钱的小玉佩，就可能赔上几万块钱的大屏风。

不是猛龙不过江

“上刀山，下油锅，我都不怕！”龙董狠狠拍了一下桌子，“不要再跟我啰唆了。”

“是！是！是！”萧总经理连连鞠躬，退了出去，临出门，却又回头，支支吾吾的。

“您放心！我虽然跟您说了这么多，但是全公司上上下下都支持您，会计那边也准备好了。”

“准备什么？”

“准备来查账啊！”

“查账？怕什么？我还怕他们不查呢！”龙董一瞪眼，“难道你们有问题吗？你说！”

“没有！没有！我们当然没有，遵照您的指示，我们是连一毛钱税都不逃的。”萧总急着解释。

“那就好！准备所有的账册，欢迎他们查账。”

果然，话才说完，税务局就来了。

不过不是来龙董事长的建设公司，是去了他楼上那家。

“要命啊！”那家的桑老板在电梯里碰到龙董，直叹气，“奇怪了！这是什么时候？这是他们最忙的季节，怎么突然来查账？”放小声，“喂！你们有没有被查啊？”

“没有。”龙董脸一拉，又一笑，“查，我也不怕。”

“听说三楼老蔡最近也被查了呢！”桑老板摇摇头，“莫名其妙。”

隔一天，又是龙董去吃中饭的时候，看见五楼的小高抱着一箱东西。

“什么好东西啊？”龙董笑嘻嘻地问，“神秘兮兮的？”

“好东西！好东西——”小高把“西”字拉得特长，“账目、报表、单据、划拨单、发票……”

“哟！怎么啦？”

“怎么？”小高苦笑了一下，“税务局来查，我拿去给会计师。”

“奇怪了，怎么搞的？怎么大家都被查税？”龙董开会的时候问。

“是啊！听说咱们大楼，有六家被查了，蔡先生和桑老板都有了麻烦。所幸，就咱们没被查。”萧总说。

“查啊！我们不怕查，愈早查愈好！”龙董还是那句话。却见张副总比了个手势：

“不过这也麻烦，昨天我接到桑老板的电话，说大家都奇怪，为什么一栋大楼，就我们公司没事。”沉吟了一下，“然后，他提到咱们圆环的那栋房子。”

龙董一下子站了起来，“他这是什么意思？”

“我不知道。”张副总摊了摊手，“我说圆环那房子还没完工，他就问会不会先借给谁用。”

“我借给谁用，干他屁事？”龙董的脸沉了下来。

没想到，当天晚上吃饭的时候，龙太太也问了：“你新盖那栋叫什么‘及天天厦’，该完工了吧？”

“快了！正挂外墙花岗石呢。”

“有人买了吗？”

“还没有开始卖，问的人倒不少。”

“我爸爸也问了。”

“问这个干什么？难道他要买？”

“他怎么可能买？他问你是不是要借给谁做‘竞选’总部。”

“他怎么会知道？”龙董放下筷子，“谁传出去的？”

“还不是你要借的人说的！”龙太太只当没事，“谁不巴着要那块宝地？”

那确实是块宝地！

五条大马路汇集到圆环，谁经过这儿，能不抬头看看那横面宽达五十米的“及天天厦”？怪不得原来叫“及天大厦”，龙董硬是加了“一横”，说：“大还不够，不是大厦，是天厦！”

天厦，当然只有天子能用，谁要是用了这天厦做“竞选”总部，气势一定可以震四方。胡先生不是说了吗？他要是“当选”，连庆祝大会都不用借场地了，只要用那天厦前面的圆环，就够了！

胡先生跟龙董是小时候穿一条裤子长大的，两个人当年一起花五毛钱租小脚踏车，轮着骑；一起去果园偷橘子，一起去女生学校门口看妞，还一起入伍当蛙人。只是后来一个经了商、一个从了政。

所以今天龙董不把“及天天厦”租给执政的共和党，却坚持借给胡先生，是有道理的。

胡先生对这事，当然感激得不得了，隔两天就来个电话，“老龙！没给你添麻烦吧？”

“笑话！咱们从小一起长大，我是怕麻烦的那种人吗？”龙董总是笑着回他，“到时候，你来布置就成了。你可以准备一个特大的看板，把整个大楼正面全用上，让人从飞机上都能看得见。”

“今天我开车，老远就看见你那新建的大楼。”龙董的舅舅，下午突然跑来，“好地方呀！”拍拍龙董的肩膀，“我跟你打个商量好不好？租你的一楼，为期一年，我想办个商品展，你说多少就是多少。”

“真对不起！舅舅！我已经决定借给一个朋友了。”

“朋友？”舅舅嘴巴张得大大的，“不会是那姓胡的吧？他选不上的！共和党的力量多大？他是拿鸡蛋砸石头啊！”凑到龙董耳边，“别蹚这浑水。”

“我不怕！”龙董冷笑一声。

“你不怕，我怕啊！”

当天晚上龙董就接到八十岁老娘的电话，颤颤悠悠地在那头喊：“你别找麻烦好不好？你知道你舅舅最近出了麻烦吗？连他后院加盖的那小间，都要被拆了。”

龙董的眉头皱了起来：“妈！这事我管不了，谁要他盖违建的？他不违法，谁又会去拆？”

“问题是，他说都是你害的。”

“妈！我没害他！我行得正，什么都不怕。”

“恐怕咱们山上那别墅有问题了。”才隔两天，萧总突然气急败坏地跑进龙董办公室，“又有人来测量了，由某大学地质系的教授带队。”

“不是早测过了吗？”龙董歪着头，盯着萧总。

“是啊！经过鉴定，是逆向褶曲，不会滑坡，而且建筑许可证都下来了。”

“那又为什么再调查呢？”

“说是有地质学家在附近发现走山现象，一路追过来，怀疑咱们那块地也有危险。”

萧总正报告呢，张副总冲进来，说南部那块建筑用地也出了问题。

“那‘祭祀公业’突然冒出几个人，说他们从来没有同意过。”

“笑话！”龙董的脸色都变了，“不是大家开过会，全同意了吗？还是由那个谁谁谁出面，早没问题了吗？”

“那个谁谁谁也不认账了。”张副总露出哀求的神情，“看样子还是得您出面了。”

龙董不得不出面了，还是他有办法，一切的风风雨雨麻烦事，靠他出面，几句话就摆平了。

连大楼里那几家公司也雨过天晴，大家碰到龙董都称谢不已。

及天天厦落成的时候，龙老太太、龙董的岳父和舅舅都到场了。

六十多米长的鞭炮由楼顶垂到地面，足足燃放了五分多钟。还有几百支冲天炮一齐冲天，真是“及天天厦”啊！

晚上就更是热闹了，党政要员、媒体记者、转播车和支持的民众都到了，在点灯按钮的一瞬间，几十道烟火，把夜空点缀成火树银花、灿烂非凡。

从大楼楼顶缓缓垂下一个超大的帆布看板，执政的共和党候选人大照片，露出最亲切的笑容……

想一想

只怕你太干净

对于独裁的统治者而言，你有钱、有名、有势，他都不怕，怕的是什么？

怕的是你“干干净净”。

如果你不但干净，不逃税、不贪污、不包二奶、不闹绯闻、不走后门，而且有名又有钱，就更是他惧怕的人了。

因为他没有你的小辫子，想对付你的时候，不知如何下手。

因为当你有名有钱又有清誉的时候，自然就有“势”。

那“势”是群众拥戴的“势”。

譬如你是学界领导，在专业上受到国际肯定。那么，到了紧要关头，只要你出来讲几句话，就可能对“大局”产生决定性的影响，而这些影响却是统治者原先无法估算的。

专抓你的小辫子

所以，不要因为你有清誉，就沾沾自喜，认为自己无欲则刚，认为谁也没办法找你麻烦。要知道，正因为你无欲则刚，你的“刚”就犯了统治者的“忌”。

“卧榻之旁岂容他人酣睡”，你是一颗未爆弹，不知道哪一天会被他的对手吸收，而且引爆；也不知道哪一天，你看不惯他的施政而会自己爆炸。你在，他怎能不操心？

所以他必然时时刻刻注意你最新的发展——

是不是遇见了红粉知己？好极了！记下来！

是不是做了关税？好极了！记下来！

是不是接了谁的馈赠，而没有报收入？好极了！记下来！

是不是接受了某建商的三折别墅？好极了！记下来！

要知道，这世界上不知有多少国家的调查人员，专门做的就是“去了解”社会领导者的工作。

他们了解之后，只是记下来，存入档案，等到哪一天要用你了，才把档案打开。

甚至当他发现你作了大弊，可以立刻将你绳之以法的时候，他都忍着，不吭气。为什么？因为放长线、钓大鱼。今天他把你揪出来，大不了去掉一个你。相反地，如果改天他把档案件在你面前打开，你，不得不听他的，他不是多了一个助手、一个杀手吗？

到那一天，你过去建立的名誉、地位，你所拥有的财富、人脉，都成了“他”的利器，他何必今天把你揪出来呢？

伯仁因你而死

偏偏你这个人真清廉，硬是没有把柄落在他手上。

他怎么办？

他还是有办法，就好比打仗的时候，你是游击英雄，来无影、去无踪，他抓不到你。但是你有家小啊！就算家小也被你藏起来了，你还有亲戚朋友啊！

他把你那村里的人，男女老幼一起绑起来。你一天不出来，他就一天杀几个给你看。

为你一个人，死了那么多无辜者，你忍心吗？

于是，你现身？

就算你心硬，不现身，当那些村民因为你而被杀光，他们的亲友，甚至你的国人，能不怪你造孽，使他们遭殃吗？

结果，你原来想拯救苍生，苍生却为你而死。你原来的善，都成为恶。

你不捅他，我就捅你

回头想，龙董事长是不是碰到同样的情况？

“当道”先不找他，却找他四周的人，他那大楼里，每一家公司都被修理了，就留你龙董的公司安然无恙，你能不被责难、怪罪、怀疑吗？

这就好比，别人都不想惹事，躲起来不吭声，你跟他们在一块儿，却大呼小叫，引人注意。

这也好比，几个人在荒僻的地方行走，发现一大袋现款，大家都说真是天上掉下来的财富，正计算如何分配的时候，你却说应该拿去招领，说不定那失主是用这些线来救命治病的。

他们能说你不对吗？

就算他们拜托你，叫你不要“拾金不昧”，你也勉强同意了，可是分钱的时候，你硬不要，说“我可以不讲出去，但我不拿这钱”。

他们的心里能不战战兢兢，怕你随时把他们出卖吗？

如果那袋现款是个了不得的数目，几个人又都是穷哈哈的光棍，你想想，你能没有危险吗？

举个更毒的例子，又好比三个人一起作案，那两个人各给对方一刀，接着叫你也捅一刀，你坚持不做，只怕那一刀就捅在了谁身上？

请你老娘出马

龙董知道楼上楼下的朋友都因为他，被查了。但是他不在乎别人怎么说，只坚持自己的决定。

于是，“当道”又有了新的做法，他由整你的朋友，到整你的亲戚。

你是圣人，好！我对付不了你。你总有亲人吧！他们能个个都是圣人吗？

他先动之以情，托你老岳父出面，婉转地暗示你一下。你还不听？好！他又请你舅舅出面，说要租你的地方开商展，给你一个台阶下。

舅舅为什么出面？他还不是被逼的？他摆不平，他家后面加盖的老违章建筑就要被拆了。

于是你八十多岁的老娘也不能不说话了。

让你寸步难行

龙董连他老娘的话都不听，硬要把大楼借给他的老朋友胡先生。

“看样子，这个人是不见棺材不落泪，非要把刀子架到脖子上不可。”

他不得不对你动刀了！

欲加之罪，何患无辞？

有几块地的岩层走向是百分之百的逆向？（也就是岩层的斜向，是斜向山的内侧，下大雨或地震时不易滑坡。）于是他借着最近“土石流”、地震和塌方死了不少人为由，重新检讨已经发给你的建筑许可证。

他是为广大人民的生命财产安全着想啊！你能说他错吗？

而且不是由他出面，是由客观的学者出面。

他也由你只差临门一脚就谈成的“祭祀公业土地”下手，那块地原来属于同一宗族，必须相关的继承人同意，才能卖，他就对那些人下手，要他们不认账。

今天，你再够意思，再够义气，当自己的生存出了问题，全公司员工的生计有了麻烦，你还能不软化吗？

搞不好，他这时候出面，不但不是向你借、向你租，而且是向你买那大楼的底层，而且出高价。

这一进一出、一软一硬、一得一失之间，差了多少？

如果你是龙董，你这条猛龙还猛得起来吗？

恶霸与善霸

所以，政治上除了有“恶霸”，还有“善霸”。

统治者对恶霸可以慢慢处理，因为随时一刀毙命；反而是对善霸，他最好早早下手。

除非你这善霸，可以成为霸，却把姿势摆得极低，而且早早就摆明：

“我绝不过问政治上的事务，我的家族也绝不涉足政治圈。”

也除非你这善霸，能够“善门常开”“来者不拒”，哪一派的人物来拜山，你都接待、都为他祈福，都讲些希望国泰民安、不痛不痒的话。

他知道你坚守原则，知道你好比“二战”中的瑞士，就算三天能把你拿下，也会留着你，做个点缀。

读过李白的名作《行路难》吗——

“有耳莫洗颍川水，有口莫食首阳蕨，含光混世贵无名……”

读过《老子》中的名句吗——

“持而盈之，不如其已；揣而锐之，不可长保……”

读过《庄子》的名言吗——

“坚者毁矣，锐者挫矣。”

古圣先贤为什么想出这许多“低姿态”的道理？

这是处世的智慧，也是千百年来在独裁统治下不能不懂的人生哲学。

如果你还想不通，请看下一个故事！

机场罗生门

对阿里来说，这已经是驾轻就熟的事了。从进外事部门起，他就负责接待贵宾的工作。当然，长官不可能一开始就派他去接机，而是派他负责杂务，譬如帮贵宾提行李，带贵宾的宠物出来，安排“后送行李”，等等。

接了五年飞机，阿里在机场真交了不少朋友，连要他到美国去，阿里都以家有老母而婉拒了。

为此，人们还耳语了一阵子，有人说阿里是因为寡母病重，家里又有钱，生怕去美之后，有一天老母蒙主宠召，来不及回来争产业。也有人猜，阿里是在机场交了女朋友，怪不得喜欢往机场跑。

不过由阿里担任这工作也真对，第一，阿里有辆奔驰休旅车，派不出车的时候，阿里可以开自己的车，帮忙运贵宾的行李。

谈到行李，那些贵宾可真难对付，尤其是西方人，都带老婆，女人的行李惊人，大概除了一天三套衣服、五双皮鞋，得换来换去，连他家的家具都带来了，大箱小箱的，可也真多亏阿里是这么有耐性的人。

至于外调嘛，其实阿里也看不上。亚洲、欧洲、美洲，他全走遍了，跟外面的人也混得挺熟。

这又是阿里过人之处，正因为跟外面的人都熟，阿里接机才能特别顺利。

譬如贵宾在吉隆坡机场刚上飞机，那边的朋友已经打阿里的手机，告诉阿里几点起飞、几点到达，所以阿里对时间的掌握最精确，连“部长”要去接机，都得问阿里几点出发最好。

不过今天阿里可算错了，害“部长”坐在贵宾室等了一个多钟头。

当然这不能怪阿里，要怪机场的怪天气，突然狂风骤雨，使原本应该准时降落的飞机，不得不暂避到曼谷。

所幸一个多钟头，风雨过了，没多久贵宾就到了。

“部长”到空桥热烈地跟贵宾握手，又问候贵宾的夫人，说：“害您受惊了。”

“没有！没有！安全重要。”夫人很客气也很幽默，“而且我没去过泰国，能去看看，也挺好。”

“可不是嘛！”一位“礼宾司”的官员一边带贵宾往外走，一边说，“正好您那五大箱‘后送行李’，原来下一班飞机要晚一个半小时才到，现在您的航班一误点，变成一起到了。”

“我的后送行李？”夫人一怔，“五大箱？”

“是啊！我们的人已经帮您运出来了。”官员转身喊阿里。

阿里正往他的车上搬行李呢。

“哎呀！”官员跑去拍阿里一下，“你也真笨，现在一起到了，就直接抬上车，一起运回去不就成了？”

正说呢，贵宾夫人跟来了，指着那五大箱行李问：

“你们说这是我的后送行李？”

“是啊！是啊！”官员说，“刚下飞机的。上面还挂着您的行李条呢！”

夫人一怔：“不！这不是我们的，我们的我已经看着运上车了，一定是搞错了。”

官员和阿里都傻了。

“我……我想还是先运去宾馆吧！”阿里用中文说，“搞不好是她先生的，做太太的不知道，这种事情常发生。”

“礼宾司”的官员想了想说：“也对！”又朝贵宾夫人一鞠躬，“是可能搞错了，您请上前面的车，这些事有这位先生负责，他是行家，您放心。”

于是在警车和摩托车的开道下，一排黑色的车子浩浩荡荡地出发了。

车队后面，还紧紧跟着一辆车，是阿里的休旅车，阿里多负责啊！他坚持亲自把夫人说不是她的行李送去宾馆。

只是，阿里今天真是太衰了，车子开到一半，居然出了毛病，不得不半途下高速公路修理去了。

想一想

好！故事说完了。

这故事我讲得非常含蓄，不知你是否看出了端倪。

如果在机场，夫人硬说不要那五件行李上车，行李又退回去，会怎么样？

可能确如阿里所说，是贵宾先生的，先生带了不少东西，太太不知道，结果先生追问下来，只好又由机场送去。

也可能不属于先生，表示那是无主的行李。

五大箱，沉甸甸，怎么会无主呢？

无主的行李，怎会由送机的人员挂上贵宾专用、免检的行李牌，上面明明白白写的是那贵宾的行李呢？

还有，如果贵宾的飞机没有误点，一个半钟头之后，贵宾早进了宾馆，那五箱行李由下一班飞机送到，会由谁去接？

当然是阿里。

人人会“夹带”

现在你想通了吧？

阿里为什么宁愿留下，不愿“外放”？他为什么家里有钱，又有能力四海度假，而且跟外面的人混得那么熟？

如果你还想不通，就让我再解说一下——

这世界上有许多人懂得“夹带”。

买菜的时候，顺便要一根免费的葱，是夹带。

为公家买公物的时候，对店老板说：“我不还你价，但是，我另外要给自己买一个，请算我便宜一点。”是夹带。

走私毒品的人，把毒品藏在箱子的夹层，绑在身上，塞进肛门、阴道，甚至装在保险套里吞下肚子，是夹带。

送报的人，把不属于报纸上的广告宣传单，夹在报纸里送出去，是夹带。

夹带多棒啊！他是顺手为之，可以属于“情”，也可以属于“弊”。你想想，在报上登个全版彩色广告要多少钱？而你印好单张广告，请报贩夹进报纸，才花多少钱？人家打开报纸，照样看到，效果差不多啊！

你的牙膏是自用的吗?

这世上最会夹带的人绝不是拿葱或塞肛门、阴道的那种人。

那些人太笨了，因为他是自己夹、自己带，有风险。

聪明人最起码像“夹广告”，是请别人夹带。

你知道许多国际机场，都会特别警告旅客，不能随便为陌生人带东西吗？像是罗马机场，在比较特殊的时候，他们会派出专门人员，询问每个坐美国航班飞美国的旅客：

“你的牙膏都是自用的吗？有陌生人送你礼物吗？你的行李是自己装箱的吗？在来机场的路上，你的行李曾经离开你的视线吗？有朋友托你带东西吗？”

你只要对其中一项说“有”，他就要把你行李整个搜一遍。

为什么？

因为一般机场的X光机，无法查出塑胶炸弹，也因为航空公司都假设“旅客自己带的行李比较安全，旅客不会明知是定时炸弹，还带上飞机，把自己炸死”。

也因此，当你行李交运，人却没上飞机的时候，他再三广播找不到你，一定会先把你的行李从成堆的货物舱里翻出来，拿下飞机。

没拿下飞机，他绝不敢起飞，唯恐你的行李中有炸弹。

请你帮我死

尽管如此，还是有些飞机被炸了。

可能是自杀式的，那些炸人的，自己也被炸死了。

也可能是“绝情”和“无情”的人所为，他把有炸弹的行李偷偷藏在亲友的行李里，把亲友一起炸死。

也可以说他是交由亲友去夹带。

还有一种人，他在“通关”之前，趁机把毒品或炸弹放在别人小孩子的背包和玩具里，或是在空中爆炸，或是等“通关”以后，他再去小孩那儿把东西拿（偷）回来。

也可以说，他利用检查人员不会怀疑小孩的弱点，要小孩为他夹带，就算小孩被查出来，他只要不出面，也可以全身而退。

无主的行李?

现在再让我们回头想想阿里和贵宾。

贵宾为什么总有“后送行李”？那行李是谁帮贵宾送上飞机的？（那种行李依规定是不必验关的。）

阿里为什么硬要用自己的车，帮贵宾运那“后送行李”？

这一次，阿里的车为什么半路出了问题，下了高速公路？

如果在机场，贵宾坚持把那五箱行李打开，里面可能是些什么东西？

是谁请谁做了夹带？

假使查出来，里面全是违禁品，鸦片、摇头丸、可卡因……的时候，贵宾说不是他的，外面的人硬说是贵宾的，阿里也双手一摊，谁该负责？又是谁的？

看清楚再带

看了这个故事，你以后坐飞机能不小心吗？你能让行李离开你的视线，把行李交给旅馆暂时保管，又不锁箱子吗？

你能帮人带“不知内容”的东西吗？

你托别人带东西的时候，能不当面打开，给对方“看清楚”吗？

如果经过检查之后，有人突然说有样东西不小心，夹在你行李中了，请你还他，或在检查前说他东西太多，请你帮忙拿一样的时候，你能不警觉吗？

带小孩旅行时，你能让他背一个不拉紧拉链的包包上飞机吗？

免费报道（故事一）

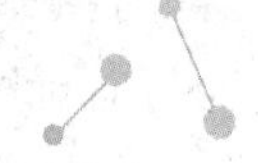

在结婚的那天之前，凯西从来没有注意过镇上的“社区小报”。虽然偶尔在超级市场门口看到厚厚一沓，不拿白不拿，凯西也会顺手取一份，只是翻不了两下，就丢掉了。道理很简单，全是广告和应酬文章，譬如某家生了女儿，某家儿子进了常春藤盟校，某家母狗一胎生了六只。当然最多的还是结婚消息，满满两大张，全是照片！

正因此，结婚这天，凯西不得不注意这家报的存在。

当连续的镁光灯闪起，加上专业摄影机马达驱动的声音，要想不去注意那位记者也难。

只见那记者一会儿搬椅子，一会儿登梯子，甚至躺在新娘的脚下抢镜头，虽然让人觉得有点表现得过火，但是对于新人来说，倒愈有一分高贵的感觉，仿佛自己成了查尔斯王子和戴安娜王妃。

尤其暗自高兴的是新娘子，新婚之夜就一个劲儿地猜：

“那记者拍出来的美不美？什么时候会上报？他们应该会先通知我们吧？”

果然，第二天记者就把照片送来了。

嗬！好大一摞！而且居然全部免费奉送。

凯西简直乐歪了，急着问：

“什么时候上报啊？哪些会登出来？”

“明天就可以出来了，全城的人都能看到！”记者从口袋里又掏出几张照片，“会登这些，登一个整版，您说棒不棒？而且纯粹为社区服务，我们是不收钱的。”

凯西高兴地把照片接过，翻了几张，心里凉了半截，不解地问："为什么登这几张呢？你看！这张笑得好丑，那张又闭了眼，还有一张弯腰的，差点穿了帮。"凯西指指另外一堆照片，"这里面有不少好的，你为什么不用呢？"

记者把两堆照片拿起来比了比，摇摇头，不解地说："你说得对呀！我也不清楚是怎么选的，难看死了。"说着抓起电话，"让我打个电话回去问问，来不来得及换。"

可惜电话那头传来坏消息：

"版已经制好了，除非整个重做。"

"那就重做，求求你，我可不希望自己看起来像吸血鬼，太丢人了。"

记者先不作声，低头沉吟了一下，为难地说：

"可是制版费不便宜呢！而且工人都下班了，还得叫他们回来加班，才能赶得上夜里印刷。"

"多少钱？我们出！"新郎、新娘异口同声说，接着颤抖着签了支票。

免费报道（故事二）

大概因为生意垮了，债主逼的，老康最近很不安康，好几次开车，明明绿灯变黄灯变红灯，老康都视而未见，直直地冲过去，把十字路口搞得天下大乱。

所幸老康有上天保佑，不但没撞人，没跟别人的车子因此相撞，连交通警察都正巧不在，使老康没有吃一张罚单。

“我一定要小心！一定要小心！”老康现在每次开车，都不断在心里念着。尤其碰上黄灯，明明可以冲过去，老康也不敢冲。他甚至在看到绿灯的时候，都暗自计算是不是该变黄灯了。“虽然债主追我，我也犯不着往鬼门关送。”老康心想。

这天晚上，车不多，直直的大马路上，大家都加足了马力冲，因为是联动的绿灯，冲得快，一次可以跑上十几条街。

老康看大家快，不觉脚下也加了油门，可是他心里算着：要变灯了！要变灯了！

果然绿灯变黄灯，老康赶紧踩刹车，吱的一声停在路口，但是跟着当的一声，老康的车尾巴被撞了。

还好撞得不重，老康跳下车看，保险杠被撞坏了，撞他的是个中年女人，居然一个劲儿地骂：

“你怎么搞的？黄灯，你已经停不住了，就应该冲过去，我算你会过去，跟着你，怎想到你发神经，竟然踩刹车。”

也幸亏那女人开口骂。老康原来想算了，听这一骂，非把她驾照和保险卡抄下来不可。也幸亏抄下来，因为撞车之后的第三天，老康就开始有了车祸的后遗症。

妙的是，发现老康受伤的不是老康自己，也不是医生，是老康做律师的邻居小刘。是小刘看见老康的车被撞坏了，主动问老康的。问的第二天，老康就开始头晕。

老康遍访名医，把那骨科、内科、外科、脑神经科、内分泌科、精神科，甚至泌尿科全看了，各种断层扫描也都做了。可是头晕就是不好，而且有愈来愈严重的趋势。

所幸有对方的保险公司负责，不但负责老康的医疗费，连老康不能工作期间的生活费都管。

登门的债主知道老康被车撞了，精神恍惚、双眼失神，也不好意思来打扰了，几个善心的，还送了鲜花、水果和慰问卡。

转眼三个月过去，老康的病毫无起色，每天的工作就是看病和复健，只是怎么看，都找不出病因，颈椎没问题，脑没震荡，身体功能也都正常。可是老康就是晕，晕得扶墙走，晕得连“房事”都不行了。

没人送花了，也没人送水果了，只有律师小刘常来探望。

这天一大早，门铃响，老康跑去门口，扶着门框，打开门，是两位西装革履的男人，先捧上一束花，再掏出名片，原来是保险公司的。

老康请二人进去，跟着小刘也由办公室赶来，四个人讨论老康的病情，又拿出文件，请老康签了名。

文件是老康承诺由于病情特殊，愿意由保险公司一次给付医疗费，以后完全自己负责，不再向保险公司请款。

说妙也真妙。保险公司的人一走，老康就不用扶墙走了，非但如此，他还能跳、能转，抱着小刘又转又叫。

跟着，老康打电话找来他的债主们，把欠债一次还清，还带着老婆孩子去夏威夷度了个假，连着三个晚上，演出“一夜七次郎”。

老康用“剩下的医疗费”东山再起了，大家都说老康是遇上了贵人，一撞撞走了霉运，又说真应验了中国那句老话——

“大难不死，必有后福。”

想一想

看完这两个故事，你有什么感触？

凯西真倒霉，莫名其妙损失一笔钱。

保险公司也真倒霉，老康根本没伤，只是装作头晕，就骗走那么多保险金。

他们都太衰也太笨了，对不对？

没有标准的标准

告诉你，他们都不笨，遇上那样的情况，长痛不如短痛，恐怕最好的解决办法，就是“给钱了事”。

对！凯西是可以告那报纸，问题是什么叫美，什么叫丑，这世界上有个定则吗？

报社就说觉得那些照片性感、漂亮，凯西能怎么说？

好比你去水果摊买水果，问这西瓜甜不甜。

“包甜的！不甜退钱。”

你买回去，一吃，如同菜瓜，明天拿去还他，他抢过去，咬一大口，满脸流汁，边嚼边喊：“真甜哪！您怎么说不甜呢？”请问，你能拿到消费者协会告他吗？消费者协会有规定含糖多少才算甜吗？

什么是冷？

又好比你坐计程车，天热，没开冷气，你问他有没有冷气。

“当然有！”

于是你要他开，他也开了。可是那冷气一点都不冷，热得你直淌汗，你骂他冷气不冷，他回头笑道：“什么？不冷？我都冻得要感冒了。”

请问，你又怎么说？

再次强暴

这世上最有理说不清的，就是抽象的东西。

这世上最麻烦的事，就是跟你缠个没完的事。

你是可以告报纸。以前就有女人被强暴，因为报上刊出受害者姓名、地址，违法，而被那女人告的事。

你告啊！他欢迎你告。你愈告他，他愈有新闻——

“本报某日报道某某女士遭强暴之事，被某女士控告，今日开庭……”

“本报上个月某日报道某某女士遭强暴之事，本报被告败诉，本报不服上诉……”

“本报去年某月某日报道某某女士遭强暴之事，今天……”

请问，你就算告赢了，你又能“得偿所失”吗？

你是一个人，它是一个报，你有两只眼，它有几百万只眼，你只能告一次，它却天天出报，而且新闻讲究自由，记者彼此“相护”，你讨得了什么好处？

所以如果你是凯西，最好花钱了事，只当花钱办喜事，做宣传，留个美好的回忆。再不然，你就不理那报纸，由他去登你不喜欢的照片，使他白贴了摄影、制版和印刷费。

一次买断，破财消灾

让我们再看看老康的故事。

老康说他头晕，有谁能说“他没头晕，他是装的”呢？

他就天天去找名医，找上三年五年，保险公司出医疗费、出交通费、出生活费、出律师费，要贴到哪一辈子啊！

你知道在美国报纸上，有多少这种为你免费打交通伤害官司，不赢不收费的广告吗？

遇上这种情况，保险公司八成是一次买断，破财消灾。

认赔杀出，壮士断腕

我们处世，有可为，有不可为，绝对不能认定自己样样都能赢。

好比玩股票，看情况不对，就该认赔杀出，否则你只可能跌得更深。

你尤其要认清情势，当自己遇上的对手，可能长久与你纠缠，拖垮你的元气、拖累你的时间，而且所争的又是个“公说公有理、婆说婆有理”的事情时，你一定要认赔杀出。

再举个实例——

我的印刷厂有一次为我印书，印得不好，被我责怪，要扣他钱。

“是纸张品质不好，会掉毛，所以印不好，您应该罚纸行。”印刷厂老板说。

可是当我找纸行来，纸行却举证历历，是印刷厂没有好好印，绝对错在印刷厂。

“好！我非罚印刷厂不可。”我对纸行老板说。

你猜纸行老板怎么说？

他居然拜托我不要罚印刷厂，说他宁愿认错，罚他好了。

“为什么？”我问，“你不是说纸的品质没问题吗？”

纸行老板苦笑一下，“可是我不敢得罪印刷厂啊！改天动不动他就通知我，说我的纸有问题，不能印。这纸的品质又没一定，随便他挑毛病，我怎么受得了呢？”

你说，换作你，你又会不“吃下来”吗？

你今天吃下来，印刷厂知道你吃了亏，改天纸有一点小毛病，他会小心一点印，让你过关，否则他三天两头要你派车把纸“载回去”。相较之下，你取哪一个？

只怕它嘴脏

在印尼的科莫多岛有一种蜥蜴，叫“科摩多之龙（Dragon of Komodo）”，虽然它的行动不快，也不大，但是它能吃大它五倍的水牛。

你猜它怎么办到的？

它偷偷爬到水牛旁边，冷不防咬水牛一口就跑。看来它一点没占到便宜，但是，它的嘴特脏，全是腐肉菌，那水牛被咬的地方开始发炎、溃烂。

蜥蜴不急，它很有耐心地守在水牛附近，看着水牛因为坏疽腐烂而倒下。

然后，它才过去。

吃完了，它再去找下一只水牛，而且因为刚吃完腐烂的水牛肉，嘴上全是腐肉菌，保险一小口又能让另一只水牛再烂、再死。

你就撕票吧！

各位读者，这世上有许多这种蜥蜴，它不强、不……看起来也不聪明，但是它有耐性，它能等，而且它很毒，小小一口，就咬住你，与你纠缠到底。

遇上这样的人，当你发现你被它咬了一口的时候，最好忍痛把那块被咬的肉割掉，即使那是一条腿，你也可能得把腿砍断。只有砍断，你才能活下来，找一天，报那一腿之仇。

最后，我要讲一个美国石油大王哥帝的故事给你听。

石油大王的儿子被人绑架了，剁下了一根手指索赎，否则就要把他儿子杀死。

“我不付！一毛钱也不付。”石油大王说，“你们把我那儿子杀掉算了。”

所有认识这石油大王的人都吓一跳：“什么？你那么视财如命，把钱看得比你儿子的命还重吗？”

石油大王居然开了记者会。

“如果我今天付了赎金，我有那么多孩子，改天还有别的会被绑架。”石油大王斩钉截铁地说，“但是我今天发誓不会付一分钱，我也发誓，如果绑匪杀了我儿子，我这辈子就要用我的财力，跟他周旋到底。”

结果，他没付一分钱，绑匪却放了他的儿子。

为什么？

因为石油大王不希望由于付一笔赎金，造成终生的不安，他不要绑匪长久的纠缠，宁愿牺牲一个儿子。

至于绑匪呢？

他们也不希望因为杀一个人质，终生被石油大王追杀，他们也不要长久的纠缠。

摆脱纠缠，壮士断腕，经常是很痛的事，你要够勇敢、够狠、够智慧，才办得到。

小心刺客！

“当时韩国的宰相侠累正在家，四周围了很多拿着兵器的卫士，聂政飞身而入，直直地冲向侠累。嚓！一刀，就在台阶上把侠累给刺死了。事情突发，下面的人全乱了，聂政高声怒吼，身随剑走，一下子杀了几十人，但是对方人太多，他眼看不敌，回头一刀，把脸上的肉给切了下来，又一刀把眼珠挑了出来，再往下深深一刀，把肚子剖开，肠子都流了出来……”

郭教授说到这儿，满堂一百五十多个学生都瞪大了眼睛、张大了嘴，好多女生还蒙上眼睛叫了起来，正好打下课钟。

“好！今儿就讲到这儿。”郭教授抖抖袖子，又拍拍长衫，一转身，走了。

“教授！教授！”好多学生都追了出去，“您怎么不讲完嘛！我们正紧张呢！”

“你们自己看嘛！”郭教授颌一扬，笑道，“你们自己有书，又不是看不懂。”

“可是我们看的，就不等于您讲的啊！”有个女学生撒娇似的靠过来。

“那……那……”郭教授拍拍女学生，“将来我死了，怎么办？”

“老师！不要这么说嘛！讲史记，就算司马迁活过来，也不如您讲的。”一个男学生说，“您应该每堂课都录像，以后的学生才能见到您的风采。”

“我啊！”郭教授摇摇手，“不喜欢上镜头。”

“那就录音。”几个学生喊，“出有声书。”

“我也不喜欢录音。”

“那您就把你讲的，写下来，出书，出书总可以了吧？”后面一群学生一起喊。

学生的那句话，真让郭教授灵光一闪。

“对啊！我何不把讲史记的内容写出来呢？”郭教授晚上对太太说，“放眼当今史学界，有谁讲史记能如我讲得这么生动？”

“是啊！你早该出一本白话史记了。”太太说。

“对！白话史记，就叫《白话史记》。”郭教授兴奋地一击掌，“台湾还真没这么一本《白话史记》呢！现在年轻人都不懂文言文，没办法欣赏史记，如果写成白话，又由我写，不畅销才怪！”

郭教授是说到做到的人，第二天就开始动笔。几个历史系的同事看他在办公室奋笔疾书，知道他决定写白话史记，也一齐竖起大拇指：“一定轰动！”

学生们听说更是满堂尖叫，好多人喊要买十套送爸爸妈妈、男朋友、女朋友。

郭教授的笔真快，才五个月，已经翻译了半本史记。不但史学界关心，连记者都常打电话问郭教授的进度。

当郭教授完成三分之二的时候，新闻就更热了，不但郭教授以前的门生，纷纷在副刊上写文章吹捧，郭教授还在家里接受了电视专访。

“唉！这是我们早该做的。你看看！连德国人前两年都有了德文本的史记。日本人更早，一群日本著名的汉学家联合翻译成日文的白话史记，人家翻得好极了！”郭教授很谦虚，也很自信地笑着，“我这是跟着人家走，为中国史学界做一件早该做的事。”

郭教授终于在万方瞩目中脱稿了，脱稿的那一天，历史系的师生特别为郭教授举行庆功宴，当着几百位师生，郭教授把沉甸甸的一摞稿子交到大学出版社王社长的手里。

“记住啊！”郭教授握着王社长的手，“排好字，由我亲自校对，要校三遍。”

“那当然！那当然！”王社长乐得合不拢嘴，“我相信这会是我们最轰动的一本书，第一版我就要印十万套，一定会造成大抢购。”

大概近一年来积劳，第二天，郭教授特别累，也起得特别晚，还是被王社长的电话吵起来的。

“您有没有看今天的报纸？”王社长在那头问。

“哪个报？”

“各大报，几乎每家报……”王社长结结巴巴的，“您看看就知道了。”

郭教授叫太太赶快把报拿来，坐在床上把报打开。

天哪！就在第一版，足足占了半版——

《白话史记》

由日本十位著名的史学家联合执笔，再经本公司精译，今天隆重推出。

广告上居然还引用了郭教授接受电视访问时说的那段话——“一群日本著名的汉学家联合翻译成日文的白话史记，人家翻得好极了！”

再低头，看看价钱，一个月之内，特价全套只要六百元，还附赠小礼物。

郭教授急了，叫王社长以最快的速度排版，又连夜校对。

但是当他完成三校，决定上机印刷的时候，前月图书的畅销排行榜已经出来——

文学类第一名《白话史记》。

报上的新闻也出来了——

由日本学者执笔的《白话史记》，经某出版社引进中文版，甫推出即造成轰动，一个月销出十二万套……

想一想

如果你是大学出版社的社长，你原来看好郭教授的《白话史记》，打算第一版就印十万套。现在，别人先出了，你还敢印十万套吗？还是先印个两万套，看清楚再说？

如果只印两万套，那么多书店，每家才能分到几本？书店会为那几本书特别制作海报，并且摆在明显的“平台”上吗？

如果不，郭教授这本书还能上得了畅销排行榜吗？

如果上不了，下面还需要印很多吗？

是谁抬了轿子？

换个角度，假使你是书店负责人，抢先出的《白话史记》，已经上了畅销排行榜的第一名，你会不会继续大量订书？

当然会，而且那本书由十位日本汉学名家执笔、中文古书译为日文。本来就多半用汉字，翻回中文不太会失真。比起郭教授“一个人”赶出来的书，不可能差，价钱又比郭教授的便宜，凭什么拒绝？

问题是，一本《白话史记》，怎么会造成如此轰动？抢先推出赚了大钱的书商应该感谢谁？

当然应该感谢郭教授！

因为未印先轰动，郭教授一边写，一边有各路人马，包括郭教授自己和他的门生故旧、新闻媒体，一起为他宣传。

说不定那书商能想到用日文翻译，也得谢谢郭教授呢！

郭教授不是在接受电视访问时说“日本人更早，一群著名的汉学家联合翻译”，还赞美“人家翻译得好极了！”甚至说他是“跟着人家走”吗？

所以不是人家抢搭郭教授的车，是郭教授跟着人家走，他本来就起步慢了啊！

人海战术

或许你要问，郭教授是在完成三分之二的时候才谈到日本人早作了《白话史记》，书商听到时已经晚了，怎么可能在那么短的时间之内翻译、排版、校对，而且抢在郭教授前面一个多月出版？

你如果这么想，就太外行了。

你知道翻译能有多快吗？

好比钓鱼，如果一个人用一根钓竿钓，确实慢；但你何必那么死心眼，不一个人用十根钓竿钓呢？

书商当然懂得这些，一本外文书到手，他可以噼里啪啦，撕成二十份，发给二十个外文系的学生去翻译，就算三百页的书，一人才分十五页，三天也翻完了。凑在一起，就能排版印刷。而今电脑网络更快，网上直接下载、排版，就输出制版了。

最慢，五天，书已经在印刷机上，你信不信？

阿妈出马

翻译日文书就更妙了。在台湾，他可以找二十个中文系的学生，每人拿着一份日本原文、一台录音机，去找一位受过日本教育的“阿妈”，阿妈边看边说，学生回家整理好，再交给一位专家“顺一顺”、校对一下，挂上专家的名字，就能付梓出版了。

这世上，原创最难，也最珍贵，如同西方人说的那句俗话——

第一个用玫瑰比喻女人的是天才，第二个用玫瑰比喻女人的是蠢材。

当别人已经发表，你再跟进，就算你只慢半步，感觉上也要差得多。

秘籍不可走光

此外，要晓得，道高一尺，魔高一丈，那偷取别人原始构想的人快极了。

假使他与你同样是专家，同样焚膏继晷地钻研多年，而始终不得其解。今天你走运，先得到答案，你不必把全部“秘籍”露给他，只要露出个小小的角落，外行人虽看不懂，“他”却能豁然贯通。

那是“灵光一闪”哪！你连一点闪光都不能让你的对手窥见，否则他就可能抢走，或是与你同时发布消息，说他做了突破。

请看，有多少科学上的突破不是两组人，在两地同时宣布？

怎么那样巧？早不突破，晚不突破，偏偏一起宣布？

一窝蜂现象

再请看，有多少影视导演，在同时宣布要开拍同一个题材。杨贵妃、慈禧、包公，都死多少年了，一直等着你们拍，你们怎么非“赶在一起”、抢作一堆、争得你死我活呢？

那也是灵光一闪——

“天哪！对呀！这是多好的题材，我过去怎会没想到？叫他想到了，不成！他一拍，一定大卖，我现在手上的这个戏，一定输给他。快！把手上这个先搁下！我们也拍那题材，别让他一个人占先。”

就是这么回事，一窝蜂，全拥向一个地方。

看戏写脚本

至于盗版，就更严重了。

你是名作家，又把作品拍成戏，打算戏红了之后，再卖原著，两边通吃。

你的戏先上了，果然造成轰动，可是戏没完，你正要出书，市面上已经有书了。

“不可能啊！我的书稿不可能流出啊！”你喊。

可是书真的就出来了，内容一点不差，只有结局可能不同。为什么？因为你一边播戏，他一边改写成小说，看你戏快播完了，他瞎编一个结局，先出版了。

戏正播，正热，谁问那是不是正牌？只见书中人物一点不错，就买了，改天你“正品”出版，他还会买吗？

偷到你哭

作家演讲就更麻烦了。

你在上面讲，他在下面听，一边听，一边记，你才讲完不久，他已经冒你的名出了“你的书”。

再不然，他更毒，他用他的名，用你的内容。听你演讲的才几人？改天你告他剽窃，只怕他还倒咬你一口：

“我先出的书，书早写好了，是你剽窃我书中的内容，放在演讲里。”

于是，你只好先出书，再以书中内容演讲。但是不知你“苦处”的听众，又可能责怪你：

“为什么炒冷饭呢？您讲的，书里都有了，何不讲点新的？”

正片未上演，盗版满天飞

这个信息化的世界是非常可怕的，盗印快，盗拷更快。

电影没上演，可能光碟、录像带已经满天飞。那些看盗版的人还不给好评，说：“不怎么样嘛！场面没场面，摄影没摄影。”

是啊！他看的是盗拷好几遍的东西，“宽银幕”成了“小银幕”、立体声成了“单音”。画质更甭提了，满眼“雨点”加“雪花”，他只当自己看过了《卧虎藏龙》，却连虎在哪儿、龙在哪儿全没看清，然后还妄加批评。

结果原来等着看首映的人，听到他的恶评，可能不去看了；他自己看过盗版，更不会去看。

你这制片人、导演能不受伤害吗？

谁害死了阿喀琉斯

受伤害，要自己检讨——

你为什么看管不严？

你下面的人为什么嘴不紧？

你为什么耐不住性子，不等果子熟了，再来个惊天动地的宣告？

你读过希腊神话里的阿喀琉斯的故事吗？

阿喀琉斯的母亲在她这个独生子小时候，曾经把他浸泡在神水里，使阿喀琉斯全身刀枪不入。

但是，阿喀琉斯仍然有个弱点，就是脚后跟，因为当他母亲倒提着他，浸入神水里的时候，唯有提着的脚跟没有浸到。

后来，阿喀琉斯虽然百战百胜，却被敌人一箭射中脚跟，毒发而死。

所以，西方人总用“阿喀琉斯之踵（Achilles heel)”来形容一个人的弱点。

请问，阿喀琉斯的死，该怪谁？

不该怪他的敌人，也不该怪太阳神阿波罗，该怪的是他的妈妈和他自己啊！

世上只有这两个人知道他的弱点，他们不说，谁知道呢？

我们每个人都有阿喀琉斯之踵，也都可能被人射中，不能不小心。

大哥有请！

“表哥！好久不见了。没别的事，只是问候一声，还有……不知道有没有这个荣幸，我下礼拜三过五十岁生日。”

“哟！都五十啦！”王部长故意把声音拉高：“恭喜！恭喜！”又想了想，“这个……这个……你过生日，我当然要去。”

放下电话，王部长对老婆伸伸舌头：“是小孟！八百年不打电话，还活着。”

王太太哼了一声说：“不务正业，也混到半百了，不知道现在又搞什么名堂。”

跟着小孟就有了名堂，拨电话给张董，说：

“张董啊！我是小孟！好久不见了，不好意思，打扰了……一直不敢给您打电话，您这几年愈爬愈高，股票都上市了，我还在给人打工，但是，也混到半百了，下礼拜三请客……哎呀，都是几个提拔后进的人，像是王部长……对！就是那位王部长，他一定到，而且亲口答应的。您不信？可以打电话给他，他秘书的电话是……噢！谢谢！到时恭候光临。”

挂上电话，小孟又拨给了童代表，说：

“童代表，我姓孟，您大概不记得了，大概十年前在王部长嫁女儿的喜宴上见过。对了！王部长最近还问您好……是！是！我一定会转达，其实你们也可能碰面，下星期三我做个小东，王部长一定到，还有张某某，对！就是那位张董……也没事，只是大家聚聚，张董也一直仰慕您，想认识认识……好极了！”

接着小孟又拨电话：“秦大哥！王部长、张董事长和童代表，全请到了……您过奖！小事一桩嘛！几个人都是我老朋友，当然一叫全来了。”

果然全来了。

星期三，凤凰餐厅前面排了一列黑色奔驰车，每位司机先生，除了有个大红包，主人还特别开了一桌好菜招待他们。

车子？没关系！保证不会丢，秦哥在这儿请客，有人敢偷车吗？

会不会被拖？更保证不会！王部长的车谁不认识？就算不认识，也有兄弟会告诉他。

想一想

小孟的宴会多风光啊！

让我们算算："有政务官王部长，有商业巨子张董事长，有民意代表童委员，还有黑道大哥秦先生……"

小孟多能干哪！他没什么背景，没什么地位，甚至可以说是不务正业，为什么能请到这些"人物"呢？

因为他懂得利用"人际关系"，而且由一点出发，由王部长下手。

有"情"、有"益"、有"力"

王部长早知道小孟不怎么样，以自己的地位甚至应该敬而远之。可是亲戚毕竟是亲戚，人家许多年不来烦你，而今找来，又是恭恭敬敬请你参加他的半百寿宴。人之常情，你能不参加吗？

好！王部长决定到了。小孟开始向张董下手，商界的人最需要政界的关系，就算他跟小孟只有一面之缘，而今小孟说出"不信可以打电话给王部长"，甚至连电话号码都说了的时候，他能真拨这个电话吗？他又能不信小孟吗？

现在政商两位大佬都决定去了。那童委员就算不必拍王部长，为了竞选，总要多些人脉，结交些有钱的商界大佬，将来才好募集竞选经费，当然也爽快地答应了。

至于那秦大哥，更不用说了，能结交权贵可以增加兄弟的分量，只有好处，没有坏处，他当然要到。

你甚至可以猜，那顿排场不凡的寿宴，根本是由秦大哥付钱，自始就是秦大哥要请客，只是交给小孟去办罢了。

勾结的开始

他们平常是不容易这样聚会的啊！甚至可以说某些人是极力避免跟“另一个圈子”接触的。

只是，人到了，彼此也介绍了，你好转身就走吗？世界上有这样做人的吗？何况就算你不欣赏秦大哥，在座总有你想见的人哪。

就这样一席饭，他们认识了、沟通了、交换了名片和电话，王部长说不定还请童委员在质询时多多照顾。

至于照顾不了的，哈哈！说不定秦大哥一拍胸脯：“有什么跑腿的、摆平地面的、搜集情报的，甭管啥事儿，只要找小弟，立刻办到。”

你会发觉这世上就有那么多窄巷子，是警车进不去、警察摩托车也进不去，只有自行车才能进去的。这世上也就有这么多办公室里三年都搞不定，由秦大哥出面却三天就搞定的事。

肥了……富了……

他们是怎么勾结的？是怎么认识的？

就是靠小孟这样“穿针引线”的“中间人”认识的。

他把平常见不到，却彼此十分需要的人，用一种很自然的方法拉在一块儿。

他当然也有好处。

他就好比清末民初时期的“买办”，对中国一片陌生的洋鬼子，通过那些会几句“洋泾浜”的买办，逐渐进入中国的社会。

当地的人不通过买办，就见不到洋老板；洋老板不通过买办，就做不成生意。

清末民初，多少买办就这么发了，不但发了，而且进了政界，影响了大局。

人人可以做“买办”

但是，当你从另一个角度去看王部长、张董和童委员的时候，他们固然结识了一些新关系，那他们自己有没有损失呢？

当有一天，出了弊案，捅出来，某人与某人聚了餐，甚至拿出当天的照片，提出后续来往的证据，这些人能不被牵连吗？

你或许要说：“我是小市民，找不到买办，也攀不上权贵。”但是，你要知道，在每个角落都有像小孟那样的人哪！

某太太邀会，认识她的人不多，信任她的人更少。

她聪明，先去找杂货店老板娘。因为那开了几十年的小店和老板的殷实，是大家有目共睹的。

老板娘看在老顾客的情面和未来的生意上，入了会。

她再去找某有钱太太，说：“杂货店老板娘已经加入，又约了十几个好朋友，有人一参加就是三股，您也加一份吧！”有钱太太看老板娘入会了，也不疑有她的加入。

某太太再以这两人进行号召，不是跟小孟一样，就能真招到几十人吗？

“一缺三”成了“三缺一”

至于平常吃饭、签字请愿、联名抗争、合买东西，甚至打麻将，哪一样不见人使用这种技巧？

“谁谁谁都到了，就缺你了，你不来，三缺一就玩不成了。”

你要是真打电话问那两个人，只怕他们听到的也是同样的话。

打麻将事小，但是如果你因此而入了股、投了资、签了名，到头来发现别人实际上都没参加，后来落你一个人“扛下面的事”，可就冤了啊！

餐馆门外看菜单

了解了这一点，如果有人对你说大家都参加，就缺你的时候，你最好别懒，伸手拨几个电话，问问是真是假。

如果你是个作家，某杂志找人约稿，说某某大牌都为他们写了。你最好也拨个电话，问问是不是真的，那杂志正派不正派。

如果你是位官员，有人请你吃饭，你最好先问明一共请了哪些人，然后叫你的秘书找那些人的秘书查证一下。

很可能就这么几通电话，便真相大白，使你少了许多未来的纠纷。

也很可能就这么几通电话，就使你认清事实，不致落入圈套，伤了名、损了利，甚至丢了官！

后记

恶房客的故事

在写作《我不是教你诈》的过程当中，我连续出版了两本《你不可不知的人性》，试着把《我不是教你诈》的题材放到其中。

但是，一试再试，我发觉《你不可不知的人性》就是无法取代《我不是教你诈》，因为前者属于战略，后者属于战术；前者谈的是人性，后者谈的是诈术；人性可以去谅解，诈术则要去应对。

也可以说，《你不可不知的人性》要你知道的是人人可能"见色起淫念、见财起盗心"，《我不是教你诈》则教你如何应付"禄山之爪"和"第三只手"。当别人对你近身侵害的时候，你无暇去谅解，只能去还击。

譬如本书中谈到的——当别人要利用你为他的支票背书的时候；当走私者把毒品偷偷放进你小孩背包的时候；当别人安排你喝花酒，又举起照相机的时候；当你发现有人利用你的名义贪污的时候；当对手偷你创意的时候；当敌人发动人海战术的时候……那些状况常容不得你"慢慢想办法"，而必须立刻警戒，马上还击。

《我不是教你诈》是将政治、商业与处世合而为一。在构思之初，我曾经想，将那三者串联在一起，会非常困难。没想到动笔之后，居然出奇的顺利。

因为时代就是如此，政商愈走愈近了，几乎无商不政，无政不商。以前是“学而优则仕”，现在为了保护自己的利益，成了“商而优则仕”；至于那些卸任的官员，又有许多被“借重”而入了商，是“仕而优则商”。

当然，无论你是“大款”或“小民”，在这夹缝当中，也就应该知道如何自处，才能看得清，站得稳。

单单这几句话，不是已经将政治、商业和处世，联系在一起了吗？

《我不是教你诈》由出版以来政治愈来愈开放，使我的笔下能愈来愈大胆。

因此，我没有利用“外国人名”来进行回避，也没有使用历史人物来借古讽今，我没有要讽刺任何人或任何一方，只想反映这个真实的世界。

但是，为了扩大读者的联想，也为了更能经历时空的考验，我仍然用了象征的手法，所以套句老话——故事纯为虚构，若有雷同，乃属巧合。

最后，我要讲个小故事——

我有个熟朋友，买了栋房子打算出租。“红条”才挂上，就来了一个牵着小孩的少妇。

那少妇很漂亮，谈吐也很优雅。说她现在住的房子很好，房东也很好，实在不想搬。但是因为孩子要上小学了，为了这个学区好，不得不搬。接着留下那个“好房东”的电话，说：“您可以打电话问他，他会证明我是最好的房客，从来不欠房租。”

我这朋友真打了个电话过去查证，是那房东接的，一听问那少妇，立刻赞美不止，说他多舍不得她。

放下电话，我这朋友就把房子租给了那少妇，而且只收了一个月的押租。

没想到，那也是她收到的最后一笔租金。从那少妇搬来的第二个月，就再也不付房租。

我那朋友找去，非但拿不到钱，还吓一大跳，发现“她”家里一下子多了四个小孩和一个大男人。少妇说两个是她自己的，一个是她男朋友的，一个是两人新生的。想必那两口子还不甚和睦，因为每个房间的门都被踢烂了。

忍了半年多，朋友不得不找律师，律师一听，笑起来。

“恭喜您，您遇上行家了。”又笑笑，“对不起！这种事我管不了，因为没完没了，您得找那专门打租屋官司的律师。”

果然是没完没了。开庭时，少妇一下说这个孩子感冒，一下说那个孩子发烧，要请假；再不然带一群孩子出庭，说她无处可去，请求延期。

一延再延，实在不能延期了，少妇又突然宣布破产，要换一种打官司的项目。

就这样，一年半过去了。有一天，我朋友正在伤心，少妇突然来电，说她要去找房子搬家。

“好极了！”朋友高兴得跳起来。

“可是，”少妇说，“我要把你的电话告诉新房东，他如果打电话问你，请你说点好话。”

接着，朋友果然接到电话，说有个少妇为了学区，想搬到他那里去，并且留了现任房东的电话，可以证明她是最好的房客。

“所以我打个电话，查证一下。”对方说，“我是第一次做房东，很怕碰到恶房客。”

我的朋友怔住了，沉吟了一下，说……

好！故事讲到这儿。请问你，如果你是我那朋友，损失了两万多美金的房租和几千元的律师费，现在机会来了，你要怎么答？

你是像她两年多前的“上任房东”一样，说“好极了，真舍不得她离开”，还是说“千万别租给她，你会后悔的”？

如果你问我，我两者都不建议，而会建议你说：

“对不起，我无可奉告，不方便表示任何意见。”

这就是为什么《我不是教你诈》称作“我不是教你诈”。如果说书中呈现了一些诈术，它绝不是教你去对别人使诈，而是教你认识别人的诈；它使你免于受害，但不是教你把祸害转嫁到别人头上。所以请读本书的朋友，千万不要用它来“为害”，只是用它来“避害”。如同当你读这个恶房客的故事之后，要学到更小心地查证，而不是用欺骗的方法，制造另一个受害者。

此外，我的老读者都知道，每当我出一本处世书之后，都会跟着写一本感性的作品。好像对跃上战马的骑士，总要献上鲜花与拥吻。

本书的版税，已捐给纽约菩提心基金会，在贵州地区建四所希望小学。

因为有您的支持，我才能做出这些回馈。

在此，致上我最深的感谢。